KB097523

하인학교
II

하인학교 II

1쇄 발행 2023년 4월 24일

지은이 김이은
펴낸이 배선아
편 집 유민우
디자인 이승은
펴낸곳 고즈넉이엔티

출판등록 2017년 3월 13일 제2022-000078호
주 소 서울특별시 마포구 성지1길 35, 4층
대표전화 02-6269-8166 **팩스** 02-6166-9199
이 메 일 gozknockent@gozknock.com
홈페이지 www.gozknock.com
블 로 그 blog.naver.com/gozknock
페이스북 www.facebook.com/gozknock
인스타그램 www.instagram.com/gozknock

ⓒ 김이은, 2023
ISBN 979-11-6316-861-4 04810
　　　979-11-6316-859-1 (세트)

표지/내지이미지 Designed by Getty Images Bank, Freepik

하인학교

*
김이은
장편소설

*
下人學校
II

oort

차
례

4장

시험

엘리사는 대체 왜! 엘리사는 왜 그랬던 걸까!

무엇 때문에 그 자리에 뛰어들었나. 살기에 육박하는 팽팽한 공기를 가르고, 날카로운 칼끝을 향해, 생과 사의 변곡점으로!

망설임이나 두려움도 느낄 새 없는 찰나에 왜 그곳으로 뛰어들었을까. 삶의 고통을 끝내고 싶었을까. 죽고 싶었을 만큼 고통스러웠던가. 제 아비를 죽음으로 몰아넣었다는 사실이 끝끝내 심장을 찌르는 칼이 되어 죽음으로 손짓했던가. 영혼을 잃고 빈 껍데기로 살다 끝의 시작을 향해 달려들었던가.

한서정은 흐르는 눈물을 주체할 수 없었다. 의도가 무엇이었든 결과는 명확했다. 엘리사는 손보미의 광기 어린 욕망으로부터 같은 반 친구들을 구했다. 스스로를 희생함으로써.

알 수 없었다. 엘리사가 무얼 포기하고, 무엇을 지키고 싶었는지. 물을 수 없어 한서정은 울기만 했다. 생각하지 않으려 온 힘을 다했어도 엘리사가 죽었으리라는 생각에 차갑고 날카로운 무엇을 목구멍으로 삼키는 듯 깊은 통증이 밀려왔다.

바닥에 주저앉아 울며 한서정은 엘리사가 가야 할 길을 배웅했다. 예부터 자살한 처녀는 불길하고 재앙을 가져온다며 제대로 장례도 치러주지 않았다는데. 언제라도 찾아갈 무덤도 없겠구나.

한서정은 마음속으로 엘리사를 싣고 멀리 떠날 배 한 척을 띄웠다. 그 배에 엘리사의 혼과 한과 억울한 넋을 실어 이곳 아닌 다른 새로운 세상으로 밀려가기를 빌었다.

수영선수로 물에서 자라고 물속에서 꿈을 키우다 물에 발목이 사로잡혀 옴짝달싹 못 하고 죽어가 한을 품었을 여자. 너른 물가에 나아가 씻기고 씻겨, 맑은 곳으로 불려가기를. 죽어서야 고통의 삶이 끝났으니 이제 꽃피는 세상에서 꽃다운 생으로 다시 나기를, 소원했다.

전교생이 모인 가운데 손보미가 무릎을 꿇었다. 누군가는 욕을 했고, 누군가는 뺨을 쳤고, 또 누군가는 침을 뱉었다. 치사한 년, 구자한 년, 남의 똥구멍도 핥을 년, 더러운 년……

"다들, 조용!"

사감이 소리쳤다. 학생들이 입을 다물고 손보미를 노려보았다.

"손보미는 보상과 처벌을 동시에 받는다. 첫째, 무술 시합에서 우승했으므로 약속대로 솔라즈 스위트룸 숙박권과 공식 휴가를 준다. 둘째, 무기 반입 금지라는 규칙을 어겼으므로 일주일간 '반성의 의자' 처벌을 받는다. 무엇을 반성해야 하는지는 스스로 잘 결정하도록."

보안요원 둘이 손보미를 끌어다 우두커니 놓여 있는 의자에 앉혔다. 끌려가는 손보미는 씩 웃었다. 경쟁자는 하나 또 사라졌고, 보상은 받았고, 의자에 일주일 앉아 있는 걸로 처벌은 마무리될 테니까.

반성의 의자는 수치심의 기둥 옆에 있었다. 다섯 장의 오얏꽃 잎을 두 손으로 받치고 있는 모양의 교화 아래 교훈이 커다랗게 쓰여 있는 곳.

하인으로 들어가 주인이 된다. 오직 일 등만 살아남는다.

그 교훈을 밤새 커다랗게 뜬 눈으로 똑바로 바라보고 반성하는 것이 반성의 의자 처벌이다. 차갑고 딱딱하고 무겁고 검은, 돌의자였다. 의자에 묶어놓고 학생들이 돌아가며 불침번을 선다. 서로를 노려보며.

손보미가 고개를 숙이거나 눈을 삼 초 이상 감고 있으면 몽둥이로 때린다. 그러니까 불침번을 서고 있는 학생이 바로 심판자가 되는 것이다. 졸게 둘 수도 있고, 안 졸아도 때릴 수 있다. 평소 반목하는 사이라면 졸지 않았어도 졸았다고 우겨 때리겠지. 만약 안쓰럽다는 이유로 졸게 놔둔다면 그 학생이 처벌을 받게 된다. 조는데 몽둥이로 때리지 않고 그냥 몸을 흔들어 깨워도

처벌받는다. 불침번을 서던 학생이 가죽 회초리로 등을 맞는다.

서로가 서로를 감시하고, 내가 맞지 않으려고 상대를 때린다. 서로의 인간적인 감정을 무시하고 친밀감이나 유대감, 동료 의식 따위를 짓밟는다. 스스로와 상대방을 감싸 안으려는 인지상정의 연민을 억압하면서 따뜻한 심장을 도려낸다. 결국 각자도생이란 걸 자각하는 과정이다.

학생들에게 하인학교는 이제 더 이상 동료들과 함께 생활하고 익히고 배우는 곳이 아니었다. 단 하나, 살아남으려면 어떻게 해야 하는가. 그 물음을 뼛속 깊이 새기고 살아남기 위해 훈련하고 그것에 방해되는 무엇인가를 스스로 죽여나가는 곳이었다.

수치심의 기둥에 묶인 엘리사에게 끝까지 침을 뱉지 않아 감옥에 갇혔던 한서정은 이번엔 달랐다. 그녀는 육 일 차에 불침번을 맡았다. 육 일 동안 의자에 묶여 잠을 자지 못한 손보미는 의식이 선명하지 못했다. 몽둥이로 맞으면 그 통증에 잠깐 고개를 들었다가 이내 다시 떨궜다. 한서정은 몽둥이로 손보미의 허벅지를 때렸다.

"윽!"

손보미의 입에서 나온 비명은 그 소리도 이미 작았다. 손보미의 고개는 이내 다시 떨어졌고 한서정은 망설임 없이 손보미의 등을 때렸다.

"일어나. 일어나라고. 눈을 똑바로 뜨고 반성해. 네가 무얼 잘못했는지 생각하라고."

때리면서 한서정은 손보미에게 욕을 했다.

손보미가 기력 없는 몸뚱이를 주체하지 못하고 고개를 좌우로 흔들면서 눈을 감으면 한서정은 가차 없이 몽둥이를 휘둘렀다.

픽, 픽, 픽. 손보미는 맞는 고통으로 간신히 의식을 놓지 않고 있었다.

"너는 내게 칼을 휘둘렀어. 너한테 아무 잘못도 하지 않은 내게 칼을 들이밀었어. 그걸 엘리사가 막았어. 그 칼을 엘리사가……."

한서정은 때리면서 흐느꼈다. 그 슬픔과 비애와 분노가 자신이 휘두르는 폭력을 정당화하고 있었다. 태어나 처음으로 누군가에게 폭력을 가하면서도 스스로 가해를 하고 있다고 생각하지 못했다. 손보미가 처벌을 받는 건 당연한 일이라고 여겼다.

그러다 깜짝 놀랐다.

나는 분명 나다. 나는 하인학교에 들어와서도 변한 게 없다고 믿었다. 그런데 아무런 거리낌 없이 사람을 때리고 있었다. 태어나 살면서 누군가를 때린 적 없던 나였다. 아버지 한동식이 낳고 조부모 손에 키워지는 동안은 물론이고, 조부모가 죽고 집안이 풍비박산 나 전국을 떠돌며 여인숙 골방에서 웅크려 지낼 때도, 원주시 외곽에서 잠을 줄여가며 알바와 학업을 병행하는 고통스러운 시간 속에서도, 한동식이 죽고 혼자 얼음 같은 세상에서 얼어 죽지 않으려고 발버둥 치며 살 때도, 나는 나를 지키며 살아왔다. 최소한 누군가를 해코지한 적은 없지 않은가.

아, 딱 한 번. 날 팔아 내가 지지도 않은 빚을 받아내려 한 조폭의 가랑이. 그 사이를 발로 걷어찼었지. 급소를 노려 차긴 했으나 그것은 정당방위였다. 산목숨이 살아가려는 최소한의 몸부림이었다.

한서정은 손에 들고 있는 몽둥이를 내려다보았다.

손이 떨려 몽둥이를 떨어트렸다. 내가 이런 걸 손에 쥐고 의자에 가죽끈으로 묶여 옴짝달싹 못 하는 사람을 때리다니. 아무런 주저 없이, 폭력을 저지르고 있다는 자각조차 없이 때렸다. 손보미는 맞아도 싸다고 생각했다. 처벌받는 것은 당연하다고 믿었다. 전혀 의심하지 않았다.

손보미는 왜 그랬을까. 그 생각을 놓치고 있었다. 대체 무엇이 손보미를 그렇게 만들었을까. 손보미는 건축가 부모에게서 태어나 행복한 유년을 보냈다고 했다. 천재지변과도 같은 백화점 붕괴 사고로 부모를 잃은 것이 그녀의 잘못은 아니지 않은가.

손보미는 보육원에서도 성실했고 뛰어난 인재였다. 생활할 돈이 없어 몇 푼 벌어보겠다고 밤낮없이 일을 하면서도 꼬박꼬박 저축해 평범하고 성실한 삶을 꿈꾸던 애였다. 그랬던 손보미가 이렇게까지 변한 까닭은 무엇이란 말인가.

스스로 변한 게 없다고 생각한 나의 믿음도 착각이었나. 무언가 내 안에서 변하고 있는 게 분명하다. 아니다. 어쩌면 변한 게 아니라 망가지고 있는 것일지도 모른다. 한서정은 몸을 떨었다. 실은 하인학교에 들어오면서 모든 것이 변했다. 나의 생각도, 몸도, 마음도. 시간과 공간의 예측 불가능함에서 오는 혼란이 현재는 물론, 미래도 송두리째 바꿔놓을 것만 같았다.

하인학교의 경쟁 시스템은 인간을 올바른 방향으로 나아가게 하는 햇빛과 공기 같은 밝은 것들을 빼앗아버리는 약탈자가 아닌가. 꼼꼼하게 따져보고 자세하게 살펴보아야 한다. 그래야만 이곳에서도 반드시 잃지 말아야 할 무언가를 지켜낼 수 있을 것이다.

한서정은 까무룩, 정신을 잃고 고개를 떨군 손보미를 내려다보았다. 얼마나 그러고 있었을까. 어디선가 갑자기 회초리가 한서정의 등짝으로 날아들었다.

한서정이 비명을 질렀다. 그 소리에 손보미가 번쩍 눈을 뜨고 고개를 곧추세웠다. 손보미는 제가 몽둥이를 맞아 본인이 비명을 지른 것으로 착각했다.

드디어 졸업생을 가려내는 하인학교의 졸업 시험 기간이 다가왔다. 시험은 며칠간 연달아 이어질 예정이었다.

엘리사가 그렇게 되고 나서도 하인학교는 여전히 아무 일 없었다는 듯 정상적으로 돌아갔다. 모든 일정이 체계적으로 반복됐다. 나날이 새로운 것을 배웠고, 배운 것을 또 배웠고, 한순간도 잊지 못할 때까지 반복해서 익혔다.

그사이 몇몇이 더 탈락했다. 매 순간 높아지는 벽을 넘지 못한 이들은 낙오했다. 비둘기의 모략 때문인지 인간성의 밑천이 드러난 탓인지 한계에 치달아 이성을 잃고 나가떨어지기도 했다. 그들은 이윽고 아무 흔적도 없이 사라졌다. 남은 학생들은 부서지지 않은 이들이 아니라 부서졌음에도 포기하지 않은 이들이었다.

교장 정이화가 전교생이 모인 자리에서 시험의 시작을 선언했다.

"학교는 뭘 배우고 앞으로 나아가기 위해 있는 곳이 아니다. 바깥세상에서는 학교가 무슨 성인군자를 길러내는 곳이라고 포장하고 선전하지만 실상은 너희들도 잘 알 것이다. 학교는, 우열을 가려내기 위한 곳이다. 학교를 거치면 알게 된다. 누가 우성이고 열성인지. 누가 잘났고 못났는지. 너희의 가격을 매기는 곳이 바로 학교다."

쥐 죽은 듯 조용했다. 모두가 비장했다. 학기가 시작되었을 때와 비교해보면 학생들의 표정과 눈빛과 태도와 자세가 완전히 달랐다. 하인학교에 들어오기 전이라면 생각지 못했을 변화들이었다.

환경에 따라 인간은 어떻게 달라지는가. 그 질문에 대한 또렷한 답이 바로 지금의 하인학교 학생들이었다. 하인학교의 교과 과정을 거치면서 학생들은 오합지졸에서 정예병으로 탈바꿈되었다.

가장 뚜렷하게 변화한 점을 꼽으라면, 회복력이다. 쓰러져 넘어졌을 때 일어나는 힘. 하인학교 학생들은 모두 바깥세상에서 감당하기 어려운 추락을 경험했다. 그 자리에 쓰러져 다시는 일어나지 못할 엄청난 사건들이었다. 그러나 하인학교에 들어와 학생들은 다시 일어섰다. 과거를 떨치고, 그 자리에 똑바로 일어서서, 현재를 부릅뜬 눈으로 노려보면서, 미래를 꿈꿨다. 그렇게 자생력을 기른 덕에 단단해지고 강해졌으며, 비정해졌다. 맷집과 승부 근성으로 무장되어 이제 학생들 중 누구도 스스로 약하다고 생각하지 않았다.

모든 변화는 오직 한 가지, 성공을 위해 만들어진 필요악이었다. 지하의 비밀스러운 공간에서 아무도 모르는 치열함과 갈망이 덩어리져 응축되었다. 그것은 결국 둘 중 하나로 귀결될 것이다. 하나의 성공으로 나아가거나, 나머지가 되어 폭탄처럼 터져버리거나.

"우리는 너희 모두에게 공평하고 정당하게 기회를 주었다. 세계 최고 수준의 교육을 함께 받았지. 이제부터는 오로지 너희 스스로 살아남아야 한다. 여기서 탈락하면 무엇을 각오해야 하는지는 너희들 스스로 잘 알 거다. 그러니까 행운을 빈다. 어차피 행운은 살아남는 단 한 명의 것이겠지만. 혹시 모르는 일 아닌가. 그게 바로 네가 될 수도 있으니까 말이다."

정이화는 말을 마치고 학생들을 둘러보았다. 그리고 만족한 듯한 표정으로 고개를 끄덕이고는 이내 교장실을 향해 사라졌다.

첫 번째 시험 과목은 요리.

조리실 안으로 들어서자 요리교사 김지연이 먼저 와 학생들을 기다리고 있었다.

학생들은 각자 정해진 위치로 가 섰다.

"드디어 시험 시작이다. 다들 각오는 되어 있지?"

김지연이 비장한 말투로 학생들을 긴장시켰다.

"하인학교 시험의 규칙은 세 가지다. 첫째, 시험이 끝날 때까지 시험장을 이탈할 수 없으며, 시험장을 이탈하는 즉시 탈락이다. 둘째, 모든 대화를 금지한다. 셋째, 이걸 잘 활용해야 할 텐데……."

김지연이 뜸을 들였다.

"세 번째 규칙은 바로 그 외 어떠한 금지 사항도 없다는 것이다. 우리가 살아내야 하는 삶의 모양이 그렇기 때문이지. 무슨 말인지 이해하겠지. 무조건 살아남아라. 건투를 빈다."

어떤 술수를 쓰든, 무슨 편법을 쓰든 허용된다는 뜻이겠지. 학생들 모두 이해했다. 목숨을 걸어야 한다는 뜻이다.

현재 래시반 인원은 총 다섯 명이었다. 학기 초 굶주림의 시험이 닥쳤을 때 압박감을 견디지 못하고 끝내 스스로 목숨을 끊은 박연서, 손보미가 휘두른 칼에 뛰어든 엘리사, 엘리사의 프라이팬에 담긴 기름에 화상을 입은 학생과 그 후 훈련을 견디지 못한 학생 그리고 강유진 또한 이탈했으니까. 그리고 이제 시험 과정을 거치면서 그 인원은 더 줄어들 것 같았다.

시험장은 극도의 긴장감으로 공기가 팽팽했다. 더구나 요리 시험은 불과 칼을 써야 했다. 음식을 만들 때는 조리도구지만, 충분히 다른 용도로도 사용 가능했다. 물이 끓어 넘치고 불꽃이 화르르 타들어가고 단 한 번에 심장을 찌를 수도 있는 잘 벼린 칼날과 언제든 둔기로 변할 수 있는 조리도구들이 시험장에 가득했다.

터질 듯한 긴장감이 조리대 앞에 서 있는 다섯 개의 심장을 옥죄었다. 공기 중에 눈에 보이지 않는 칼날 모양의 불안이 온통 가득 들어차 때를 기다리고 있었다.

"래시반 시험 요리는 우거지해장국이다. 다들 알겠지만 너희 반 타깃 강준석의 트라우마는 바로 어머니다."

강준석은 지금도 벚꽃이 피는 계절이면 고흥만 바닷길을 걸어 모친에게 간다. 물론 멀리서 모친의 얼굴만 보고 돌아오곤 한다. 그러면서 한 번도 강준석은 모친이 자기를 보았을 거라 생각하지 않았다. 정말 그랬을까. 모성이란 위대한 것이다. 아무리 멀리서 숨어 보고 있더라도 제 자식이 찾아온 줄 모르지 않는다. 그래서 해마다 벚꽃이 흐드러지는 계절이면 강준석의 모친은 밤마다 눈물로 베갯잇을 적신다.

고흥만의 외진 식당, 우거지해장국집에서 어부들과 인부들의 끼니를 해주며 주방에서 일하다가도 어디서 날아 들어온지 모를 벚꽃 잎 한 장을 보면서도 눈물 흘린다.

"허술하고 외진 식당의 주방에서 오늘도 강준석의 모친은 우거지해장국을 만든다. 늘 아들을 위해 만들어주던 그 레시피 그대로 모친은 아직도 우거지해장국을 끓인다. 너희들의 시험 요리가 우거지해장국인 까닭이다."

학생들의 표정은 굳어 있었다. 긴장한 티가 역력했다. 이제부터 내딛는 한 걸음, 한걸음이 자신의 미래를 결정짓고 평생을 좌우할 거란 사실을 알기 때문이었다. 뛰어난 실력과 재능이 있음에도 고통스러운 사연 탓에 날개를 펼치지 못한 학생들이다. 누군들 절박하지 않겠는가.

"이제 너희들이 해야 할 일을 알겠지? 시험을 시작한다."

김지연이 시험 개시를 선언했다. 재료는 학생들이 각자 요청한 대로 테이블 위에 준비되어 있었다. 그 재료 외에는 어떤 것도 사용 불가. 평가 항목엔 조리 시간, 조리 과정, 플레이팅, 뒤처리 등등도 포함되어 있지만 가장 중요한 것은 맛이었다. 하인학교 요리 시험의 목표는 가장 맛있는 요리를 만드는 게 아니었다. 래시반의 요리 시험 최종 목표는 바로 강준석 모친이 만든 우거지해장국을 얼마나 똑같이 재현해내느냐였다.

강준석은 중학교 이후로 모친이 만들어준 음식을 먹지 못했다. 그러나 모친이 만들어주곤 했던 우거지해장국 맛을 아직 잊지 못한다. 그것이 바로 강준석이 전국 팔도를 다니면서 유명하다는 우거지해장국집을 전전하는 까닭이었다. 그러나 어디서도 모친의 우거지해장국을 맛보지 못했다.

그의 팔도 유랑은 모친에 대한 그리움이었고, 비정한 비밀을 가슴에 품고 묻어둔 것에 대한 오래된 자책이었다. 음식이 단지 목구멍을 넘어가 창자를 채워 필요한 만큼 쓰이고 나머지는 똥으로 배출되는 일종의 연료가 아닌 까닭이 바로 그것이다. 음식에는 한 인간의 역사가 집약되어 있다.

김지연의 시험 개시 선언과 동시에 모든 학생이 분주하게 움직였다. 불을 켜고 물을 끓이고 재료를 손질하고 우거지를 삶고 육수를 내고 장국을 끓이고, 우거지해장국을 조리하는 평범한 과정이 이어졌다. 누구 하나 말이 없었다. 시험장은 오직 조리기구들이 내는 소리, 불과 물과 칼과 금속이 부딪치는 소리만이 가득했다.

마치 우거지해장국이 인간의 평생의 삶을 심판하는 심판자인 것만 같았다. 그 어이없는 엄중함이 학생들의 온 신경을 곤두서게 만들고 있었다. 학생들은 식은땀을 흘렸고 등줄기가 서늘해지는 섬뜩한 한기를 느꼈다.

한서정은 침착하게 물을 받아 불 위에 올리고 먼저 물을 끓였다. 물이 끓는 동안 우거지와 다른 재료들을 손질했다. 그리고 물이 끓기를 기다렸다. 육수를 내는 것에도 적당한 때가 있었다. 물이 적당히 끓을 때 재료들을 넣어야 했다. 한서정은 때를 기다렸다. 마치 찻물을 끓이듯 물이 적당히 익는 순간을 기다려야 한다.

유심히 물이 끓는 모양을 보고 끓는 소리를 들었다. 수레바퀴가 구르는 듯 우르르했다. 그 요란한 소리가 지나가자 먼 난바다에서 밀려오는 바람 소리가 들리는 듯했다. 곧 바람 소리도 잠들자 마침내 고요한 물의 표면이 드러났다. 끓어오른 다음에 가라앉은 물이 가장 깊은 법이다. 바로 그때, 지금이다.

한서정은 멸치를 집어 들어 막 끓는 물 속으로 넣으려 했다.

"아…….."

한서정이 작게 신음을 냈다. 누구도 자신을 돌아보지 않았다.

이럴 수가. 벌어진 입을 다물지 못했다. 한서정은 손에 멸치를 쥔 채 망연자실했다. 멸치에, 곰팡이가 가득했다. 긴장감 때문에 이제야 발견한 것이었다. 어쩌지……. 한서정은 반사적으로 김지연을 보았다. 김지연은 학생들 사이를 느릿하게 걸어 다니고 있었다.

하인학교 시험의 규칙. 미리 준비된 재료 이외에는 어떤 것도 사용 불가. 시험이 끝날 때까지 시험장을 이탈할 수 없으며 시험장을 이탈하는 즉시 탈락. 모든 대화 금지. 그 외 어떠한 금지도 없는 것이 마지막 규칙.

분명했다. 이 멸치는 누군가의 손을 탔다. 학교 측의 프락치인 비둘기일 수도 있고 아니면 그냥 개인적으로 나의 탈락을 원하는 누군가의 소행일 수도 있겠지. 김지연을 불러 사정을 호소할 수도 없었다. 시험장을 이탈해 새로운 멸치를 가져오는 것도 불가했다. 어쩌지……. 한서정은 어찌해야 할지 알지 못했다.

고작 곰팡이 핀 멸치 때문에 탈락할 수도 있다니. 탈락하면 어떻게 되는 걸까. 여기서 무사히, 산목숨인 채로 나갈 수는 있는 걸까. 만약 나간다면, 그다음은 어떻게 되는 걸까. 혼자의 힘으로 세상의 눈을 피해 살아간다는 것은 불가능했다.

한서정은 몸을 부르르, 떨었다. 등뼈로 칼날 같은 한기가 휘몰아쳤다. 내장 깊숙한 곳에서 한숨이 터져 나왔다. 방법이 없었다. 이건 말이 안 된다. 고작 멸치 곰팡이 때문에 인생이 여기서 끝장난다는 것이 말이다.

고심 끝에 체념하는 마음으로 다시 멸치를 넣으려 했다. 시험장을 이탈하는 쪽 대신 차라리 곰팡이 핀 멸치로 우거지해장국을 끓이고 꼴등이 되는 쪽을 택하기로 한 것이다.

"악!"

비명이 터졌다. 한서정이 멸치를 넣으려다 말고 놀라 손을 멈췄다.

옆자리 학생이 주저앉았다. 제 발을 움켜쥐고 있었다. 발에서 붉고 검은 피가 흘렀다. 그 옆에는 칼이 떨어져 있었다.

그 옆 조리대에서는 다른 학생이 연신 몸을 바들바들 떨었다. 쥐었던 칼을 놓친 손이 공중에서 떠는 자세로 그대로 멈춰 있었다.

"뭐 하는 짓이야!"

김지연이 소리 지르며 뛰어왔다. 발목 뒤쪽이었다. 아킬레스건일까. 그렇다면 다시 제 발로 걷지 못하게 될지 모른다. 당연히 탈락이겠지.

저 떨고 있는 애는 손에서 칼을 놓친 걸까. 아니면 일부러 옆

자리에 바짝 다가서서 정확히 조준해 떨어트린 걸까. 아마 누구도 실수였다고 생각하지 않을 것이다.

모두들 한순간 정지했다. 그러나 호들갑스럽게 놀라지는 않았다. 결국 일이 터지는군, 정도로 생각하는 것 같았다. 막연하게 무슨 일이 벌어지지 않을까 짐작했는데, 역시 그랬다.

이후 상황은 이제 학생들에겐 익숙했다. 김지연이 사감을 부르고 사감이 보안요원들을 몰고 달려오고 쓰러진 학생을 데려가고 김지연이 잠깐 시험장을 벗어나 학생을 부축하고 다른 학생들은 그 모습을 멍하니 바라보고.

이제 경쟁자는 네 명으로 줄었다. 시험 중에는 어떤 금지도 없다는 규칙에 따라 처벌은 없을 것이다. 다들 저렇게 끌려가는 게 내가 아니라 다행이라는 표정들이었다. 모든 시험이 끝날 때까지 나는 잘 버틸 수 있을까, 하는 얼굴들로 탈락해 사라지는 학생을 지켜보았다.

바깥에서 힘겨운 삶을 버티다 이곳에 들어와 일 년 가까이 못자고 못 먹고 죽어라 훈련하다가, 막바지에 뒤꿈치가 잘린 반병신이 되어 끌려 나가는 가여운 한 사람의 생을 냉소적으로 애도했다.

한서정은 여전히 손에 멸치를 들고 있었다. 곰팡이 핀 멸치를 끓는 물에 넣지 못했다. 내 멸치를 바꿔치기한 것도 실수인 척 칼을 떨어트린 저 애였을까. 저 애는 자신의 재능에 도취한 프락치, 비둘기일까. 비둘기는 그 행동의 횟수와 정도에 따라 학생들 몰래 가산점을 받는다고 했다. 나의 멸치를 바꾸고 또 칼을 떨어트려 경쟁자 하나를 탈락시켰으니 오늘 저 비둘기가 받을 가산점은 과연 몇 점이나 될까. 그렇게 쌓인 점수로 저 애는 무사히 하인학교를 졸업할 수 있을까.

사고가 나고 정신이 없는 사이, 옆자리 오윤주가 한서정 손에 들린 멸치를 보았다. 한참 보고 있던 그녀가 발소리 나지 않게 조용히 다가왔다. 그러고는 쓱 지나쳐 방금 탈락해 비어버린 자리, 그 테이블 위에 있던 멸치를 가져다 한서정의 테이블 위에 놓았다.

"넌 내가 졸업할 때 옆자리에 서서 축하해줘야지. 안 그래, 마이 스탶?"

오윤주가 귓속말했다.

교사가 부재해 대화 금지 규칙을 어겼다고 지적할 사람은 없었다. 한서정이 오윤주를 보았다. 적어도 멸치를 바꿔치기한 게 오윤주는 아니었다. 내가 열심히 하는 것보다 다른 애를 탈락시키는 게 더 확실히 올라가는 방법이란 걸 체득한 학생들 사이에서 오윤주는 아직 스스로를 지키고 있었다. 왠지 그 사실이 더 고맙고 반가웠다.

'고마워.'

소리 내지 않고 입 모양으로 오윤주에게 말했다. 한서정은 씨알이 굵고 잘 다듬어져 고소한 냄새를 풍기는 멸치를 잘 끓은 물속에 넣었다. 그렇게 한서정은 위기를 벗어났다. 결국 누군가의 탈락을 발판 삼아 한 걸음 나아가게 된 셈이었다.

시험장으로 돌아온 김지연이 시험 재개를 재촉했다.

"사고가 있었다고 시험 시간이 늘어나지는 않는다. 주어진 조건은 변하지 않아. 다들 서둘러. 시간이 임박했다."

학생들은 다시 우거지해장국을 끓이는 데 집중했다. 주인 잃은 테이블 바닥에서 핏자국이 천천히 말라붙고 있었다. 한서정은 끓는 장국에 우거지를 넣었다. 가난했던 시절 끓여 먹던 우거지해장국이었으니 고기가 들어가지 않아야 한다. 부드럽고 깊은 맛보다는 구수하고 장맛이 진하게 느껴지는 소박한 맛이 나야 한다. 강준석의 어머니가 끓여주던 맛, 그 추억이 새겨진 맛을 완벽하게 재현해내야 한다.

학생들은 공평하게 같은 레시피로 배우고 훈련했다. 그러므로 학생들이 조리한 음식을 일반인이 먹는다면 큰 차이를 느끼기 어렵다. 변별력이 떨어지는 것이다. 그런데 타깃의 소울 푸드, 그걸 재현해 타깃의 마음을 사로잡는 것이 목적이라면 얘기가 다르다. 다른 사람들이 먹었을 때는 별 차이를 느끼지 못하지만 타깃만이 알 수 있는 무언가 특별한 점을 찾는 것이 무엇보다 중요하다.

김지연은 그게 가능했다. 절대 미각을 가진 여자였다. 그 미세한 디테일의 차이를 변별해내는 능력이 있었다. 음식을 맛보았을 때 그 맛을 구성하는 각각의 요소가 가지는 맛의 고유한 특징을 알아내는 능력이 있었다. 그것이 하인학교 요리교사로 존재하는 이유였다.

"그만."

김지연이 시험 시간 종료를 알렸다. 모든 학생이 조리대에서 한 발짝 뒤로 물러났다. 김지연이 평가지를 손에 들고 학생들이 만든 음식을 맛보기 시작했다. 평가의 시간이었다.

고요한 가운데 긴장감이 팽팽한 풍선처럼 부풀었다. 김지연의 혀끝과 손끝에 네 학생의 생과 사가 달려 있었다. 오직 김지연이 내는 소리만 날카롭게 퍼졌다. 숟가락을 들고, 국을 떠서 입 안에 넣고, 쩝쩝하면서 맛을 음미하는 소리. 그 소리에 모두의 운명이 매달려 있었다. 학생들의 헐거운 표정에 두려움이 스쳤다.

마침내, 김지연이 네 명의 학생이 만든 우거지해장국을 모두 맛보았다.

"모두들 수고했다. 다들 훈련받은 대로 대체로 잘해주었다. 객관적으로 따져보자면 모두의 우거지해장국이 다 맛이 좋다. 특히, 너. 변변찮은 재료를 가지고 이렇게 훌륭한 맛을 내다니. 역시나 특급 호텔 셰프 출신답구나."

김지연이 아까 다른 학생에게 칼을 떨어뜨린 그 학생을 가리키며 말했다. 그러나 그 학생은 웃지 않았다. 바깥세상 어딜 가서도 칭찬으로 들릴 수 있는 김지연의 그 말이 하인학교에서는 그렇지 않다는 사실을 너무나 잘 알고 있는 까닭이었다.

"하지만 너희도 알다시피 우리는 맛있는 음식을 만들기 위해 훈련한 것이 아니다. 타깃의 단 하나의 추억. 그 맛을 살려내야 하지. 강준석의 모친이 만드는 우거지해장국의 핵심은, 짠맛이 다. 일반인이 먹기에는 다소 과하다 싶을 정도의 짠맛. 전통 된 장의 짠맛. 그 수위를 넘치지도 않고 모자라지도 않게 구현해내야 한다."

김지연이 학생들을 둘러보았다.

"바로 결과를 발표한다. 요리 시험의 우승자는 손보미다. 너희들의 타깃인 강준석이 꿈에서 그리워하는 어머니가 만든 바로 그 우거지해장국 맛이다."

우와, 손보미가 비명에 가까운 환호성을 질렀다. 자리에서 팔짝팔짝 뛰었다. 한서정은 바닥에 무너지듯 주저앉았고 셰프 출신 학생은 울었다. 오윤주는 대상을 알 수 없는 허공을 향해 욕을 했다.

"나머지 순위는 게시판을 확인하도록. 어차피 일 등 말고는 무의미하지만 말이다."

김지연이 나갔고, 첫 번째 시험이 끝났다.

순위가 게시판에 붙었다. 오윤주가 삼 등, 한서정이 사 등이었다. 그야말로 등골이 오싹해지는 등수였다. 바깥은 지금 봄에 가까운 깊은 겨울이다. 그러나 여기는 계절을 알 수 없도록 항상 따뜻하고 쾌적하다. 특급 호텔식 냉난방 장치에 계절의 변화를 몸으로 느낄 수는 없다. 그런데 지금 한서정은 마치 한겨울 시린 바람이 함부로 몸속을 드나들어 뼛골에 구멍이 숭숭, 뚫리는 듯 몸을 떨었다.

사람은 벼랑 끝에 몰린 지경이 되면 어떻게 해야 벼랑으로 떨어지지 않을지 골몰한다. 무엇이라도 잡히는 것을 잡고 붙들 만한 것을 붙들어야 산다. 사는 일에 모가지가 묶인 산목숨은 무릎 꿇어야 살 수 있다.

요리 시험 일 등인 손보미도 불안하기는 마찬가지였다. 시험은 이제 시작에 불과했다. 바깥에서는 한겨울 바람이 매섭게 불어닥치고 있었다.

전금희는 계속해서 바쁜 날들을 보내고 있었다. 오늘도 새벽부터 서둘렀다.

아침에 집에서 출발할 때는 살을 엘 듯 칼바람이 불더니 점심 무렵이 되어 양양에 도착하자 언제 그랬냐는 듯 대기가 순하게 가라앉았다. 한국 땅은 태백산맥 줄기를 경계로 동과 서가 확연히 날씨가 달랐다. 양양의 겨울 바다는 연한 미색의 햇살이 내려앉아 잔잔했다.

전금희는 양양에 도착해서 곧장 어느 집으로 들어가 마당에서 개와 놀며 시간을 보냈다.

"어디 보자, 이름이 봉순이구나."

쪼그리고 앉은 전금희가 잡종견 봉순이를 보았다. 봉순이가 땅바닥에 대고 꼬리를 쳤다. 전금희가 머리를 쓰다듬었다. 개 밥 그릇에 고인 물에 칼날 모양의 살얼음이 앉았다. 그 위엔 흙먼지가 떠 있었다.

전금희는 마당가 수도에서 그릇을 씻어 물을 새로 떠주었다. 너무 차가울까 염려되어 들고 있던 카페라테를 섞어주었다. 봉순이가 찰찰거리는 맑은 소리로 밍밍한 커피 물을 달게 삼켰다. 그런 봉순이의 귀를 접었다, 폈다, 하고 꼬리를 손가락으로 돌돌 말아 돌리면서 장난을 쳤다. 봉순이가 맑게 전금희를 올려다보았다.

"누군데 남의 집 개한테 함부로 뭘 주는 거요?"

뒤쪽에서 한 노인이 버럭 성질을 내며 다가왔다. 전금희가 여유 있는 자세로 일어났다.

"봉순이가 참 귀여워요, 이장님."

"누구냐니까?"

"이장님도 참. 지난번에 저랑 같이 술 마시고 노래하고 같이 놀았잖아요? 이장님이 월남전에서 베트콩을 칼로 쑤셨다고 어찌나 막 그 동작을 보여주셨는지. 저 기억 안 나세요? 하조대 옆 리조트 건설 담당자예요."

이장은 알코올중독이다. 술 취했을 때 본 사람은 멀쩡할 때 기억 못 한다. 다시 술이 취하면 희한하게도 기억해낸다.

"지난여름 해수욕장 개장 고사 지낼 때도 제가 왔었고, 경로

잔치 때도 왔었잖아요. 그때마다 봉투도 두둑하게 드렸구만. 서운해요."

이장은 마을협의회 회장이기도 하다. 그 지역에 리조트를 짓자면 동네 사람들과 반목하지 않아야 한다. 목소리 크고 나이 많은 동네 토박이들이 마을협의회를 맡고 있는데 전금희는 이 허름한 시골 동네에 무슨 일이 있을 때마다 달려와 '마을발전기금'이라는 글이 적힌 봉투를 내밀곤 했다. 이장의 주머니에 따로 봉투를 찔러 넣어주는 것도 잊지 않았다.

"봉순이 사료값이라도 하시라고요."

그제야 이장이 쩝, 입소리를 내면서 인상을 풀었다.

양양에서 전금희는 자신을 회장 백성철의 부인이 아니라 리조트 건설을 담당하는 일개 회사 직원이라고 소개했다. 만약 회장 부인이라 했어도 마을 사람들은 못 알아봤겠지만. 전금희가 회장 부인이라는 사실을 밝히지 않고 일하는 걸 백성철 또한 좋아했다.

점심으로 마을협의회 노인들과 함께 곰치국을 먹으면서 소주를 마셨다. 전금희는 식감이 능글거려서 물곰치를 싫어했지만 목구멍을 열고 입 안에서 씹지 않고 삼켜냈다.

삼킬 수 없는 것을 삼켜야만 한다.

무슨 일이든 성공을 위해서 꼭 필요한 일이라는 걸 전금희는 알았다. 그 자리에서 '저는 곰치국을 못 먹어요. 식감이 능글거리는 게 꼭 설사 덩어리 같잖아요. 토할 것 같아요.'라고 말하면 어찌 될까. 세상 살면서 성공을 하자면 때로 나를 감추고 억누르고 참는 데서 더 나아가 그것을 즐길 줄 알아야 한다. 전금희는 웃는 표정으로 물곰치 덩어리를 삼켰다. 소주가 한 병 이상 들어가자 이장이 절친 대하듯 전금희를 친근한 표정으로 보았다.

"나는 참, 아직도 희한하네. 어떻게 여자가 여기다 그 고급진 리조트를 짓겠다고 책임을 떠맡아 일을 하나?"

후줄근한 솜 잠바를 걸친 이장이 누런 이빨을 보이면서 흐흐, 웃었다.

"제가 일을 워낙 잘해요."

전금희가 소주를 또 따르며 웃었다.

오늘 온 까닭은 마을협의회의 동의서가 필요해서였다. 리조트는 건축 설계 단계이지만 막상 첫 삽을 뜨고 공사를 시작했을 때 협의회에서 환경이니 먼지니 소음이니, 어쩌구 하면서 딴지를 걸어오면 난감한 일이 아닐 수 없다. 거기다 종일 심심해서 무슨 건수 없나 두리번거리는 지역 언론이라도 가세하면 환경단체들까지 들고 일어날 게 뻔하다. 부동산 개발과 환경 보존은 언제나 접점을 찾을 수 없는 평행선을 달리니까.

그 대비로 전금희는 그룹 차원에서 매년 환경단체에 거액을 후원해오는 일을 잊지 않았다. 기업 이미지 제고에도 좋은 일이지만 무엇보다 기업의 미래를 위해 환경단체와 등 돌리는 일은 없어야 했다.

전금희가 리조트 개발 계획을 발표하면서 강조한 것이 바로

'환경'과 '상생'이었다. 갖가지 환경 친화적인 설계가 들어갈 것이다. 또한 지역 주민들과 상권을 함께 연결하는 프로그램도 상시 운영할 계획이다. 초기 비용이 더 들겠지만 그것으로 인해 관광객이 더 모여들 것이다. 값비싼 모델로 광고하는 것보다 이미지 상승에 더 큰 역할을 할 것이다. 전금희는 기업의 백 년 후를 내다보고 일했다.

이장이 더 취하기 전에 먼저 서명을 받았다. 그러고 나서는 마음껏 취할 수 있도록 장단을 맞춰주었다. 월남전 얘기를 한 시간 넘게 다시 들어야 했다.

"우리가 입은 옷을 '정글복'이라고 불렀어. 모든 전쟁 중에 오직 월남전에서만 지급된 거였지. 알지? 포플린이 가볍고 얇고 편하다는 거. 베트남이 얼마나 덥고 습한지 모를 거야. 그런 날씨엔 딱 좋았지. 그런데 너무 쉽게 헤져. 여기저기 구멍 나고 찢어지고. 그런 넝마 같은 걸 입고 우리는 매일 진흙탕 속에서 포복을 했어."

이장은 월남전에서 살아 돌아온 날로부터 지금껏 수십 년을 아직도 베트남 정글에서 헤매고 있는 사람 같았다.

"남들은 내가 크게 한몫 잡은 줄 알지만 천만의 말씀. 월급이 삼만 원도 안 됐는데 무슨. 난 정직한 군인이었거든. 다들 뒤로 빼돌려 팔아서 돈 벌었지. 심지어 군의관들이 보급품과 약품을 팔아치웠어. 내가 베트콩한테 칼을 맞았거든? 그런데 제대로 치료도 못 했어. 왜? 다 빼돌리고 약품이 모자랐거든. 여기 봐봐."

굳이 셔츠 자락을 걷어 올려 옆구리에 길게 난 흉터를 보여주었다. 전금희는 오호, 저런, 세상에, 하며 적절한 추임새를 넣어 호응해주었다. 그러나 속으로는 이장의 끝나지 않는 이야기가 불편했다. 한국이 가난하던 때 정부가 미국 존슨 행정부의 요구로 경제적 지원과 파병을 맞바꾼 것 아니던가. 그 돈으로 대기업은 코끼리로 성장한 반면 파병된 군인들은 죽거나 다치거나 고엽제 피해로 장애인이 된 경우가 부지기수 아닌가. 그 이념 대립의 대리전쟁에 끼어서, 남의 전쟁에 나가서 말이다. 어느 일본인 학자는 월남전을 두고 이렇게 말했다. '미국은 총알을 제공했고 일본은 물자를 팔고 한국은 피를 팔았다.'

전금희는 한국 군인들이 베트남에서 저지른 전쟁범죄를 입에 올리지 않았다. 오히려 더 이야기하도록 북돋워주었다. 전금희의 적극적인 리액션에 흥이 오른 이장이 빈 소주병에 숟가락을 꽂아 노래를 불렀다. 술 취한 노랫가락이 흐느적흐느적 염불 비슷하게 웅얼거리는 소리로 나왔다. 그걸 또, 전금희가 기가 막히게 따라 불렀다. 하고 싶은 모든 말을 누르고 대신 숟가락 꽂힌 소주병을 손에 쥐고서.

"너⋯⋯."

딸랑 소리가 나며 낡은 유리문이 열렸다. 전금희가 놀라 벌어진 입을 다물지 못하고 말꼬리를 흐렸다. 이장과 마주 보며 노래 부르는데 갑자기 물곰치 전문 식당 안으로 백도현이 들어선 것이다.

전금희는 들고 있던 소주병을 슬그머니 내려놓았다. 아무래도 의붓아들 앞에서 그러고 있자니 솔직히 쪽팔렸다.

"안녕하십니까? 저는 서울 본사에서 내려온 직원 백도현입니다!"

백도현이 식당이 떠나가라 소리 질렀다. 구십 도로 허리를 굽혀 노인들에게 인사했다. 노인들이 벌게진 눈으로 뜨악하게 쳐다보았다.

"본사 직원? 백 뭐시기?"

"네, 백도현 부장입니다."

노인들이 고개를 끄덕였다. 그리고 다시 소주잔에 집중했다. 그러다 한 노인이 손바닥으로 무릎을 탁 쳤다.

"거기 회장이 백씨 성 아니던가?"

가늘게 뜬 눈으로 백도현을 꼼꼼하게 살폈다. 어딜 봐도 아직 부장을 달 만한 나이가 아니었다. 정상적으로 대학 졸업하고 입사 시험 치르고 인턴 거쳐 인사고과를 반영한 승진을 기다리는 세월을 거친 얼굴이 아니었다.

"네, 맞습니다."

"맞구만. 자네, 맞지?"

무슨 뜻인지 알지? 하는 표정으로 함박웃음을 지으며 노인들이 백도현을 환영했다. 무려 회장님 아들이 아닌가.

"어르신들, 앞으로 잘 부탁드립니다!"

백도현이 싹싹하고 밝은 목청으로 또 인사했다. 무릎을 꿇은 자세로 노인들에게 각각 소주를 따라주었다. 그러고는 노인들이 주는 소주를 다 받아 마시고 노인들과 함께 노래를 불렀다. 전금희 따위는 어느새 뒷전이었다.

"네가 여긴 어쩐 일이니?"

전금희가 귓속말로 최대한 작게 말했다.

"저야 뭐, 서핑하러 왔죠. 마침 어머니가 여기 계시다기에 뵐 겸 들렀어요."

백도현이 히죽 웃었다.

"이 겨울에? 서핑을 하러 여길 왔다고?"

전금희는 갑자기 나타나 설레발치는 백도현이 못마땅했다.

"어머니도, 참. 서퍼들이 겨울바람을 두려워하나요? 오히려 즐기죠."

백도현이 노인들을 향해 박수를 치며 어깨를 들썩였다.

무슨 꿍꿍이일까. 평소 뭐든 은근하고 은밀하게 행동하던 아이였는데. 뭐랄까, 언제든 들이밀 수 있는 칼을 손에 쥐었다고 생각하는 느낌? 생각지도 못한 어떤 패를 손등 너머에 숨기고 있는 느낌? 백도현은 쉽게 그걸 꺼내지 않았다. 오히려 미묘한 긴장감을 즐기는 눈치였다. 둘 사이의 공기가 묘하게 서늘해졌다. 노인들은 이제 어깨동무를 걸고 노래 불렀다.

"어르신들, 앞으로 자주 찾아뵙겠습니다. 리조트가 성공하려면 무엇보다 마을 어르신들이 힘써주셔야 하는 것 아니겠습니까!"

그럼, 그럼. 암, 그렇지. 거참 싹싹한 젊은이구만. 노인들이 저마다 한마디씩 했다. 리조트 완공되어 성공해봐야 자신들에게 돌아오는 것 하나 없지만 서울의 굴지 재벌 회사 회장님 아들이 무릎을 낮춰 인사하고 어울려 소주 마시고 놀고 있지 않은가. 무료한 노년에 끝내주는 이야깃감이었다.

백도현은 미리 준비한 봉투를 노인들에게 돌리는 것도 잊지 않았다. 전금희와 백도현, 둘 다 소주를 한 병 이상 마셨다.

물곰치 식당을 나와 두 사람은 각자 기사가 운전하는 차를 타고 서울로 돌아왔다. 차 안에서 전금희는 내내 백도현을 생각했다.

전금희는 집에 돌아오자마자 화장을 수정하고 헤어를 세팅하고 옷을 갈아입었다. 미리 준비해둔 페라가모의 블랙 드레스였다. 품격은 지키되 너무 과하지 않고 단정하면서도 위엄이 느껴지고 동시에 세련된 분위기로 골랐다.

소주로 붉어진 얼굴은 메이크업으로 잘 커버하고 목에는 깔끔하게 세팅된 다이아 목걸이를 걸었다. 양양 리조트 부지 계약 기념으로 백성철이 선물한 것이었다. 작은 클러치백을 손에 든 전금희는 마지막으로 전신거울로 세팅을 점검하고 서둘러 집을 나섰다. 누가 봐도 재벌 집 안주인이었다.

전금희는 누구보다 바쁘고 다채롭게 일했다. 아침에 양양으로 향할 때 집을 나서던 전금희, 그리고 재벌 집 안주인으로서 집을 나서는 전금희. 그 간극은 차가운 얼음 세계에서 절대 메워지지 않을 만큼 깊은 틈이 생겨난 크레바스와도 같았다.

고급 호텔의 그랜드볼룸 행사장은 크고 높고 화려하고 북적 거렸다. 전금희의 재단 이사장 취임을 축하하는 행사이자 재단 에서 주최한 첫 자선행사였다.

백성철의 결정으로 그룹의 재단 이사장은 전금희가 되었다. 전금희가 양양 땅 계약을 성사시키고 난 뒤 가족 식사 시간에 선물로 사 온 목걸이를 건네면서 백성철이 발표했다. 애들이 아 직 어리니까 재단 이사장은 아무래도 당신이 맡는 게 보기에 좋 을 것 같다고, 그렇게 하라고.

누구도 백성철의 말에 토를 달 수 없었다. 게다가 전금희가 막 양양 리조트 부지 건으로 제 능력을 증명한 시점이었으니 백 씨 남매가 비교적 부족하다는 백성철의 판단은 옳았다.

그는 그룹이 아직 정점에 오르지 않았다고 판단했다. 회사를 더 키우고 탄탄하게 만들려면 전금희가 필요했다. 백성철은 전 금희의 업무 능력이 젊은 시절의 본인과 비교해도 뒤지지 않는 다고 생각했다.

저마다 전금희에게 축하 인사를 건넸다. 전금희는 본처 비서 로 출발해 이 자리까지 오른 입지전적 인물이었다. 인사를 건네 는 사람들의 미소 뒤에는 저마다의 감정이 실려 있었다. 부러움, 시기, 질투, 간혹 존경. 그리고 원래 금수저로 타고난 이들의 경 멸. 비서 출신 따위가, 집안의 하인이, 떡하니 안방을 차지한 것 도 모자라 사업을 한답시고 여기저기 들쑤시고 다니면서 이제 재단 이사장 자리까지 꿰찼으니까. 그들은 속으로 어디 무서워서 집안에 하인 하나 들이는 것도 조심해야 할 판이네, 투덜댔다.

높은 곳에 있으면서 많은 것을 가진 사람들은 누구에게도 그 울타리를 열지 않는 순혈주의자였다. 그들은 뒤에서 품격이 떨어진다고 중얼거렸다. 전통 재벌들은 신흥 재벌들을 그렇게 보았다. 벼락부자. 어쩌다 높이 솟아 올라왔지만 언제 어떻게 바람에 나부껴 쓰러질지 모르는 가느다란 뿌리로 지탱할 뿐인 벼락부자로.

백성철도 그걸 모르지 않았다. 그것이 회사를 더 키우려는 이유였고, 또 백도희의 결혼을 서두르는 까닭이었다.

"어머니, 축하해요. 그렇지만 다음엔 제게 주실 거죠?"

백도희가 다가와 호들갑 떨며 말했다. 축하는 하면서도 차기 자리는 약속을 받으시겠다니. 전금희는 웃으며 대답했다.

"그래. 이번엔 회장님께서 그리 말씀하시니 어쩔 수 없지만 자리 잡아서 어려운 일 다 넘어가고 나면 도희 줄게."

전금희가 약속했다. 백도희는 두 가지 이유로 고분고분해졌다. 첫째, 백성철의 결정에는 토를 달 수 없으니까. 자기가 나설 때가 아닌 걸 잘 아니까. 둘째, 포시클럽이 잘돼서 신나 있으니까. 물론 전금희가 뒤에서 봐주기에 가능했다. 게다가 곧 재단도 주겠다니 이토록 우호적일 수밖에 없었다.

전금희는 눌러서 올라서려는 게 아니었다. 품어서 아우르려는 것이었다. 백씨 세 사람을 자연스럽게 손안에 넣어야 한다. 그들은 전금희의 가족이었고, 전금희는 그들의 아내이고 어머니였다. 그녀는 그 사실을 진심으로 받아들였다.

"어머니가 도와주시니까 정말 좋아요."

백도희는 전금희의 팔짱을 끼고 웃었다.

그걸 백도현이 못마땅한 눈으로 보았다. 저 멍청한 백상아리, 결국 넘어갔구나. 어머니를 죽게 하고 아버지를 꼬셨다고 욕할 때는 언제고 아주 대놓고 어머니라고 부르는군. 포시클럽이 잘 되어가는 걸 백상아리는 자기 때문이라고 생각하는 모양이야. 그것도 모자라 아버지도 자기 능력으로 알고 있는 줄 착각하고 있어.

천만에, 아버지는 다 꿰고 있다. 그게 전금희의 능력이란 걸. 포시클럽이 잘될수록 결국 백도희가 증명하는 건 단 하나였다. 능력 없음. 그게 아버지가 백도희를 정략결혼 시키려는 이유이기도 했다.

능력이 안 되면 결혼이라도 해서 집안에 보탬이 되어라. 예부터 딸의 '여성'은 아버지가 파는 상품 아니던가. 백도희와 같은 꼴을 안 당하려면 방법은 하나뿐이었다. 스스로를 증명하는 것. 양양 리조트는 내게 반드시 필요하다. 그리고 이제 수중에 그 방법도 가지고 있지 않은가.

백도현은 백도희를 보며 그렇게 생각했다. 그리고 혀를 쯧쯧, 찼다.

"회장님, 어서 오세요."

전금희가 환하게 웃으며 백성철을 맞았다. 그랜드볼룸의 모든 손님이 백성철에게 주목했다.

"축하해요, 이사장님."

백성철이 들고 온 꽃다발을 전금희에게 안겼다. 행사장에 박수 소리가 울려 퍼졌다.

백성철은 전금희의 손을 잡고 단상으로 향했다. 브라보, 탄성이 터졌다. 휙, 누군가 입으로 휘파람 소리를 냈다. 잔치 분위기는 살았고 백성철은 목적을 달성했다 생각했다.

전금희의 입지를 제대로 굳히기. 집안의 하인으로 들어와 안방 자리를 꿰찼다는 말들을 가라앉혀야 했다. 그룹에서 전금희가 해야 할 일이 많다. 그러자면 누구도 전금희의 입지를 훼손하면 안 된다. 전금희가 꼭 필요한 만큼 애정도 깊어졌다. 그 또한 백성철의 진심이었다.

행사는 순조로웠다. 우아한 음악이 흘렀다. 재단을 설립해 자선행사를 열었으니 명실상부 최고 수준의 기업이 되었음을 선언한 셈이었다. 백도현은 가진 패를 까기에 오늘만큼 적당한 날이 또 없을 거라 여겼다.

높이 도약할수록 추락의 나락은 깊은 법이었다. 그러니 바닥을 보면서 적당히 날아올라야 한다. 바닥이 보여야 날고 있다는 사실을 알 것 아닌가. 한없이 높이 날아오르기만 하면 여차하는 순간 바닥을 모르는 뻥 뚫린 허방으로 추락하고 말 테니까.

"축하드려요, 어머니."

"그래, 고맙다."

평소답지 않게 백도현을 대하는 전금희의 목소리엔 온기가 없었다. 그와 반대로 백도현은 평소보다 더 친근한 태도였다. 어쩐지 둘 사이에 링이 하나 놓인 느낌이었다. 양쪽 코너에서 입장해 맞대결을 펼치기 직전의 긴장감이 느껴졌다.

전금희는 알았다. 백도현이 내게 싸움을 걸어오겠구나. 뭔지는 몰라도 그녀는 진심으로 받아줄 생각이었다.

"저기, 어머니……."

드디어 백도현이 칼집에서 칼을 꺼냈다. 양양에서부터 계속 만지작거리던 것이었다. 칼날은 푸르고 날카로웠다. 머릿속에서 몇 번이고 휘둘러보았으니 단칼에 상대방을 벨 수 있음을 확신했다.

"도현아, 잠깐만."

전금희가 손을 들어 제지했다. 백도현 때문이 아니었다. 전금희는 백성철 쪽을 보고 있었다.

그룹의 비서실장이 다급하게 다가와 백성철에게 무어라 보고했다. 백성철은 곧바로 표정을 굳히고 비서실장과 함께 자리를 비웠다.

당진 공장 근로자 총파업 개시.

백성철이 웃음을 거둔 이유였다. 백씨 세 사람과 전금희를 비롯한 그룹 관계자들이 따로 옆방에 모였다. 비서실장이 핸드폰으로 영상을 보여주었다.

당진 공장의 앞마당이 화면에 비쳤다. 공장을 둘러싸고 노조

원들이 모두 모여 파업을 하고 있었다. 그것이 실시간으로 온통 티브이 뉴스를 도배하고 있었다. 한 근로자가 언론과 인터뷰를 했다. 무엇이 부당한지, 무엇을 원하는지, 이 파업이 왜 무리한 요구가 아니라 정당한 항쟁인지 한숨과 눈물로 호소했다.

— 작업대는 높고 용접 불꽃은 뜨거워요. 하루 종일 가스를 들이마셔야 하고 온몸에 쇳가루가 날아와 박혀요. 숨 막히는 화기로 온몸이 화상을 입은 듯 화끈거려요. 주 오십이 시간이요? 그렇게 일하면 우리는 아이들 학원도 못 보내고 외식 한 번 못해요.

인터뷰 영상이 끝나기도 전에 백성철이 백도현에게 다가가 뺨을 때렸다. 철썩, 소리가 순식간에 방 안의 공기를 차갑게 얼어붙도록 만들었다.

"공장 책임자라는 놈이 대체 뭐 하고 있는 거냐! 이 지경이 될 때까지 뭘 하고 있었던 거야! 내가 널 요트 타고 난장 벌이고 술이나 처마시고 놀라고 보내놓은 줄 알아? 그러고도 지금 그렇게 값비싼 옷을 쫙 빼입고 거들먹거리면서 웃고 있는 거냐! 쓸모없는 놈."

정작 맞은 백도현보다 주위 사람들이 놀라 아무도 입을 열지 못했다. 그런 백성철의 분노를 보는 건 처음이었다. 아버지에게 처음 얻어맞은 백도현은 얼굴이 벌게져 덜덜 떨었다.

개개인의 근로자들을 대할 때 백성철은 친절했다. 어떤 이야기든 잘 들어주었으며 방문할 때마다 회식비를 따로 챙겨주었다. 그런데 전체를 대하는 방식은 사뭇 달랐다. 전체라면 그들은 각자의 개인이 아니라 노조라는 한 덩어리였다. 그에게 그 덩어리는 회사의 성장과 발전을 발목 잡는 암 덩어리였다.

빨리 갈 거냐, 멀리 갈 거냐, 하는 선택지 중 빨리 가는 쪽을 택한 대부분의 기업이 그랬다. 아무것도 없는 맨바닥에 헤딩하며 죽을 고비를 숱하게 넘어가면서 압축적으로 고도성장한 기업들은 빨리 가기 위해 필요하다면 팔다리도 자르는 소수 희생 패러다임을 체화했다. 구조적인 고도성장의 그림자였다. 지금부터가 중요하다. 이 일을 어떻게 처리할 것인가. 그것이 향후 기업의 미래를 보여줄 것이었다.

백성철은 법무팀장을 호출했다. 법무팀장이 오기를 기다리는 동안 백성철은 화를 가라앉히지 못했다.

"나 같은 오너가 어딨어! 나처럼 근로자들에게 잘하는 회장이 어디 있냐고. 그런데 이렇게 뒤통수를 쳐? 단체로 똘똘 뭉쳐서 떼거리로 내게 덤벼? 내 걸 빼앗으려 한단 말이지? 내가 어떻게 이뤄낸 회사인데."

백성철은 속으로 더욱 분노를 키웠다. 자고로 싹을 밀고 올라오는 잡초는 금세 불처럼 번져 온 들판을 망가트린다. 그런 것들은 방자하기 이를 데 없다. 이만한 그룹의 총수라면 마땅히 잡초가 생겨나지 못하도록 뽑고 제거하고 잘라야 한다. 그래야 질서가 바로 서고 그룹이 흔들리지 않으며 성실하고 묵묵하게 제 일을 하는 직원들에게 피해가 가지 않을 것이다. 그러니 입이 없는 것처럼 조용히 일하는 수많은 직원을 위해서라도 이 일을 본보기 삼아 처리해야 한다.

불려 온 법무팀장이 고개를 들지 못하고 백성철 앞에 섰다. 백성철이 주먹을 쥐었다. 백성철이 해결책을 요구하자, 법무팀장이 미리 준비한 자료를 건넸다.

"이미 이 경우를 대비해 매뉴얼을 만들어두었습니다, 회장님."

"그래서 뭘 어떻게 하자는 거야?"

백성철이 평소와 달리 반말로 강하게 물었다.

"업무 중단 일수에 따라 손해배상액을 산정하고, 그걸 노조 전체가 아니라 근로자 개개인에게 청구합니다. 파업 일수에 따라 다르겠지만, 시뮬레이션 결과로는 개인당 손해배상 청구액이 약 칠십억 정도가 됩니다."

법무팀장이 어떻게 그런 금액이 나올 수 있는지 설명했다.

말도 안 돼. 전금희는 하마터면 속으로 생각한 그 말이 입 밖으로 튀어나오려는 걸 가까스로 막았다. 공장 가동 중단에 따른 손실액에 미래 기대 수익을 손해로 봐서 얹고 이미지 손실에 따른 명예훼손 비용까지 부담할 셈이었다.

"그렇게 되면 도저히 개인이 감당할 수 없는 상황이 됩니다. 각자 스스로 무너질 겁니다."

저 법무팀장, 하버드 출신이라더니 아주 힘없는 근로자들 뭉개는 데는 도가 튼 사람이군. 전금희는 속으로 절레절레 고개를 저었지만 백성철은 고개를 끄덕였다. 자세히 설명을 들어야겠다며 법무팀장과 함께 회사로 들어갔다.

저 모습이 이 그룹의 미래라는 말인가. 전금희는 탄식했다. 그렇게 둘 수 없었다. 그렇게 두면 빨리 갈 수는 있겠으나 멀리 가지 못한다. 함께 발맞춰 걸어야 바닥이 더욱 단단해지고 기반이 튼튼해지는 법이다. 이 국민들에게 존경받는 기업으로 오래 남으려면 달라야 한다.

백성철이 그 말을 들을 리 만무했다. 맨바닥에서 시작해 이만큼 기업을 일군 백성철은 그런 말 따위 들을 귀가 없었다. 그렇다면 그다음 대에서 해줘야 한다. 전금희는 바로 그것이 자신의 역할이라고 믿었다. 백성철과 다르게 그룹을 이끌어나갈 생각이었다.

먼저 무엇을 해야 할지 자명해졌다. 백성철의 다음 자리를 이어받을 수 있도록 입지를 더욱 단단히 다져야겠지. 전금희는 그게 자신에게 주어진 소명이라고 여겼다.

"어머니……."

"아, 그래. 도현아."

백도현은 인상이 구겨졌고 실의에 빠져 눈썹이 처졌다. 이처럼 극명하게 제 위치를 실감하기는 처음이었다. 수틀리면 아들이라도 단칼에 쳐낼 수 있는 것이 아버지인 줄 다시 한번 뼈저리게 깨달았다. 동시에 양양 리조트 사업이 자신이 붙잡아야 할 유일한 동아줄이란 걸 알았다. 아버지 눈 밖에 났으니 만회하려면 커다란 한 방이 필요했다. 그러나 지금 혼자서는 무리다. 양양 리조트를 맡아서 하겠다면 아버지가 그래, 한번 해봐라, 옜다, 할 리 없었다. 전금희가 필요했다.

"얼마 전에 제가 친구 결혼식에 다녀왔잖아요?"

"응? 무슨?"

아, 재계 서열 삼십 위권 그룹 이세 결혼식이 있었다. 호화스러운 크루즈를 통째로 빌려 선상 결혼식을 했다고 했지.

"제주도 앞바다 크루즈에서 결혼식 하고 파티 중이었거든요."

백도현의 어투가 양양에서와는 사뭇 달라졌다. 처지와 형편이 달라졌으니 당연했다. 양양의 백도현에게 가득했던 전투력은 순식간에 몰아닥친 폭풍으로 만신창이가 되었다. 누구나 스스로 가치를 증명해야 하는 때임을 실감한 자리였다. 이 집안에서는 오너 아들이라고 거들먹거리다가는 회사 중역들 앞에서 싸대기나 맞는 신세가 되고 만다.

"거기서 한 남자를 만났어요."

백도현은 폭풍이 몰아닥치지 않았다면 어땠을까 생각했다. 전금희에게 날카로운 비수가 되었을 말들을 둥글고 원만한 악수의 어투로 말했다.

"처음 보는 사람이었는데 뭐랄까, 늑대의 왕 같았달까. 그 남자의 느낌이 그랬어요."

전금희는 그 남자가 누군지 단박에 알 수 있었다. 이진욱 말고 달리 누가 있을까. 백도현이 양양에서부터 기고만장했던 이유가 이거구나. 뭔가 내 약점을 손에 쥐게 되었다고 생각한 게 틀림없었다.

"자기를 이진욱이라고 소개한 그 남자가 뜬금없이 동화 얘기를 하더라구요."

잔혹 동화겠지. 전금희는 듣지 않고도 짐작했다.

"신데렐라 이야기 아시죠?"

백도현은 웬 이상한 놈이 접근했다, 싶었다. 여기는 한다하는 상류층의 결혼식이었다. 게다가 특별한 소수만 초대된 크루즈 갑판이었다. 모르는 얼굴이 있을 리가 없었다. 그런데 처음 보는 놈이 갑자기 들이대서는 신데렐라를 아냐고 묻다니. 신데렐라를 모르는 사람이 어디 있나. 그나저나 이 사람은 대체 어떻게 이 배에 타게 된 걸까.

"불행했던 한 소녀의 이야기죠."

이진욱은 갑판 너머의 바다를 보고 있었다. 파도 줄기가 희붐한 달빛에 하얗게 빛나는 백사장을 쉼 없이 핥았다. 선미 부분에서 눈부신 물빛이 하얀 포말을 일으키며 달려들었다. 그는 먼 데를 보았다가 다시 시선을 거둬들였다. 빗살무늬의 달빛이 바다의 표면을 쓸어 쓰다듬었다.

"질문 하나만 더 할게요."

이진욱이 바다에서 거둬들인 시선을 백도현에게 고정했다. 배 위는 호화로웠다. 색색의 불빛으로 달빛이 무색했고 향기로운 음악과 치솟듯 높은 웃음소리가 밤바다를 흔들어 깨웠다. 어쩐 일인지 백도현은 이 미친놈이 뭐라는 거야, 하고 쌩하니 뒤돌아 가지 못했다. 이진욱에게는 그런 힘이 있는 듯싶었다. 까닭 모르게 상대를 긴장하게 만드는 힘.

　"신데렐라 이야기는 재투성이 소녀가 우여곡절 끝에 성으로 들어가 왕자와 결혼하며 끝나요. 하지만 그 과정이 순탄치는 않았죠. 구두를 잃어버리고 계속되는 불행과 고통 속에서 한숨 쉬어요. 왕자가 구두 주인을 찾으러 다니는 걸 알았을 때, 소녀는 무슨 생각을 했을까요? 그 구두가 더러운 재투성이에서 성안의 왕자비로 수직 상승 하는 단 한 장의 티켓이라는 것을 정말 몰랐을까요? 소녀는 알았어요. 결국 다시 구두를 손에 넣게 된 소녀는 성공적으로 안착한 왕자비 자리를 지키기 위해 무슨 일까지 서슴없이 했을까요? 유리 구두의 마법이 풀리지 않도록 하기 위해서 말이에요."

　소녀는 깨지기 쉬운 유리 구두를 지키기 위해서 어떻게 했을까. 이진욱의 물음에 백도현은 그가 그냥 동화 얘기나 하자고 접근한 것이 아니라는 걸 직감했다.

　"마주 보고 있자니 어딘지 허무해 보이는 눈빛을 한 데다 이 세상에 속한 것 같지 않은 이질감이 들어서 긴장이 되더라고요. 그런데 말이죠, 어머니. 그 남자를 보는데 묘하게 어머니가 생각났어요. 이상하게 이진욱이 어머니랑 닮은 데가 있는 것 같아서요. 뭐랄까, 삶을 관통하는 불행을 겪고 난 허탈감이 내면에 흥

터로 남아 있는 사람의 시니컬함이랄까?"

저도 모르게 전금희는 이것저것을 머릿속에 떠올렸다. 계속
되는 악몽, 오 전무, 정이화의 밥그릇에 약을 탔던 하인학교 식
당 직원…….

원래는 내 심장으로 바로 치고 들어오는 칼이었겠구나 싶었
다. 당당하고 기백이 넘치는 기세로 서슴없이 그 날카로운 칼날
을 내 눈앞에서 마음대로 휘둘렀을 테지. 지금처럼 은근하고 모
호하게 고개 숙이며 내밀 협상의 카드가 아니었을 거야. 전금희
는 속으로 픽, 웃었다. 내심 백도현이 덤비면 진지하게 받아줄
생각이었는데 아쉬웠다.

백도현이 어디까지 들은 건지 확인해볼 필요가 있을까. 전금
희는 정이화를 누구보다 잘 안다. 백도현에게 결정적인 이야기
를 까발리지는 않았을 것이다. 한꺼번에 자기 패를 다 꺼내는
바보가 아니니까. 그저 슬쩍 찔러보기 협박용 수준?

백도현은 끄트머리 한 귀퉁이를 거머쥐고서 마치 제 손안에
다 장악한 것처럼 날 협박할 생각이었겠지. 백도현을 처리해야
할까. 전금희는 고개를 저었다. 백도현을 처리하면 정이화는 더
깊은 칼날을 들이밀 것이다. 설사 백도현이 없어도 정이화는 계
속 위협할 것이다. 어차피 백도현은 지금 나를 어쩌지 못한다.
더구나 백도현은 충분히 통제 가능하다.

"단도직입적으로 말할게요."

그럼에도 불구하고 찌르겠다면, 그래, 오너라. 난 언제든 준비

가 되어 있단다. 이 어미는 더 이상 탄광촌에서 시커먼 재를 뒤집어쓴 채 고통받던 재투성이 소녀가 아니란다. 깨지기 쉬운 유리 구두를 지키기 위해 무슨 일까지 할 수 있는지 궁금하다면, 내가 알려주마.

"도와주세요, 어머니."

이런, 시작도 안 하고 무릎부터 꿇다니. 역시 영리한 백도현답다. 치고 빠질 때를 정확히 알아.

"양양 리조트 사업, 저도 끼워주세요. 어머니 밑에서 열심히 배울게요."

원래는 통째로 달라고 하려 들었겠어.

"제가 어머니를 이길 수 없다는 걸 압니다. 베갯머리송사도 가능하시니 어머니가 모든 면에서 전적으로 유리하다는 것도 잘 압니다. 제가 어머니 편에 서겠습니다. 회사를 어머니 마음껏 키운 다음, 그다음에 제게 주세요. 정말 어머니 아들이 되겠습니다."

전금희가 웃었다. 찍어 눌러서 밟고 일어나는 게 아니라 품어서 아우르기. 백도현은 어쨌든 내 아들이다. 백도현을 잘 가르쳐 보는 건 어떨까. 그룹이 올바른 방향으로 나아가도록 내가 반석을 다져서 백도현에게 주면 어떨까.

전금희는 골똘하게 생각해보았다. 그 전에 당장 급한 일 먼저 처리해야 하겠지. 이진욱을 만나야겠다고 마음먹었다. 그리고 정이화도 만나야겠다고 생각했다. 선전포고인지, 전면전 개시인지, 다만 목줄을 쥐려는 건지, 깔아뭉개려는 건지 파악해야 하니까.

 ❧

"너, 뭐야? 어쩌다 아무 때나 불쑥불쑥 등장하는 이상한 캐릭터가 된 거야?"

한서정이 기숙사 방에 들어와 서 있는 이진욱을 보고 깜짝 놀라 소리쳤다.

"주인도 없는 빈방에서 뭐 하는 거야?"

"너 기다렸지."

이진욱이 피식 웃었다. 웃는데 그 웃음 안에는 아무것도 없이 텅 빈 느낌이 있었다. 한서정은 이진욱을 노려보았다. 대체 내가 모르는 시간 속 이진욱에게 무슨 일이 있었던 걸까. 혼란스러웠다. 혼란스러우니까 모든 것이 의심스러웠다.

강유진에게 그랬던 것처럼 나 또한 처리하러 기숙사 골방에 들어와 침대 끄트머리에 앉아 기다리고 있었던 걸까.

"그렇게 보지 마. 누가 보면 꼭 내가 널 어떻게 하러 온 줄 알겠다."

이진욱이 두 손을 들어 워워, 손짓했다. 이진욱이 장난기 가득하게 능쳤음에도 한서정은 쉽사리 긴장을 풀지 않았다.

"너한테서까지 그런 표정 보는 건 싫은데."

한서정이 미동조차 하지 않자 이진욱이 작게 한숨 쉬었다.

"전해줄 게 있어서 왔어. 금방 갈 거니까 그렇게 무섭게 노려보지 좀 마라. 오줌 싸겠어."

이진욱이 봉투 하나를 건네며 너스레를 떨었다.

한서정은 여전히 미심쩍은 눈길로 봉투를 받았다. 일종의 판결문 같은 게 들어 있을 것만 같았다. 예를 들어 여러 가지 이유로 내가 제거 대상이 되었음을 알린다거나. 본능적으로 그런 짐작이 들어 속으로 떨었다.

"와!"

봉투를 열어 확인한 한서정이 환하게 웃었다. 순식간에 모든 긴장과 의심과 혼란이 맑게 걷히는 기분이었다. 봉투 속에는 사진 몇 장이 들어 있었다. 서현이의 사진이었다.

낯설고 두렵고 모든 것이 혼란스러운 하인학교에 들어와 서로 속 얘기를 다 털어놓고 친해졌던 강유진. 한서정이 이곳에 잘 적응할 수 있도록 옆에서 도와주었던 그 강유진. 강유진의 어린 딸 서현이었다.

밤이면 남들의 시선을 피해 몰래 이불 속에서 자신의 딸, 서현이의 사진을 보여주곤 했었다.

서현이는 웃고 있었다. 놀이공원이었다. 아이스크림을 손에 들고 입가에 바닐라아이스크림이 잔뜩 묻은 것도 모르고 웃고 있었다. 회전목마를 타면서 누군가에게 손을 흔들었다. 새로 산 듯 보이는 체크무늬 원피스는 딱 봐도 값비싼 것이었다. 서현이

가 사진 속에서 팔랑거리며 뛰어다녔다.

"전금희 졸업생이 너한테 전해주라고 해서."

그랬구나. 전금희는 내게 한 약속을 충실히 지키고 있었구나.

한서정은 사진 속 서현이를 보면서 저절로 함박 웃었다. 그걸 이진욱이 보았다. 이진욱이 본능적으로 한서정에게 한 걸음 다가갔다. 뭐라고 정확하게 설명하기 어려웠다. 그냥 한없이 맑은 어린아이 같은 한서정의 그 웃음이 훅, 이진욱을 끌어당겼다.

중력 같았다. 세상의 프레임에서 튕겨져 궤도 밖을 헤매고 있던 이진욱이었다. 허방을 딛고 있어 그 무중력감으로 생이 끝도 없이 무의미한 이진욱이었다. 그에게 가장 필요한 건 다시 땅바닥에 발을 붙일 수 있게 만드는 견인력. 디딜 발판이 필요했다. 무엇이라도, 아주 작은 실마리여도 상관없었다. 끌어당겨줄 중력이 간절했다. 사실 이진욱은 지금껏 스스로가 간절한지도 몰랐다. 한서정의 별 뜻 없는 웃음이 그걸 상기시킨 것이다. 캄캄한 어둠 속 저 끝에서 아주 작게 빛을 내는 하나의 반짝임처럼.

별을 보고 길을 찾던 옛사람들처럼 이진욱은 본능적으로 붙들 실마리를 찾아냈다. 그것이 생이 아니던가. 어른들이 '무슨 일을 겪든 산 사람은 다 살게 되어 있다'며 하던 말은 인간의 삶을 관통하는 경험치에서 나온 말 아니던가.

이진욱은 문득 행운복권방 집 아들이었던 시절을 떠올렸다. 그때 만났던 한서정은 누구보다 힘든 상황이었다. 그리고 누구보다 열심히 살았다. 새벽부터 남들 다 잠자리에 드는 밤중까지 식당이며 편의점이며 알바를 전전하면서도 학교 성적이 우수한 아이였다.

가끔 이진욱이 힘들지 않냐고 물을 때면, 한서정은 이렇게 대답했다. 힘들다고 생각하면 계속 힘들어. 그냥 사는 거야. 그냥, 하루만 사는 거야. 오늘만. 그러면서 웃었다. 맑은 하늘을 올려다보면서 혹은 먼 데 허공을 쳐다보면서 아무것도 생각하지 않는 웃음을 웃었다.

그것이 한서정이 떠난 이후로도 그녀에게 계속 연락한 까닭이었다. 그 웃음. 이진욱은 한시도 잊지 못할 만큼 자주 그 웃음을 떠올렸다.

삶의 모든 욕망이 다 사라지고 그걸 채울 수 있는 바닥조차 없어진 삶이었다. 뭔가 고일 수 있는 바닥을 새로 만들어야 했다. 이진욱은 한서정이 자신의 기반이 될 수 있으리라는 것을 본능적으로 알아차렸다. 그래서 한서정을 하인학교로 끌어들이는 데 거리낌이 없었다. 또 잃지 않도록 근처에, 손 닿는 곳에 두고 싶었다.

이진욱은 한서정에게 모든 이야기를 털어놓고 싶은 충동을 느꼈다. 아무에게도 하지 못한 이야기. 밤마다 악몽으로 찾아와 심장을 움켜쥐고 숨 쉴 수 없도록 짓누르는 그 일. 지나온 시간들. 잘못된 선택.

사람의 생이란, 하나의 사건이 발생하면 그때부터 나머지 모든 것이 바뀌기도 한다. 인생의 모든 퍼즐이 전혀 다른 것으로 변하는 것이다. 그건 도미노처럼 연속적이고 끝이 없다. 결국 인생 전체가 망가지고 만다. 이진욱의 머릿속으로 지나간 과거가 빠르게 흘러갔다.

조폭에게 쫓겨 한서정이 떠나고 이진욱은 서울대 공대에 수석으로 입학했다.

거기서 친구들을 만났다. 박동진, 김수철, 강진원, 지성모. 이진욱을 포함해 다섯 명의 친구들이 모임을 만들었다. 모임의 이름은 '베텔게우스(Betelgeuse)'. 은하계 태양의 사백오십 배에 해당하는 초거성으로, 오리온자리에서 가장 밝은 별이었다. '거인의 어깨'라는 뜻이었는데, '알파별'이라고도 불렀다.

밤하늘에서 가장 밝은 별 중 하나. 사냥꾼인 오리온의 동쪽 어깨. 사냥꾼처럼 강한 어깨로 밀고 나가 최상위의 위치에 올라서자는 뜻이었다.

다섯 명 모두 전국에서 상위 일 퍼센트에 들던 수재들이었다. 그러나 각자 현실의 벽에 부딪혀 있었다. 누구는 부모의 빚 때문에 학교를 그만둬야 할 위기였고, 또 누구는 스스로 학비와 생활비를 벌어야 했다. 모두들 돈이 필요했고 이진욱은 그걸 알았다. 그래서 그 친구들을 모은 거였으니까.

이진욱은 아무리 수재에다 서울대 출신이라도 태어날 때 금수저를 물고 난 애들 발뒤꿈치도 못 따라간다는 걸 알았다. 금수저들은 적당히 학교 다니다가 부모 돈으로 가장 좋은 학교에 유학 갔다 와서 부모의 사업체를 물려받아 단숨에 회사 오너가 되어 부를 대물림할 것이다.

자신은 아무리 뛰어난들 학교 졸업하고 죽도록 입사 시험 치르고 회사에 들어가 월급쟁이 노릇 하면서 월세 내고 자동차 할부금 갚아가면서 늙어가겠지.

불공평했다. 평생을 죽도록 노력해도 타고난 금수저를 이기지 못한다는 건.

행운복권방 집 아들 이진욱은 어릴 때 로또 일 등 당첨자를 보았다. 한 방에 사십칠억이었다. 아무런 노력 없이 단 한 방에.

돈도 있어본 사람이 제대로 쓸 줄 아는 모양이었다. 갑자기 주체할 수 없는 많은 돈이 생기자 사방에서 투자하라며 꾼들이 붙었다. 그리고 당첨자는 도박에 빠져들었다. 한 도박 사이트 업체가 조직적으로 그에게 들러붙어 모조리 빨아먹었다. 결국 그는 십 년도 지나지 않아 폐지 줍는 수레를 몰게 됐다. 그리고 이따금 행운복권방 앞을 지나면서 그 앞에 대고 침을 퉤, 뱉었다.

그때는 이해할 수 없었다. 어떻게 그리 어리석을 수 있을까. 그 돈을 제대로 굴렸다면 아마 그는 지금쯤 백만장자가 되어 있지 않을까. 나라면 어땠을까. 이진욱은 내내 그 생각을 해왔다. 나라면 다를 것이다. 한 방. 한 방이면 된다. 한 방에 끌어당기고 빠진다. 그리고 그때부터 진짜 내 인생을 살 것이다.

그것이 베텔게우스를 만든 이유였다. 베텔게우스는 이들의 모임이면서 동시에, 이진욱이 만든 도박 사이트의 이름이기도

했다. 눈먼 돈을 긁어모을 목적이었다. 불로소득으로 돈과 생을 낭비하면서 사는 놈들이 어디 한둘인가. 적당한 호구를 물색해서 몇 놈만 끌어들이면 될 것이었다. 그리고 빠진다. 그것이 이진욱의 계획이었다.

동참한 수재 다섯 명이 머리를 맞대고 불법 도박 사이트를 만들었다. 당연히 아이피 주소는 외국에다 두었다. 필리핀에다가. 섬이 칠천여 개나 되어 맘먹고 숨어들면 아무도 찾을 수 없는 곳이었다. 날마다 햇살이 가득해 사철 향기로운 꽃과 과일이 넘치는 곳. 물가도 싸서 같은 돈으로 훨씬 높은 수준의 생활을 누릴 수 있는 곳. 수영장 딸린 저택에서 메이드와 운전기사와 집사를 고용하고, 영양가 높고 질 좋은 음식을 먹을 수 있는 곳.

그들은 자취방의 보증금을 빼 들고 나갔다. 달랑 배낭 한 개씩 멨고 주머니 속 지갑의 두께는 얇았다. 세부 막탄섬. 그곳에서 시작했다. 잘될 줄 알았다. 도박은 모든 사람의 마지막 동아줄 같은 게 아닌가. 예부터 세상이 혼란스럽고 가치가 흔들릴수록 도박은 더욱 성행했다. 그것이 자신들의 인생을 완전히 바꿔줄 거라 믿었다.

그런데 몰랐다. 그 정도로 잘될 줄은 정말 몰랐다.

다섯 명 모두 벌린 입을 다물지 못했다. 갑자기 하늘에서 뚝 떨어진 대성공이라는 열매를 손에 쥔 채 어찌할 줄 몰랐다. 큰돈을 가져본 적 없어 어떻게 관리해야 하는지 아는 친구가 하나도 없었다.

당장 해안가 절벽 위 통유리로 된 저택을 사들이자고 지성모가 주장했다. 집 안에 엘리베이터가 있고 화장실이 일곱 개가 딸린 대저택을 사자고 졸랐다.

김수철은 베트남에 벽돌공장을 세워 투자해야 한다고 주장했다. 벽돌은 빛 투과율이 가장 낮은 건축자재여서 무덥고 습한 베트남에 적합하고 중국문화 영향으로 베트남 사람들이 빨간색을 좋아하기 때문에 투자만 하면 완전 대박이라고 확신했다.

강진원은 캄보디아로 가야 한다고 했다. 거기에서 개 경주 대회가 열리는데 안 그래도 투자 권유를 받았다면서 거기에 이십억을 넣으면 일 년 내 열 배 이상 나온다고 믿어 의심치 않았다.

이진욱은 웃었다. 다른 친구들도 다 웃었다. 갑자기 펑 하고 터져버린 돈벼락을 어디다 써야 마땅한지 다섯 명이 날마다 이야기꽃을 피웠다.

그즈음 친하게 지내던 가이드 신종현이 '골드문' 이야기를 꺼냈다. 바닷가 전망 좋은 곳에 위치한 고급 스파인데, 한국인이 운영하던 곳이라고 했다. 최근에 매물로 나왔다며 그곳을 매입하면 어떻겠냐고 권유했다.

"고급 스파!"

다섯 명의 귀가 동시에 솔깃했다. 어차피 판이 커져 직원들이 더 필요했고, 외부와 단절된 은밀함은 더 보장되어야 했다. 거기다 넓은 공간이면서 전망이 좋으면 더더욱 좋겠다 싶었다. 그래서 휴가를 가듯 다 함께 가보았다.

바닷가 절벽 위, 커다란 인피니티 풀을 끼고 있는 스파는 듣던 그대로였다. 엄청 좋았다. 바람 솔솔 부는 베드에 누워 스파를 받으면 여기가 천국인지 분간이 안 갈 것 같았다. 저녁이 되니 조명이 또 끝내줬다. 요즘은 입소문보다 '찍소문'이 한 수 위라는데 알려지기만 하면 명소가 되는 건 시간문제로 보였다. 전 주인이 유명한 조명 디자이너를 데려다 비싼 값에 인테리어를 했다니 가치도 달리 보였다.

먼 바다에서 불어온 느슨한 바람에 잘 익은 햇빛 냄새가 담겨 있었다. 땅의 끝, 거기에 서서 가늠할 수 없는 넓이로 뻗은 바다를 보았다. 왼쪽으로는 창끝처럼 솟구친 암봉이 있었고 오른쪽으로는 낙타 잔등처럼 뾰족하게 솟은 능선이 엎드려 있었다. 그 너머엔 하늘을 가리는 키 큰 수풀이 우거져 있어 길이 보이지 않았다. 그러니까 이곳 지형이 외부에서는 잘 보이지 않는 곳이라는 뜻이었다.

산과 산으로 이어진 길이 옆구리에 내내 바다를 품고 있는 곳. 그 중간에 골드문이 들어 있었다. 사방이 막힌 산속에 긴 시간에 걸쳐 사람이 만들어온 길은, 오직 한 갈래여서 누군가 길을 막고 나선다면 새로 뚫고 나갈 방법은 없었다.

왜 갑자기 그런 생각이 든 걸까. 이진욱은 아름다운 골드문의 풍광이 문득 출구 없는 낭떠러지로 보였다.

아니나 다를까…….

"내가 친구들을 좀 데려왔어."

신종현이 선언하듯 말했다.

다섯 명이 뭐라 물을 새도 없이 골드문의 육중한 문이 열리고 우르르, 한 떼의 남자들이 들이닥쳤다. 돌바닥에 그들의 구둣발 소리가 울렸다. 앞은 바닷가 절벽, 뒤는 험상궂어 보이는 남자들. 뭔가 일이 잘못되어가고 있었다.

다섯 명이 서로를 쳐다보았다. 지성모가 입술을 물고 신종현을 노려보았다. 얼마 전, 술김에 자신들이 베텔게우스라는 불법 도박 사이트를 운영하고 있다는 사실을 그에게 말해버린 것이었다. 그걸 또 신종현이 조직에 흘렸다. 물론 신종현은 두둑하게 수수료를 받기로 되어 있었다.

"안녕?"

가운데 서서 맨 앞에 들어온 남자가 말했다. 영어로. 국적을 짐작하기 어려운 외모였다.

"난 데이비드라고 해. 너희는?"

데이비드는 생긴 것과 안 어울리는 이름이라 충분히 웃겼는데 다섯 명 중 아무도 웃지 않았다. 뭔가 일이 꼬였다는 걸 직감으로 알았으니까.

데이비드가 응접세트의 호스트 자리에 가 앉았다. 그리고 턱짓으로 부하인 듯 보이는 남자에게 지시했다. 부하가 서류 하나를 가지고 와 탁자 위에 올려놓았다.

"너희들 여기 살 거라며? 그렇게 해. 니들이 만든 베텔게우스, 그거 나한테 팔아서 그 돈으로 하든지."

그가 다리를 꼬고 앉아 비웃었다.

"아, 모자라려나? 왜냐하면 내가 거래 가격으로 인당 백 달러를 줄 거거든."

혼자 재밌는 모양이었다. 아무도 따라 웃지 않았다. 다섯 명모두 아무도 나서지 못했다. 부하들이 들고 있는 총을 보았기 때문이다. 눈으로 신종현을 욕해봐야 아무 소용 없었다.

"여기 사인해. 그리고 이제 집에 가는 거야. 어때? 오랜만에 집에 갈 생각 하니까 좋지?"

"그걸 지금 말이라고!"

참다못한 김수철이 발악하듯 소리쳤다.

"오호, 그렇게 나오셔야지. 그래야 재미있지."

부하 한 놈이 나서 김수철의 복부를 강타했다. 단 한 방으로 김수철은 고꾸라졌다.

"이런, 씨발."

지성모가 뛰어올랐다. 데이비드에게 발차기를 날리려는 순간 팽팽한 공기를 찢어발기는 굉음이 터졌다. 화창한 하늘이 찢어지고 흩날리던 꽃잎들이 부서지는 소리. 단 한 발의 총성. 그들의 삶이 단숨에 깨지는 소리였다. 피할 수 없는 지옥의 심판처럼 그 소리가 다섯 사람의 운명을 갈랐다. 지성모가 허벅지에서 피를 흘리며 쓰러졌다.

데이비드가 그럴 줄 알았다는 듯 고개를 끄덕였다. 부하들에게 턱짓을 했다. 그들은 다섯 사람을 절벽 앞으로 끌고 갔다. 선

착순 세 명 살려준다. 그렇게 명령했다.

부하들이 주저 없이 다섯 명을 절벽 밑으로 떨어트렸다. 이진욱은 비명을 지르며 허공으로 추락했다. 두 사람. 행운복권방 주인인 아버지와 또 한 사람, 한서정이 떠올랐다.

바다 표면에 부딪히는 순간, 잠깐 의식을 잃었다. 곧 다시 정신을 차렸을 때는 본능적으로 바다 위로 기어오르고 있었다. 친구들도 하나둘 오르고 있는 게 보였다. 앞은 바다, 뒤는 절벽. 다른 길이 없었다. 다시 골드문으로 돌아가는 수밖에.

박동진이 일 등, 지성모가 이 등, 이진욱이 삼 등으로 돌아왔다. 김수철과 강진원은 아직 돌아오지 못했다. 그리고 들렸다. 두 발의 총성이 골드문 문밖에서.

"백 달러 주는 거 잊지 말고. 저런. 지옥에나 가져가겠네."

데이비드가 끌끌, 혀를 찼다.

"그러게 착실히 살지. 남들처럼 죽어라 공부하고 취직해서 쥐꼬리만 한 월급에 감지덕지하면서 그렇게 늙어갔어야지."

모든 것이 끝났다.

"나머지 셋은 어떡할까? 강제로 빼앗는 마당에 전부 다 살려 보낼 수는 없잖아. 내 입장이 그래. 이해해주라고."

데이비드가 차분한 투로 말했다. 누가 들으면 정말 미안해하는 듯한 목소리였다.

"이렇게 하면 어때? 너희들 게임 좋아하잖아. 여기까지 와서 인생 다 걸고 도박할 만큼. 그러니까 마지막으로 너희 셋이서

게임을 하는 거야. 각자 총을 한 자루씩 줄게. 셋이서 동그랗게 서 봐. 총구를 옆 친구에게 들이대고, 그다음에 탕, 쏘는 거야. 셋 중 하나만 총알이 들어 있지 않아. 그러니까, 너희는 내 옆 친구 총이 비어 있기를 바라면 되는 거야. 어때? 재밌겠지? 어차피 이거 운영하려면 너희 중 한 놈은 있어야 하니까."

시작해, 데이비드가 명령했다. 부하들이 세 사람에게 총을 주었다. 그들은 덜덜 떨리는 손으로 마지못해 총을 들어 옆에 선 친구의 머리에 겨눴다. 물론 부하들의 총구 또한 세 사람을 향하고 있었다.

"셋에 쏘는 거야. 자, 하나, 둘, 셋."

누구도 감히 쏘지 못했다. 총을 놓치기라도 할 것처럼 손이 덜덜 떨렸다.

"나 바빠. 얼른 끝내고 여기 시장이랑 밥 먹으러 가야 된단 말이야."

데이비드가 투덜대자 한 부하가 천장에 대고 총을 쏘았다. 으악, 세 명 모두 비명을 질렀다. 언뜻 보기에도 딱할 만큼 하얗게 질린 얼굴로 몸을 떨었다.

"다시 한다. 이번에도 안 쏘면 내가 직접 너희 셋 모두를 쏠 거야. 한 명이라도 살리려면 잘 생각해."

생각이라니, 무슨 생각? 무슨 생각을 할 수 있나. 아무 생각도 할 수 없었다. 한마디도 할 수 없었다.

"하나, 둘……."

다만 한 가지, 죽고 싶지 않았다. 그 생각뿐이었다.

"셋."

그리고 탕, 탕. 이어진 총소리. 탕. 탕. 탕. 탕.

총구의 방향이 하나는 예상을 벗어났다. 이진욱은 옆으로 쏘았다. 박동진도 옆으로 쏘았다. 데이비드가 시킨 대로 쏘았다. 지성모는 앞으로 쏘았다. 친구들을 쏘지 않고 부하들을 향해 쏘았다.

이진욱이 쏜 총에 지성모가 쓰러졌다. 박동진이 이진욱을 향해 쏜 총은 비어 있었다. 짧은 순간이었지만 지성모의 총은 격발되었다. 부하 한 놈이 쓰러졌다. 그와 거의 동시에 부하들이 총을 갈기기 시작했다.

뛰었다. 무조건 뛰었다. 박동진과 이진욱은 절벽을 향해 뛰었다. 유일하게 목숨을 구할 가능성이 있는 곳이 낭떠러지 절벽이었다. 뒤에서 부하들의 고함과 총소리가 한데 섞여 하늘을 찢었다. 윽, 소리와 함께 박동진이 뛰어내리지 못하고 쓰러졌다. 윽, 이진욱도 총에 맞았다. 옆구리였다. 그와 거의 동시에 절벽으로 뛰어내렸다.

이진욱은 머릿속에 가득한 과거를 떨쳐내기라도 하듯 고개를 저었다. 그리고 한서정에게 말했다.

"웃어봐."

웬 뚱딴지같은 소리인지 몰라 한서정은 서현이 사진을 손에

든 채 그를 보았다.

"웃어보라고."

이진욱은 한서정의 웃음을 보고 싶었다.

낭떠러지 절벽에서 떨어질 때 포기했던 생이었다. 지성모가 데이비드의 부하를 쐈을 때, 나는 친구인 지성모를 쏘았다. 내가 죽고 지성모가 살았어야 했다. 내가 죽었다. 숨이 붙어 살아있다는 사실이 징그럽고 무서웠다. 살아있으면서 먹고 자고 싸고 매일을 살아간다는 사실이 끔찍했다.

내가 죽었어야 했다는 후회와 죄책감이 밀쳐낼 수 없는 운명이 되어 매일 견딜 수 없을 것 같은 삶을 견디며 살았다. 모든 감정은 얼음처럼 차갑고 단단하게 가로막혔다. 생은 명치끝에서 딱딱한 덩어리로 굳어져 무겁고 까맸다.

죄책감의 좁은 세상에선 무엇도 꿈꿀 수 없었다. 명치에 박혀 뽑히지 않는 대못이 본능이 되었다. 그 이후로 늘 지독한 상처를 안은 채 자신의 피를 뽑아 스스로 삶을 망치며 살았다. 그렇게 살아온 세월이었다.

"너 다시 웃어봐. 한 번만 웃으면 내가 힌트 하나 줄게."

한서정의 미소가 다시 살고 싶도록 했다. 그뿐이었다. 희망과도 같은 실낱. 다시 살고 싶다고 생각해도 좋을 그럴듯한 핑계. 이진욱에게 필요한 것은 그것뿐이었다.

"미친……."

한서정이 콧방귀를 뀌었다.

"나가."

볼일 끝났으면 어서 나가라며 한서정이 재촉했다. 등을 떠밀었다. 훗, 이진욱이 실소했다. 그래, 다음에, 다음에 보자, 그 웃음은. 아껴두었다가 네가 내킬 때 그때. 속으로 그렇게 생각했다.

"이거 받아."

이진욱이 한서정에게 핸드폰을 내밀었다. 깜짝 놀라 눈이 커진 한서정은 핸드폰을 받아 들고 바깥 동정을 살폈다.

"전금희 졸업생이 준 거야. 내 연락처도 넣어두었어. 필요하면 연락해. 들키지 않게 조심하고."

이진욱이 뒤돌아 나갔다. 한서정은 핸드폰을 손에 꼭 쥐었다.

똑똑, 노크 소리에 본능적으로 옷 속으로 핸드폰을 감췄다.

"야, 이제 대놓고 남친이 방에 막 출입하신다?"

오윤주였다.

"어, 왔어?"

한서정이 웃었다. 막 닫히는 방문 틈으로 이진욱이 뒤돌아보는 걸 몰랐다. 이진욱은 한서정이 웃는 걸 보고 희미하게 웃었다. 그리고 홀연히 사라졌다.

"잘해주냐? 원래 저런 나쁜 남자들이 한 번씩 잘해주면 그때 뻑 가는 거잖아."

오윤주가 능글거렸다.

"그런 거 아니라니까."

"아무리 봐도 멋있어. 삶이 허무한 남자의 흔들림이라. 이상하게 네 남친만 등장하면 공기가 쫙 땡겨지면서 긴장되더라. 사람 불편하게 할 걸 아는데 이상하게 끌리는 스타일이야.”

“쓸데없는 소리 말고, 왜 왔는데?”

“전공 시험 같이 준비하자고 왔지. 이대로라면 너랑 나, 둘 다 탈락이잖냐. 둘 중 하나는 졸업해야지. 물론 내가 되겠지만. 마이 스탶.”

오윤주가 한서정 옆에 털썩 앉았다.

“어? 이거 뭐야?”

제기랄!

“웬 꼬마?”

들켰다. 사진을 감춰야 하는 걸 깜박했다. 뭐라 둘러댈 수 있을까. 뭐라고 하지? 차라리 사실대로 털어놓을까? 강유진의 딸이라는 것, 전금희가 데리고 있다는 것, 그리고 교장실에서 보았던 모든 것들, 교장을 이대로 두면 안 된다는 것.

오윤주라면 괜찮을지도 모른다. 말은 까칠하게 하지만 서로에게 악의가 없고, 서로를 거의 친구와도 같이 여긴다는 걸 알지 않나. 모든 걸 다 털어놓고 앞으로 어찌해야 할지 의논할까. 혼자보다는 둘이 나을 테니까. 한서정은 갈등했다. 그리고 아직 마음을 결정하지 못했다. 그래서 우물쭈물했다.

“왔니?”

정이화가 이진욱을 맞았다. 손짓으로 앉으라고 하고 정이화는 자기 팔에다 주사를 놓았다.

이진욱은 모든 과정이 끝나기를 기다렸다. 그는 주사기에 든 것이 진통제라는 걸 알고 있었다.

"그래, 금희는 뭐라든?"

정이화가 알코올 솜으로 팔을 문지르면서 맞은편에 가 앉았다.

"차라리 사실대로 밝히시죠. 그럼 일이 쉬울 텐데."

정이화가 희미하게 웃었다.

"나더러 그렇게 구걸하라고? 나 시한부라 금방 죽으니까 죽어가는 사람 마지막 소원 하나 들어준다 생각하라고 빌까?"

이진욱이 주사기와 알코올 솜 따위를 밀봉해서 제 가방에 챙겨 넣었다. 학교 밖으로 가지고 나가 처리할 것이다. 학교 안의 누구도 정이화의 상태를 모르는 것은 늘 이렇게 철저하게 감춰왔기 때문이었다.

"애들 말로 쪽팔리잖아. 난 교육자의 자존심 하나로 평생 온갖 욕을 먹어가며 여기까지 왔어."

"이사회에서 가만히 있지 않을 겁니다. 전금희 졸업생이 직접 만나기를 요구했습니다."

"그렇겠지. 내가 선전포고를 했는데 가만히 있으면 전금희가 아니지."

백도현을 통해 협박한 일을 말하는 거였다.

"선생님을 제거하려들 겁니다."

그 말에 정이화가 또 웃었다.

"난 죽어도 돼. 안 그래도 어차피 죽어. 하지만 지금은 아니지. 평생을 남들 발바닥 아래 지하에서 살았어. 죽기 전에 번듯한 대학 설립해서 존경받는 교육자로 죽고 싶을 뿐이야."

"전금희 졸업생을 만나시겠다는 겁니까?"

"더 이상 기다릴 시간이 없으니까."

"말씀하시면 전금희 졸업생을 제가 처리할 수도 있습니다."

정이화가 이진욱을 깊이 들여다보았다.

"너는 늑대야. 개가 아니라. 늑대는 주인이 없지. 그러니까 개처럼 굴지 마. 내가 네 주인이 아니라는 걸 알아. 다만 너는 아무것도 아닐 수도 있다는 믿음이 있지. 너는 누구에게도 속하지 않아. 그게 내가 널 믿는 이유야."

"저를 구하셨습니다."

필리핀 세부섬 끝자락, 하늘은 한없이 높고 바다는 한없이 푸른, 그 절벽에서 옆구리에 총을 맞고 떨어졌을 때. 정이화가 지옥의 입구에서 이진욱을 건져내었다.

정이화는 자궁암 선고를 받았다. 평생 지하의 하인학교에 숨어 사느라 몸뚱이에 암 덩어리가 생긴 줄도 몰랐다. 암은 이미 상당히 퍼진 상태였다. 항암치료를 앞두고 정이화는 문득 여행길에 올랐다. 생각해보니 한 번도 제대로 여행한 적이 없었다. 암 선고를 받고 나니 여행 한 번 못 가보고 죽는 게 억울했다. 그렇게 떠나와 필리핀의 한적한 바닷가를 산책하고 있었다. 바닷가 절벽 위에서 총소리가 났다. 곧이어 사람이 떨어졌다.

"가봐."

뒤따르던 사감에게 정이화가 말했다.

사감이 작게 고개를 끄덕인 뒤 바다로 뛰어들었다. 그러고는 축 늘어진 이진욱을 건져내 왔다. 사감이 가슴을 압박하며 심폐소생술을 하기를 여러 차례. 컥, 하면서 이진욱이 바닷물을 토해냈다.

절벽 위에서 아우성이 들려왔다. 추적자가 있는 듯했다. 사감은 이진욱을 다른 곳으로 옮겼다. 이진욱은 옆구리의 상처가 다아물도록 입을 열지 않았고 정이화는 아무것도 묻지 않았다.

이진욱은 다만 나중에 알게 되었다. 고급 스파 골드문이 새롭게 인테리어를 하던 중 무너져 새 주인인 한 무리의 남자들이 압사당했다는 것을. 이진욱은 그때부터 정이화의 사람이 되었다.

"세상에는 진짜 유령이 있지. 분명 존재하지만 세상에 속해 있지 않아. 너처럼. 그래서 나는 네가 필요했다. 이토록 투명하니 아무것도 알 수 없잖니. 너는 깊은 바다 속에 숨겨져 있는 동굴 같은 아이니까. 네가 밝은 세상에 나와 욕망을 가지는 순간 이상해지지."

어디에도 있고 어디에도 없는 시간을 살아온 이진욱이었다. 무엇이 진짜고 무엇이 가짜인지 스스로도 알 수 없는 삶이었다. 지난 몇 년간 한순간도 긴장을 풀고 편히 숨 쉬지 못했다. 막막

했다. 세상으로 다시 돌아가는 길이 너무도 멀고 온통 안개 속이어서 그쪽으로 뚜벅뚜벅 걸어갈 수 없었다. 그 막막함을 끌어안고 버티는 시간이었다.

그런데 흔들렸다. 실마리. 단 하나의 실낱같은 바라봄. 그 미소. 이진욱은 문득 그 미소를 떠올렸다.

정이화가 이진욱의 흔들리는 눈빛을 보았다.

"깊고 어두운 동굴에도 얼마든지 빛이 스며들 수 있어. 그걸 찾아. 일단 찾으면 손에 꼭 쥐고 절대 놓지 마. 어차피 나 죽고 나면 넌 떠나야 하잖니. 내가 네 목숨은 구했지만 너의 마음을 구할 사람은 따로 있을 거다."

이진욱이 정이화를 보았다.

평생 뼛속을 후벼 파는 외로운 길을 홀로 걸어왔다, 정이화는. 그 길이 외로워 헐거워진 뼈가 덜그럭거렸을 것이다. 아무리 밀어내도 매일 찾아오는 밤처럼, 뼛속 깊이 찬바람이 들쑤셨을 것이다. 무엇으로 지탱해온 것인가. 이제 생의 막바지에 이르러 죽음을 앞두고 무엇을 찾을 것인가. 죽음이라는 통렬한 판결문 앞에서 단 하나, 묘비명에 새길 한 줄이 남은 생을 지탱해가는 것인가.

이진욱은 정이화를 이해하기 어려웠다. 자신은 죽어도 된다는 말, 마지막 소원. 정이화가 그것을 이룰 수 있을지는 미지수였다. 이진욱은 불가능의 시선으로 정이화를 보았다. 정이화는 죽음으로 가는 길조차 험난하고 지독하게 외로울 것 같았다.

하인학교의 졸업 시험은 차질 없이 진행되었다. 무용, 음악, 영어, 제2외국어, 비즈니스 심리학에 각 반의 전공까지.

양키스반은 생명공학, 티모시반은 패션, 래시반은 건축학을 배우고 익혔다. 그 수준은 이 나라 최고 대학 이상이었다. 모든 것은 철저하게 타깃을 공략할 수 있는 무기를 갖추는 데 초점이 맞춰져 있었다. 타깃이 관련된 다방면에서 가장 뛰어난 실력을 갖춰야 한다. 그래야 그 집과 회사의 주인이 되더라도 구설에 오르지 않는다.

학교 안은 긴장감으로 팽팽했다. 각 과목의 시험이 끝날 때마다 점수와 등수가 발표되었다.

보통 학교의 시험이 아니었다. 자신의 운명과 미래와 단 하나의 꿈과 목숨까지 걸고 치르는 경쟁이었다. 점수 편차는 고작 일이 점. 엎치락뒤치락하는 계속된 반전에 학생들은 피가 말랐다. 긴장감을 이기지 못한 한 학생은 학교 안에서 자살한 애가 밤마다 나타난다며 종일 울다가 결국 미쳐서 저절로 탈락했다.

체육 시험은 무술과 취미, 두 가지로 진행되었다. 래시반 취미 체육은 스포츠 클라이밍이었다. 맨몸으로 줄 하나에 의지해 험악한 절벽을 오르는 것. 팔다리의 엄청난 힘과 체력이 필요한 스포츠였다.

래시반 타깃 강준석은 지혜롭고 손익 계산이 빠르며 도전하고 성공하는 것을 좋아하는 성격이었다. 그의 취미가 바로 스킨 스쿠버와 스포츠 클라이밍이었다. 강준석은 매년 세 번 정도 남해 앞바다에서 스킨 스쿠버로 해양 쓰레기를 줍는 행사를 연다. 자신의 취미를 기업 이미지를 향상시키는 좋은 기회로 활용했다. 스킨 스쿠버는 졸업 시험을 통과한 단 한 명의 학생에게만 교육될 예정이었다. 하인학교 안에서는 스포츠 클라이밍 과목만 시험을 치르게 되었다.

한서정은 이미 치른 시험에서 모두 하위권이었다. 이대로라면 탈락은 불 보듯 뻔했다. 탈락이라는 단어를 직접 발음해보니 반사적으로 소름이 돋았다. 복잡한 심정이었다. 탈락할 경우를 대비해야 한다는 마음, 그리고 어떻게든 성공해 졸업해야만 살아남을 수 있다는 절박함이 뒤엉켰다. 시험이 진행될수록 벼랑 끝으로 내몰리는 것 같았다.

오직 걸어야 하는 삶의 길이 꽃길은 아니더라도 남들처럼 평범하게 바닥을 딛고 살고 싶었다. 그러나 여기서는 서로가 서로를 밟아 누르려 서슬이 퍼렇다. 이번에는 누가 밟아 나를 지울 것인가. 나는 선연한 핏자국만 남긴 채 탈락해 벼랑 같은 바깥 세상으로 몰리는 것인가. 그 생각으로 눈물이 복받쳤지만 한서정은 이를 물고 참았다.

시험은 한 사람씩 진행되었다. 하인학교 체육관의 한쪽 벽에 클라이밍 시설이 갖춰져 있었다. 지하 삼 층 깊이에서부터 지상에 닿는 높이까지 설치되어 있었다. 기술 난이도와 시간이 채점

항목이었다. 꼭대기에서 떨어지면 죽진 않더라도 충분히 불구가 될 수 있는 높이였다.

줄 하나에 의지해 암벽을 타던 한서정이 이 층 높이까지 올라갔을 무렵이었다. 줄이 끊겼다. 허공을 휘젓다 곧장 바닥으로 추락했다. 바닥에는 매트가 깔려 있었지만 그 자리에서 뇌진탕으로 기절했다.

누군가 줄에 칼질을 해둔 게 분명했다. 점점 끊어지다가 한서정이 올라갔을 때 마침내 두 동강 난 것이었다.

눈을 떠보니 양호실이었다.

"깨어났네? 별 이상은 없어. 뇌진탕 증세도 가볍고 사지도 부러진 데 없이 멀쩡해."

양호교사 이정심이 침대에 누운 한서정을 들여다보면서 웃었다.

"그만하기 다행인 줄 알아. 티모시반 학생 하나는 아킬레스건이 끊어져서 왔어. 다시 걷지 못할 거야. 그 반 취미 시험 과목이 검술인데 진검을 쓰거든."

하인학교의 시험은 어떠한 금지도 없는 것이 규칙이라는 게 다시 한번 상기되었다. 어떤 술수를 쓰든, 무슨 편법을 쓰든 상관없다. 무조건 이기면 된다.

이정심이 심상하게 말하면서 한서정에게 약을 처방해주었다.

"근육이 놀라 통증이 있을 거야. 진통제와 소염제니까 먹어

뒤. 언젠가 여기 생활도 다 잊게 될 거야."

이정심이 위로하듯 말했다. 이정심의 책상 위에서 메트로놈 같이 생긴 시계가 재깍재깍 규칙적으로 움직였다. 조용한 양호실에 울리는 시계 소리는 망치질 소리처럼 고막을 때리며 스며들었다. 그 규칙성의 소리는 사람의 마음을 위로하는 듯싶기도 했고, 동시에 오장육부를 옭아매는 듯싶기도 했다.

아킬레스건이 끊어진 학생은 어떻게 되는 걸까. 평생 불구로 살아가다 점점 더 쪼그라들어 언젠가는 생이 끝장나고야 마는 걸까. 그렇게 죽음의 시궁창에 던져져 바스러지겠지. 내가 멀쩡하니 애써 줄에 칼질을 해둔 학생이 실망하겠구나. 누굴까, 손보미? 아니면…… 설마 오윤주? 누구도 믿을 수 없었다. 체육 과목의 결과가 나왔다. 당연히 클라이밍 시험은 한서정이 꼴찌였다.

다음은 역사 시험으로, 자기계발 시험과 동시에 시행되는 구술시험이었다. 역사 과목은 타깃의 히스토리를 테스트하는 것이다. 그리고 자기계발 과목은 자신의 과거를 모두 버리고 새로 위장한 신분으로 살 것을 대비해 새로 만든 과거를 충분히 체득했는지 테스트하는 것이었다.

그러므로 두 가지 테스트 모두 말할 때의 감정까지도 평가 대상이 되었다. 자연스러운 태도로 내용에서 느낄 수 있는 감정까지도 드러내야 했다. 상대가 의심하지 않고 감정에 공감하고 동조할 수 있도록 해야 하는 것이다. 말하자면 완벽하게 가면 쓰기. 그것이 이 시험의 목적이었다.

시험은 개별로 치렀다. 마치 취조실 같았다. 작은 방 안은 조도가 낮았고 사방 벽면에는 아무것도 없었다. 방 가운데 덩그러니 책상 하나, 의자 두 개가 놓였는데, 거기에 사감이 앉아 있었다.

"앉아."

사감의 음성에는 감정이 없었다. 날카로운 금테 안경. 베일 듯 반듯하고 눈부시도록 하얀 동정 깃을 단 검정 두루마기를 입은 모습. 손에 든 가늘고 긴 막대. 표백된 듯 무엇도 읽히지 않는 무표정. 어떤 판에서 잔뼈가 굵은 사람인지 짐작되지 않는 단단함.

무엇이 사감을 지금의 사감으로 만든 걸까. 한서정은 이진욱을 떠올렸다. 이진욱 또한 누구도 모르는 삶의 경로를 거쳐 하인학교에 속하게 되었겠지. 공개적인 구인 공고를 보고 입사 시험 치러서 여기 들어오지는 않았을 테니까.

여기 있는 모두가 다 그러할 것이다. 가족과 돈과 희망과 미래를 모두 잃고 절벽 앞에 선 심정으로, 죽음 대신 택한 곳이리라. 사감은 어떤 절망을 가슴에 품고 지금 이 자리에 있는 걸까. 하인학교는 졸업해서 나가게 될 소수의 새 삶을 위해 나머지 모두가 모든 것을 걸고 하나로 움직이는 곳이었다. 사감의 삶은 대체 어떤 의미를 가지고 움직이는 것일까. 한서정은 새삼스럽게 소름이 돋았다.

"먼저 역사 시험을 치르겠다."

사감이 말했다.

"너의 타깃 강준석은 어릴 적 다리가 부러지는 사고를 당한

적 있다. 그 사고를 낸 사람은 실형을 살았는데 교도소 안에서 죽었다. 그 이유는?"

"초등학교 입학 전, 어머니가 일하고 있는 함바식당 뒷마당에서 놀다가 공이 공사장 쪽 도로 방향으로 굴러갔습니다. 그걸 집으러 갔다가 교통사고를 당했습니다. 붉은색 용무늬가 새겨진 점퍼를 입고 있던 운전자는 당시 만취 상태였기 때문에 실형을 살게 되었습니다. 공사장의 현장 보안 책임자였습니다. 그 지방 육손이파의 이인자이기도 했습니다. 그런데 그 이인자가 취한 것은 술뿐만이 아니었습니다. 법정에서 밝혀지지 않았지만 사실 그는 마약중독이었습니다. 그걸 담당 검사는 알고 있었습니다. 이인자가 감옥에 들어간 뒤에 검사는 그 사실로 이인자를 협박했습니다. 음주운전으로 교통사고를 낸 벌에다 마약중독까지 더해 가중처벌을 하겠다고요. 그러니 육손이파의 비밀을 불어라, 이것이 검사의 요구였습니다. 그걸 알게 된 두목 육손이가 이인자를 제거한 것입니다. 부가적으로 설명하자면 두목에겐 새끼손가락 옆에 아주 작은 손가락 하나가 더 있었습니다."

한서정의 목소리에는 높낮이가 없었다. 마치 암기 시험을 치르는 것 같았다.

"맞아. 그리고 동시에 틀렸어."

사감이 한서정을 보았다.

"틀렸다니, 뭐가 말입니까?"

"거기까지는 누구나 답하니까. 그런 대답을 원했다면 필기시험을 치렀겠지. 안 그런가?"

사감이 원하는 답이 그게 아니라면 무얼까.

한서정은 사감을 노려보았다. 다른 학생들도 그랬을 것이다. 그러나 사감의 얼굴에서는 아무것도 읽을 수 없었다. 무엇일까. 무엇을 놓치고 있는 걸까.

멍하게 사방을 가로막은 벽을 둘러보았다. 누구에게도 도움을 청할 수 없는 막막한 심정이었다. 세상천지 조실부모, 사고무탁, 혈혈단신, 혼자.

서러운 기분이었다. 아버지가 있었다면……. 아! 한서정은 침을 꿀꺽 삼켰다.

"아들의 부러진 다리를 보면서 모친은 밤새 울었습니다. 초등학교도 입학하지 않은 어린 아들을 위험한 공사장의 함바식당 뒷마당에서 놀게 한 게 순전히 제 탓이라고 생각했습니다. 자신이 능력이 없어 아들이 잘 자라지 못할 것이라는 죄책감에 휩싸였습니다. 이 사건에서 가장 중요한 점은 바로 그것입니다. 모친의 죄책감. 아들에 대한 미안함. 그것이 바로 아들이 해외 유학 특전을 받을 때, 고아여야 한다는 조건을 충족시키기 위해 스스로를 죽이고 아들을 고아로 만들게 되는 계기가 되었으니까요. 그것이 저의 생각입니다."

사감이 한서정을 물끄러미 보았다.

"왜 그렇게 생각했나?"

한서정은 딸을 살리겠다고 한밤중에 차를 끌고 나간 한동식을 생각했다. 실패한 삶의 찌꺼기로 빚을 떠넘겨 딸의 인생마저 시궁창에 떨어지는 것을 막으려고 자신을 살해하는 방법을 택한 것이다. 문득 그때가 다시 생각났다.

술에 취해 운전대를 잡은 아빠는 울고 있었겠지. 마주 오는 트럭을 향해 전속력으로 액셀을 밟으며 마지막으로 나를 떠올렸을 것이다. 그리고 언덕을 굴러 처참하게 구겨진 차 안에서 죽어갔을 것이다.

한서정은 그 모든 순간을 생생하게 알 수 있었다. 껵껵 숨이 쉬어지지 않는 몸뚱이에 아빠가 겪었을 외로움과 두려움과 딸을 위한 간절함이 뼈를 깎듯 새겨졌으니까.

"중요한 건 사건 자체가 아니라 그것이 미치는 감정적인 동요와 변화입니다. 결국 그 동요와 변화가 사람의 삶을 결정하게 되는 것이니까요."

한서정은 자신의 대답을 스스로 보충했다. 사감이 말없이 들었다.

"하나의 대상은 그 안에서 너의 모습을 찾아볼 수 있을 때 너의 것이 된다."

사감이 말했다. 알아들었다. 타깃의 트라우마는 어머니다. 아들의 인생을 위해 스스로를 희생한 어머니. 한서정은 그걸 정서적으로 공감할 수 있다. 딸을 살리기 위해 죽음을 택한 아버지를 가져보았으므로.

이곳 하인학교에서 마음이나 감정도 훈련으로 바꿀 수 있다는 걸 배웠다. 상대의 감정을 손아귀에 넣는 법을 배웠다. 공감하기. 그 첫 번째 단계이다. 그리고 그건 한서정이 누구보다 잘할 수 있는 것이었다.

시험의 의도를 알아차리자, 그다음은 술술 풀렸다. 결국 역사 시험의 목적은 그 역사를 가지고 어떻게 타깃의 공감을 끌어내어 나에게 끌려오도록 할 것인가, 하는 것이었다.

시험을 치르면서 한서정은 저절로 타깃에게 연민을 느꼈다. 살아내느라 참 애썼겠구나. 한서정이 살아온 삶에 타깃의 생이 겹쳤다. 마음 구석이 뜨끈해지고 눈가가 촉촉해지는 것 같았다. 사느라 얼마나 힘들고 외로웠을까. 자신의 삶이 통째로 그 안에 이입되었다. 그러다 아버지 한동식이 또 떠올랐고 자신도 눈치채지 못한 새에 눈물을 흘렸다. 사감이 그걸 보았고 평가서에 적어 넣었다.

"다음은 자기계발 과목이다."

사감이 페이지를 넘겼다.

"자기소개를 해보도록."

"이름 정미호. 나이 이십육 세. 어릴 적 미국으로 이민한 부모를 따라 뉴욕에서 성장. 부모는 소규모 한인마트를 운영. 컬럼비아대를 졸업하고 한국에 들어온 지는 이 년 되었고 부티크 호텔이 주 분야인 중견 건축회사에서 근무. 타깃 회사 주거래 은행의 은행장 소개로 타깃의 비서로 들어갈 예정입니다."

이것이 나다. 한서정은 그렇게 생각하려고 노력했다. 동시에 래시반 학생들의 프로필이다. 단 하나의 완성된 프로필을 두고 모두가 경쟁한다. 과연 이 프로필을 갖게 될 한 명은 나오기나 하는 것일까.

모든 학생은 스스로를 부정해야만 한다. 나를 부정하고 살아온 전체를 부정해야 그것을 디딤돌 삼아 미래를 가질 수 있다. 자기계발의 의미는 바로 이것이다. 스스로를 버리고 학교에서 만들어준 완전한 거짓을 몸 안에 새겨 넣는 것.

"타깃 앞에서도 그런 식으로 면접 시험 치르듯 말할 텐가?"

사감이 틀렸음을 일깨웠다. 만들어진 신분이 아직 몸에 익지 않았다. 거짓된 스스로를 얼마나 진짜로 여기는가, 그것이 자기계발 과목의 평가 기준일 테지. 한서정은 딸을 위해 스스로를 죽인 한동식을 떠올렸다. 거제 바닷가 요트 위에서 피를 흘리며 쓰러진 김현수도 생각했다. 자신에게 덧씌워진 횡령죄도 떠올렸다. 지나온 모든 시간들을 떠올렸다.

결론은 단 하나. 되돌아갈 곳이 없었다. 물러설 곳도 없었다. 여기서 탈락한다면 사는 것과 죽는 것 중 어느 쪽이 더 나쁜지 알 수 없는 현실이 폭풍처럼 몰아닥칠 것이다. 현재를 알고 미래를 알기 때문에 그 미래를 견디지 못할 것을 스스로 알았다. 한서정은 최선의 잘못된 선택을 하는 수밖에 없었다.

"어머니가 바쁠 때면 제가 한인마트의 카운터를 보았습니다. 손님들은 대부분 한인들이었지만 간혹 미국인들도 있었지요. 물론 미국인들은 까만 머리, 누런 피부의 동양 여자애에게 관심이 없었습니다. 딱 한 사람만 빼고요. 중늙은이 백인이었어요. 술 냄새가 많이 나는. 온몸에 난 솜털이 이상하게 길었고 거기서 냄새가 나는 것만 같았어요. 눈도 풀려 있었고요. 아무 데나 술을 살 수 있는 곳을 찾아 들어온 듯싶었어요. 술을 잔뜩 가지고 와서는 카운터에 부려놓았는데 마트가 거의 문 닫을 시각이라 다른 손님들은 없었어요. 술병의 바코드를 찍고 계산하고 있을 때 중늙은이가 흐흐, 웃었어요. 마트 안을 한번 둘러보더니 카운터 안쪽으로 들어와서는 바로 나를 바닥에 쓰러트렸어요. 비명을 질렀지만 아무도 들을 수 없었죠. 옷이 찢기고 팬티가 벗겨졌어요. 나는 할퀴고 발로 차고 소리 지르며 울었지만 소용없었어요. 아, 이제 나는 끝이구나. 멀고도 먼 이 낯선 나라에서 쓰레기처럼 짓밟혀 끝장나는구나. 그때 땅, 하는 소리가 나고 중늙은이가 떨어져나갔어요. 엄마가 와서 마트 안의 프라이팬으로 중늙은이 머리통을 내리친 거였죠. 그리고, 그러고는, 중늙은이가 칼을 꺼냈고, 그다음에, 엄마를 찔렀어요."

한서정은 말하기가 힘에 겨운 듯, 깊고 낮은 한숨을 내쉬었다.

"엄마가 죽었어요. 딸을 살리려고 죽었어요. 나는, 이 못난 딸은, 엄마를 잡아먹고 살아남았어요. 나는 땅바닥에 엎드려 울지 않았어요. 독하게 마음먹었어요. 엄마의 죽음으로 사는 목숨이잖아요. 열심히 살아야 했어요. 열심히 공부했고, 좋은 학교를 나왔고, 한국으로 돌아와 여기까지 왔어요. 그런데, 그런데, 지금은 엄마 생각에…… 잠들지 못한 밤이 지나고 새벽이 찾아와 햇살이 비칠 때면 저도 모르게 눈물이 나요."

한서정은 눈물을 흘렸다. 울었다. 온몸 가득 담긴 눈물을 한 방울씩 씨앗처럼 떨구었다. 공감의 씨앗. 상대와의 거리를 끌어 당겨 단번에 소멸해주는, 상대에게로 가는 새로운 길을 열어주는 공감의 씨앗을 발아시켰다.

사감이 고개를 끄덕였다.

"행간이에요. 학교에서 익힌 정미호의 시간들을 생각해보았어요. 그 시간들이 타깃과 공통적인 감정으로 엮일 수 있는 부분들이 있어야 한다고 판단했고요. 나는 그 지점이 바로 어머니라고 생각해요. 그런 까닭으로 정미호의 어머니는 딸을 위해 비명횡사해야 한다고 판단했어요."

오염.

그 낱말이 떠올랐다. 나는 무언가에 오염되어가고 있다. 배신과 거짓말을 배우고 돌의 무심함을 닮아가고 있다. 과거와 현재를 잊고 미래를 믿지 않는다. 모든 것은 빼앗느냐 뺏기느냐에 달려 있다고 생각한다. 의심과 거짓말, 기만과 술수에 익숙해져 간다. 심지어 그런 것들이 옳은 목적을 위한 정당한 수단이라고 여기게 되었다.

한서정은 변해가는 스스로에게 소름이 돋았다. 나는 여전히 나다. 그러나 나는 이제 더 이상 내가 아는 내가 아니다. 나는 변하지 않았다. 동시에 나는 분명히 변했다. 내 영혼의 뿌리는 그대로이지만 그 뿌리를 지탱하는 방식이 달라졌다.

숨이 막혔다. 날카로운 살에 찔린 듯 통증이 일었다. 생존을 위해 수단과 방법을 가리지 않는 처절한 비열함이 악마의 무기처럼 몸 안에 내장될 것이다. 그 날카로운 칼날이 스스로를 안으로 찌르겠지. 피부는 괴사하고 피 흐르고 뼈가 부러지고 칼자국이 온몸에 남을 것이다.

그렇게 피투성이가 되어 나는 살아남을까. 살아남을 수만 있다면 그렇게 스스로를 찌르고 베고 짓밟아도 괜찮은 걸까. 나는 어디까지 변할 것인가. 내가 할 수 없는 일은 무엇이고, 무엇까지 할 수 있을 것인가. 산목숨은 살아남으려는 본능이 단 하나의 이치인가. 과연 운명은 내 앞에 무엇을 던져놓을 것인가.

"좋은 데 다 놔두고 또 여기서 보자는 건 뭐예요?"

전금희가 투덜대며 정이화를 노려봤다.

"여기가 어때서? 여기야말로 미래의 땅이잖니."

정이화가 웃었다.

"왜? 누구 하나 죽어서 묻혀도 아무도 모를 땅이라고 말하고 싶니?"

그리고 먼 데 시선을 두었다. 끝을 알 수 없게 펼쳐진 쓸모없는 땅을.

"높이 솟은 고층 빌딩으로 지어야겠어. 수직으로, 아찔하게,

높게, 아름답게. 남들이 목을 꺾어 하늘을 올려다보듯 쳐다보게. 우뚝 솟아 태양 빛을 눈부시게 받는 마천루로. 뾰족지붕으로 높이 솟은 건물 하나는 꼭 지어야 해. 상징이 되어야 하니까. 주위 사방을 다 아우르고 내려다보면서 질서를 재편할 요람이 될 거다. 대개 대학들은 납작하고 옆으로 퍼진 건물들을 짓잖니. 그런 건 다른 사람들이 하라고 두고. 나도 한 번쯤 높이 솟은 곳에서 발아래를 굽어보고 싶어."

모래바람이 일었다.

"상상해봐. 어미의 자궁 같은 이 신성한 땅에서 수많은 인재들이 탄생할 거야. 나는 그 아이들의 자궁이 될 거다. 여기서 내가 엄마의 마음으로 학생들을 품어 정성으로 가르치고 길러낼 거다."

"나 같은 사람을 만들어내겠죠."

전금희가 쓰게 웃었다.

"너는 네가 괴물이라도 된 것처럼 말하는구나. 그래, 내가 지옥에 바짝 다가서 있다는 건 나도 알아. 하지만 우리 학생들과 졸업생들을 봐. 반짝반짝 빛나지, 너처럼. 그 애들이 나의 지옥을 천국으로 바꿔줘. 그러니 나는 지옥 한가운데서 천국의 미소를 지을 거야. 그거 아니? 지옥이 없다면 천국도 없는 거야. 설사 교과과정 중에 학생들이 반발해도 너처럼 졸업해서 그 위치에 올라가면 다 잊는다. 정의롭지 못한 방법과 수단이라고? 동료들을 희생시키고 누르고 밟고 일어서는 것을 배운 거라고?

그러지 않고 너처럼 시궁창에 처박힌 아이들이 꼭대기에 올라
갈 방법이 있겠니?"

정이화의 삶은 학교와 학생들을 빼면 빈 껍질뿐이었다. 생각
해보면, 벗어날 수 없는 지하에서 창백한 얼굴로 부대끼는 정이
화의 삶이 가엽기도 했다. 지하에서 학생들에게 오로지 경쟁과
탈락, 밟고 올라서는 이기심과 일말의 죄책감도 느끼지 않는 무
자비함을 가르쳐왔다. 지옥 한가운데서 천국의 미소라……. 그
렇지, 그것이 바로 정이화지.

그녀의 하인학교는 미증유의 전성기였다. 솔라즈의 지하에
은밀하고 위대하게 자리 잡은 뒤 하인학교를 졸업한 졸업생들
이 그 가치를 증명해주었다. 정이화는 그런 자부심으로 전금희
를 아꼈다. 전금희도 그걸 잘 알고 있었다.

"이것 좀 볼래?"

정이화가 내민 건 건물 설계도였다. 드높이 솟아오른 건물. 전
금희는 그 건물이 들어선 뒤의 풍경을 상상해보았다. 여기에 수
직으로 솟아오른 기념비를 만들면서 정이화는 스스로 상징이
되길 원하는구나. 그 건물은 정말 기념비가 될까. 아니면 정이화
의 묘비가 될까.

"그 돈을 다 졸업생들한테서 뜯어낼 작정이군요."

"내게 복수하길 원하니? 내가 널 그 자리에 올려놓았는데?"

맞다. 지금의 전금희는 정이화가 만들었다. 과거의 전금희는
한서정과 같은 모습이었다. 한서정이 바로 전금희의 과거다. 전

금희는 요즘 들어 가끔 생각해본다. 한서정처럼 순진하고 올바른 삶의 태도를 유지하고 살았더라면 지금의 불안과 위험은 없었을까? 그저 이름 없는 하나의 점처럼 살았더라면 나는 나를 지킬 수 있었을까?

전금희는 스스로 괴물이 되어간다고 느끼고 있었다. 그러나 한번 이 길로 들어선 이상 다시는 유턴할 수 없다는 걸 분명히 알았다.

"네가 나를 죽일 수 있다는 걸 안다. 내가 널 그렇게 키웠으니까. 하지만 나는 너를 죽이지 못해. 그것도 잘 알 테지. 대신 너를 그 자리에서 끌어내릴 수는 있어. 그것이 어쩌면 너에게는 죽음보다 더한 고통이겠지."

정이화가 여전히 먼 데를 보면서 말했다. 그녀는 전금희에 대한 애정이 깊었다. 전금희는 자신의 삶이 틀리지 않았다는 증거였다. 그런 전금희가 대학 설립을 막아서니 마음이 복잡했다. 하지만 이번엔 물러설 생각이 없었다. 살아서 보고 싶으니까. 죽기 전에 서둘러야 하니까.

"아, 한 가지 더. 미화원 김복희. 그 여자 지금 학교 감옥에 있어. 지금은 세끼 밥과 물은 꼬박꼬박 주고 있지만 김복희가 더 살 수 있는지는 너에게 달려 있지. 애타게 너를 찾더구나."

"엄마."

전금희가 그렇게 불렀다. 강원도 탄광촌 기찻길에서 몸뚱이가 갈가리 찢겨 엄마가 죽은 후 엄마를 불러본 건 처음이었다.

정이화가 전금희를 보았다. 전금희도 정이화를 보았다. 선생과 학생, 엄마와 딸, 서로의 목적을 위해 수단과 방법을 가리지 않을 관계.

"엄마, 의도는 알겠으니까 더는 가지 마."

전금희의 말은 그저 말이 아니었다. 그것은 경고이고 부탁이고 호소인 동시에 간절한 기도와 같은 거였다. 전금희는 정이화를 깊숙한 시선으로 보았다.

"그래, 얼마나 좋니. 앞으로도 그렇게 부르렴, 내 딸아."

'엄마'라는 단어가 정이화의 가슴 안쪽에 각인으로 새겨졌다.

하인학교의 모든 시험 일정이 끝났다. 그리고 이제 결과 발표만을 기다리는 중이었다. 한서정은 잠이 오지 않았다. 이대로라면 탈락이었다. 그 후를 생각하고 싶지 않지만 그럴 수가 없었다. 어떻게 되는 것일까. 한서정은 내내 뒤척거렸다.

별안간 학교 안의 모든 곳에 불이 환하게 밝아졌다. 그리고 전체 소집 종이 울렸다. 무슨 일이 일어난 듯싶었다. 한서정도 벌떡 일어났다. 예감이 좋지 않았다.

분수대 옆 광장으로 학생들이 모여들었다.

"아악!"

몇몇이 비명을 질렀다. 손보미가 무릎을 꿇고 앉아 있었다. 가쁜 숨을 몰아쉬며 불안한 눈을 이리저리 굴리면서. 그녀는 온몸이 피투성이였다.

그 옆에 쓰러져 누운 보안요원이 보였다. 가슴에 '김기태'라고 적힌 명찰이 붙어 있었다. 죽었구나. 딱 봐도 알 수 있었다. 손보미가 죽였다는 것을.

모여 있는 무리 뒤쪽에서 훌쩍거리며 우는 소리가 들렸다. 대체 왜, 무슨 일이 벌어졌길래? 이 지경이면 손보미는 이제 어떻게 되나. 손보미는 무섭도록 이빨을 부딪치며 떨고 있었다. 제 손으로 사람을 죽였다는 충격에서 벗어나지 못하는 거라고 한서정은 짐작했다.

한서정의 짐작은 사실이었으나 그보다는 다른 쪽에 더 무게가 있었다.

손보미는 아랫배를 두 손으로 감쌌다. 임신 중이었다. 배 속에서 생명이 자라고 있고, 이제 나 혼자가 아니라는 사실만이 그녀를 지배했다. 그녀는 함부로 생명을 버릴 수 없었다.

하인학교는 한 공간에 젊은 청춘들이 모여 생활했다. 시대의 변화에 발맞춰 이번 기수부터 남학생들을 들였다. 손보미는 티모시반 남학생과 비밀 연애를 했다. 하인학교라는 세상의 바깥에서, 둘은 서로에게 위로와 버팀목이 되었다. 그걸로 충분하다 생각했다.

어느 날부터인가, 사람들의 체취가 진하게 느껴졌다. 달큰하고 시큼한 목덜미의 살냄새가 훅 끼쳤다. 대부분의 남자에게선 골초 노인이 방금 담배를 핀 듯한 냄새가 났다. 보통 남자들은 그렇다고 손보미는 생각했다. 티모시반의 그에게선 개 비린내 같은 향긋한 냄새가 났다.

손보미는 그 개 비린내가 좋았다. 그게 이상하게 느껴지지 않았다. 누군가는 휘발유 냄새를, 누군가는 폭 삭은 홍어 냄새를, 누군가는 가스 냄새 같은 걸 좋아하잖는가. 냄새에 민감해진 걸로 손보미는 임신한 것을 알아차렸다. 그 사실을 안 뒤부터 손보미의 모든 행동은 배 속 생명을 지키기 위한 방어 행동이 되었다.

이상한 건 생명이 자라는 걸 안 뒤 과거는 아무래도 상관없어졌다는 거였다. 손보미에게 중요한 건 아기와 함께할 수 있는 미래를 확보하는 것뿐이었다. 그러기 위해 탈락하지 않고 무사히 졸업해 여기를 나가야 했다. 무리를 짓고 우두머리가 되고 한서정을 패고 파티장에서 칼을 휘두르고 프락치 노릇을 한 까닭이 모두 여기 있었다.

바깥에서 손보미는 착실하고 꿋꿋하고 정직했다. 그러나 상황이 삶을 내몰았다. 스스로 변화했다. 하루도 기도하지 않은 날이 없었다. 매일의 일상이 어째서 그리 간절할 수 있는 것인지 손보미는 배 속의 생명 덕에 알았다. 이제 이 아기가 유일한 가족이었다. 아기를 지키고 함께할 미래를 구할 수만 있다면 무엇이든 할 것이었다. 얼마든지 할 것이었다.

모든 시험 과정이 끝났지만 손보미는 지금 성적으로는 자신이 일 등이 아니라는 걸 알았다. 몇 과목의 시험에서 일 등을 차지했지만 나머지 시험을 망친 탓에 점수가 턱없이 낮았다. 만약무사히 졸업하지 못한다면 어찌 될 것인가. 게다가 하인학교에서 임신 사실을 알게 된다면 어찌 될까.

아기를 잃을 것이 뻔했다. 상상도 하기 싫었다. 방법은 딱 하나. 나가자. 나가야 산다. 살아야 한다. 반드시 살 것이다. 손보미는 달아나기로 마음먹었다. 여기 있을 수는 없었다.

손보미는 몰래 기숙사 방을 빠져나왔다. 깊은 밤의 하인학교는 고요했다. 복도의 조도 낮은 표시등만 흐리게 바닥을 비추고있었다. 소리 없이 발을 떼었다. 교문을 나서고 마침내 수위실앞에 이르렀다. 수위실에는 보안요원 한 사람이 책상에 엎드려잠들어 있었다.

발끝을 들고 몰래 걸어 문을 열어보았으나, 열리지 않았다. 밖으로 향하는 문은 출입증과 지문 인식 두 가지가 동시에 인증되어야 했다. 손보미는 굳게 닫힌 문 앞에서 발을 굴렀다. 고민은길지 않았다. 손보미는 곧바로 수위실로 들어갔다.

소리가 나지 않도록 손을 뻗어 손에 무언가를 쥐었다. 볼펜이었다.

'중요한 건 힘의 강도다.'

수없이 듣고 그렇게 훈련했다. 두려우니까 싸워야 한다고 배웠다. 손보미는 두려움을 모두 볼펜을 쥔 손에 실었다. 그 두려움이 힘이 되어줄 거였다. 죽을 것 같은 공포, 그 벼랑 끝 극한의 감정이 힘으로 모여들었다. 그야말로 죽을힘이었다. 그걸 다해 손보미가 목덜미를, 보안요원 김기태의 급소를 정확하게 찔렀다.

김기태의 목덜미에서 치솟은 붉은 피가 손보미를 적셨다. 피묻은 비명이 입 밖으로 터져 나오는 걸 간신히 손으로 틀어막았다. 손보미는 쓰러지듯 털썩 주저앉았다. 벌벌 떨리는 몸뚱이를 일으켰다. 지금은 울 수도 없다. 그래서는 안 된다.

식당으로 돌아갔다. 캄캄한 벽을 더듬어 안쪽 주방으로 들어갔다. 조리대 위에서 칼을 챙겨 들었다. 최대한 날이 날렵하고 잘 벼린 것으로 골랐다. 다시 수위실로 돌아갔다. 거기, 피 웅덩이 사이에 김기태가 죽어 누워 있었다. 손보미에게는 김기태의 목에 걸린 출입증과 그의 손가락이 필요했다. 그 두 가지가 있어야 문을 열 수 있었다.

손보미가 무릎을 꿇고 앉아 김기태의 팔을 들어 올려 무릎 위에 올려놓았다. 그런 다음, 엄지손가락을 자르기 시작했다. 모든 간절함은 몸으로 표현된다. 나는 무엇이라도 할 것이다. 나는 못할 게 없다. 살아야 한다. 속으로 쉼 없이 되뇌었다. 두려움과 공포 속에서 기도처럼 읊조린 그 자기 암시가 손보미의 마지막 힘이었다.

뼈와 살이 썰리고 피가 튀어 솟아올랐다. 뼈는 잘 썰리지 않았다. 손보미는 김기태의 손을 바닥으로 내려두고 칼로 손가락을 내리쳤다. 여러 번. 뼈가 잘릴 때까지. 제 손으로 사람을 죽였다는 충격보다 죽은 손가락을 썰 때의 감각이 오래도록 몸서리치게 생생히 남았다.

마침내 손가락은 잘렸다. 칼을 버리고, 손가락을 들고, 문을 향해 뛰었다. 손보미는 하인학교 교문 앞에 섰다. 모든 과거를 버리고 고통스러운 현재를 견뎌 새로운 미래로 솟아오르리라 다짐하며 들어왔던 문이었다.

교문을 열었다. 엘리베이터를 타고 오를 때 닫히는 문 뒤로 '하인학교'라고 쓰인 현판을 노려보았다. 엘리베이터에서 내려 철문을 열고 나와 측백나무 숲을 헤치고 골프장으로 들어섰다. 무작정 뛰었다. 컴컴한 골프장에서 손보미는 방향을 모르고 정신없이 달렸다.

팟.

커다랗고 높은 곳에 매달린 대형 조명이 한꺼번에 켜지는 소리가 들리고 골프장 전체에 조명이 들어왔다. 손보미는 그 자리에 얼어붙었다. 그 환한 빛이 사슬처럼 골프장 한가운데 손보미를 묶었다.

조명은 마치 탈옥하는 죄수를 비추는 서치라이트처럼 손보미를 향해 모여들었다. 백색 장막처럼 눈부시도록 환한 빛이 벽이 되었다. 그 빛이 어둠에 잠긴 세상과 손보미를 갈라놓았다. 손보미는 그 경계를 더듬었으나 걸음을 따라 빛이 함께 움직여 바깥의 어둠으로 나아가는 길은 열리지 않았다.

아무 데로나 뛰어야 한다. 손보미는 무작정 뛰었다. 바깥의 어둠을 향해 뛰었으나 그 방향이 바깥세상인지 하인학교를 향한 것인지 확신하지 못했다. 그리고 누군가 손보미의 뒷덜미를 채듯 낚았다. 하인학교의 보안요원들이었다.

다시 학교 안으로 끌려왔다. 손보미는 바닥에 주저앉혀졌다. 그 옆에 죽어 손가락이 잘린 김기태가 누워 있었다.

사감이 손보미를 내려다보았다. 이 끔찍한 사건을 파악하고도 표정 없는 얼굴이었다. 학생들이 모두 모여들었다. 손보미의 즉결 심판장으로.

한서정은 눈앞의 광경에 몸서리쳤다. 학생들을 제외하고 사감을 비롯한 교직원들은 침착했다. 마치 이런 일을 예상이라도 한 듯. 사감이 대기 중인 보안요원들에게 턱짓을 했다. 그러자 김기태의 죽은 몸뚱이를 끌고 갔다. 손가락이 잘린 김기태는 끌려가면서 바닥에 피 얼룩을 남겼다. 그러나 언제나처럼 내일 아침이면 바닥은 또다시 얼룩 하나 없이 말끔해질 것이다.

끌려가는 김기태를 보고 손보미가 울기 시작했다. 한서정은 할 수 있는 것이 없다는 걸 알아서 답답했다. 그저 지켜볼 수밖에 없었다. 어차피 이 사건은 바깥으로 노출되지 않을 것이다. 경찰의 힘은 미치지 못할 것이다. 결국 학교 내에서 처벌할 것이다. 어떤 처벌을 받게 될까.

손보미가 살려달라고 빌었다.

"살려주세요. 여기서 나가게 해주세요. 재벌 집 들어가 주인 되는 거, 이제 관심 없어요. 그저 평범하게 숨어 살게요. 낮은 바

덕에서 숨만 쉬면서 먹고만 살게요. 배 속에, 아기가 있어요."

학생들 입이 일제히 벌어졌다. 아기라니. 임신이라니. 여기서? 이 하인학교 안에서? 학생들이 주위를 둘러보았다. 티모시반 남학생 하나가 뒷걸음질 쳤다. 하얗게 질린 얼굴이었다. 그는 개교 기념일 파티장에서 손보미와 몰래 귓속말을 주고받던 남학생이었다. 그들은 누가 들을까, 볼까 몹시 신중하고 은밀하게 굴었다. 그리고 무언가를 주고받았는데. 그게 칼이 아니었다고? 그저 비밀 연애를 나누는 것에 불과했다는 건가. 그렇다면 손보미가 비둘기라고 생각했던 것도 착각이었나.

티모시반 남학생이 보안요원들에게 끌려 나갔다.

"그래? 정말 그거면 되겠어?"

사감이 차갑게 말했다. 모든 시험 과정이 끝났고 결과 발표만 남았으나 일이 이렇게 된 이상 손보미의 탈락은 확정된 상태였다. 손보미가 세차게 고개를 끄덕였다. 두 손을 모아 빌었다.

"좋아. 그럼 나가."

피 묻은 몸을 덜덜 떨고 있는 손보미는 자세히 보니 아랫배가 확연하게 봉긋해져 있었다. 하인학교에서 살아남으려고 수단 방법을 가리지 않던 손보미는 그대로 하인학교를 나갔다.

나중에 한서정이 들어 알게 된 전말은 이랬다.

손보미는 밖으로 나가 우선 동거했던 박종호를 찾아다녔다. 동시에 사채업자들이 여전히 손보미의 행적을 쫓고 있다는 걸 알았다. 박종호를 찾아야 했다. 돈 한 푼 없는 빈 몸으로 미친년처럼 찾아다녔다. 사채업자들 눈을 피해 어둠과 그늘로 숨어 다녔다. 마침내 박종호를 찾았을 때, 그 옆에 낯익은 여자가 있는 걸 보았다. 이미주. 손보미가 보육원에서 자랄 때 가장 친했던 친구였다. 이미주는 배가 불룩했고 두 사람은 아우디 고급 세단에서 내렸다. 박종호가 키를 주차요원에게 건네고 둘은 다정하게 레스토랑으로 들어갔다.

모든 정황을 알 수 있었다. 우정과 사랑에 동시에 배신당한 것이었다. 힘이 빠졌다. 온몸에 힘이 빠져 손보미는 바닥에 주저앉았다. 사채업자들이 손보미의 배를 가르고 오장육부를 들어내기 위해 혈안이 되어 쫓아오고 있었다. 그동안 이자가 부풀어 빚은 상상조차 어려운 금액이 되었다. 방법이 없었다.

손보미는 그때 깨달았다. 희망이 세상에서 가장 잔인하다는 것을. 희망은 사람을 솟구치게 하지만 결과는 오직 바닥으로 추락하는 것밖에 없다는 것을. 쉼 없는 나락으로의 추락의 반복. 그것이 희망이라는 것을.

결국 손보미는 하인학교로 돌아왔다. 갈 곳이 없었다. 골프장을 지나 측백나무 숲으로 들어서 지하로 내려가는 철문 앞에 섰을 때 징, 하는 소리와 함께 굳게 닫혔던 철문이 저절로 열렸다. 마치 손보미가 돌아올 것을 예상하고 기다리고 있던 것처럼.

다시 돌아온 손보미는 비둘기가 되었다. 철저하게 하인학교 사람이 되었다. 사감은 손보미에게 사감이 되기 위한 교육을 시작했다. 손보미는 그제야 하인학교의 모든 사람들이 어떻게 하인학교를 배신하지 않고 여전히 은밀하게 존재하는지 알 수 있었다.

※

학생들은 대기 상태였다. 모든 시험은 끝났다. 손보미 사건으로 어수선했지만 학교는 언제 그랬냐는 듯 곧 평상으로 돌아가고요했다.

누구도 이후의 학사 일정을 알지 못했다. 개별적으로 통지가왔다. 타깃 면접에 관한 내용이었다. 타깃이 직접 학생들을 면접한다는 것이었다. 통지에는 장소와 날짜, 시간이 적혀 있었다. 드디어 타깃과 대면하는 것이었다.

한서정은 심플하지만 고급스럽게, 품위 있지만 과하지 않게차려입었다. 투 버튼 싱글 슈트에 실크 재질의 셔츠블라우스를받쳐 입었다. 입술에는 말린 장미색을 발라 당당하면서도 주위에 스며들 줄 알고 존재감을 내뿜으면서도 혼자 튀지 않는 인상이 느껴지게 했다. 조화와 배려의 룩을 택한 것이었다. 그리고 자신감이 드러나지만 요란하지 않은 걸음으로 하인학교를 나갔다.

거의 일 년여 만이었다.

용문역 앞에서 택시를 기다렸다. 장날엔 구버스터미널에서승차해야 한다는 안내문이 적힌 철제 표지판은 여전히 삐걱거렸고, 표지판의 네 모서리 녹슨 부분으로 거리의 바람이 엉겼다

풀어졌다. 하루 중 가장 화창한 시간이었다.

겨울 햇살은 조붓하게 인적 드문 거리에 내려앉았다. 세상은 변한 게 없었다.

"나만 변했구나……."

혼잣말을 하면서 한서정은 새삼스럽게 지난 일 년의 시간이 훅 끼쳐 오는 것을 느꼈다. 하인학교에서 생존의 제일 법칙이 변화인 걸 배웠다. 마치 변온동물처럼 상황에 따라 스스로를 바꿔야만 한다는 것. 그렇게 되었구나. 속으로 실소가 터졌다. 하인학교에 들어와 아직도 학교 욕을 하면서 어느새 학교가 요구하는 인간이 되었다.

그렇게 생각하니 뭐랄까, 생이 쓸쓸해졌달까. 한서정은 롱패딩 주머니에 손을 찌르고 눈을 가느다랗게 뜬 채 텅 빈 거리를 보았다.

바람이 몸속으로 들왔다 빠져나가는 감각이 느껴졌다. 그저 바람이었을 뿐인데 그 감각은 심장까지 단번에 타고 올라왔다. 쓸쓸하다는 느낌이 바로 이런 것일까. 바람은 작고 보잘것없는 감각에도 부풀린 감정을 보태 얹었다.

한서정은 패딩 점퍼를 입고 온 게 후회되었다. 지금의 기분을 드러내기에는 카멜색 핸드메이드 울 코트에 검정 머플러를 두르고, 턱을 깊숙하게 숙인 모습으로 간간이 바람이 불 때마다 머플러 아래쪽으로 머리칼이 헝클어지게 두었어야 하지 않을까. 미쉐린타이어 광고 모델처럼 불룩불룩 튀어나온 롱패딩을 입고 뒤뚱거리자니 스스로 우스꽝스러운 것 같았다. 꼴이 참, 우습네. 그렇게 생각하다 다른 생각으로 이어졌다.

한서정은 많은 생각이 한꺼번에 몰려와 복잡한 심정이었다. 왜 용문역에서 택시를 기다리는데 택시 대신 살아온 모든 과거가 다가와 거꾸로 지나가는지 알 수 없었다.

하인학교에 들어와 겪었던 일과 들어온 사연, 요트 갑판에 쓰러져 누운 김현수, 행운복권방 카운터에 앉아 있던 이진욱, 아빠 한동식이 사기꾼을 잡으러 간 사이 여인숙 골방에 틀어박혀 울던 일. 그때부터였을 것이다. 눈치가 생기고 언제나 상황에 기민하게 대처해야 한다는 걸 깨닫게 된 때가.

한동식과 함께 전국을 떠돌던 시절, 오징어잡이를 나갔다가 일주일 만에 돌아온 날이면 둘이 묵호 바닷가 언덕의 행복상회 앞 평상에 앉아 소주 한 병, 참치 캔 하나, 보름달 빵과 짱구 과자 하나를 사 먹었다. 그때 나누었던 대화가 고스란히 되살아났다.

집채만 한 파도가 몰려오면, 피하면 안 된다는 아빠의 말이. 뱃머리를 정면으로 부딪치면서 나아가야 한다는 아빠의 말이.

한서정은 속으로 죽은 아빠에게 다짐했다. 도망치지 않고 나아가겠다고. 어쩌면 그 약속 하나로 지금껏 버틸 수 있었던 건 아닐까. 무능했던 아빠, 무일푼 피난민이던 조부모가 피땀으로 일군 집안을 말아먹고 알코올중독이 된 아빠, 끝내 밑바닥을 벗어나지 못하고 딸에게 그럴듯한 미래 한 자락 남겨주지 못한 아빠, 결국 딸을 위해 스스로를 죽인 아빠. 그 아빠가 딸에게 남긴 건 버티는 힘이었다. 한서정은 강한 자가 아니라 끝까지 버티는 자가 결국 살아남게 된다는 걸 자연히 알게 됐다.

한서정은 눈물이 흐르려는 걸 꾹 참았다. 아빠에게 약속하지 않았나. 어떤 상황이 닥쳐도 버틸 것이다. 겨울 한낮의 햇살이 아이보리색으로 빛났다.

"저기요."

인적 드문 거리에 갑자기 한 남자가 나타나 말을 걸었다. 까닭 모르게 깜짝 놀랐다. 한 걸음 뒷걸음질 쳤다.

"용문산 가려는데 이쪽이 맞나요?"

길을 물어보는 사람조차 본능적으로 경계하다니. 옛말 틀린 거 하나도 없네. 하긴 자라 보고 놀란 가슴이니까 솥뚜껑 보고도 놀라는 거지. 한서정은 속으로 한숨 쉬었다. 그리고 길을 알려주려고 남자 쪽으로 한 걸음 다가섰다.

"네. 이쪽으로 쭉 가다가 오른쪽으로 가시면 금방 진입로가 나와요."

한서정이 팔을 들어 먼 데를 가리키며 설명해주었다.

"아, 맞구나. 감사합니다."

남자가 고개를 숙여 인사했다. 그리고 말을 이었다.

"그런데, 지금 거기 가는 거 아닌데."

"네?"

한서정이 묻는 말과 동시에 갑자기 차 한 대가 다가오더니 문이 열리고 순식간에 두 남자가 한서정을 붙잡아 강제로 차에 태웠다.

입에서 비명이 터졌는데 곧 막혔다. 남자들이 한서정의 입을 틀어막은 것이었다.

"죄송합니다. 정중히 모실 테니 잠시만 진정하시겠습니까?"

조수석에 잘 차려입은 남자가 있었다.

목소리는 나직했고 표정은 부드러웠다. 한서정은 더 이상 비명을 지르지 않겠다는 표시로 고개를 끄덕였다. 그러자 한서정을 놓아주었다. 그래도 양옆으로 앉아 있었기 때문에 달리는 차 문을 열고 탈출하는 건 불가능했다.

"김 실장이라고 부르세요."

조수석 남자가 그렇게 소개했다.

"지금 뭐 하는 거죠?"

한서정의 음성은 날카롭고 차가웠다.

"만나고 싶어 하는 분이 계십니다. 자세한 건 차차 들으시죠. 그럼 잠시 실례하겠습니다."

남자들이 한서정의 눈을 가렸다. 자동차는 달렸고 차창 너머로 거리의 소음이 아주 작게 들렸다. 차는 그리 오래 달리지 않았다. 이십 분쯤……

자동차가 멈추는 소리가 들리고, 남자들이 차에서 내려 양쪽에서 팔짱을 꼈다. 곧장 건물 안으로 데리고 들어가는 것 같았다. 그리고 소파에 앉혔다. 그제야 눈가리개를 풀어주었다.

격식 있는 응접실 같았다. 잘 꾸며진 거실 같기도 했다. 그 공간의 느낌은 그랬다. 그러나 모든 창문에는 커튼이 내려져 있어 밖을 알 수 없었다. 혹시, 누군가의 안가일까. 김 실장이 직접 차를 내왔다.

"놀라셨을 겁니다. 따뜻한 작약차입니다. 드세요. 마음을 안정시키는 데 도움이 될 겁니다."

찻잔 위에 진한 색깔의 꽃잎이 떠 있었다.

"나를 만나겠다는 사람이 누구죠?"

한서정이 차는 쳐다보지도 않고 다그치듯 물었다.

"곧 오실 겁니다."

김 실장은 그렇게 말한 뒤 사라졌다. 그 공간엔 한서정만 남았다.

도망가야 할까. 그러나 여기가 어딘지 모르고 바깥 상황도 전혀 알 수 없다. 김 실장이란 작자의 태도로 봐선 누군가 오는 것이 분명하다. 무엇보다 나를 해칠 생각이었다면 내가 뭐라고 이렇게 정성 들여 납치하겠는가. 분명 미리 계획된 일이다. 그리고 나를 잘 알고 있다. 거기까지 생각하는데 인기척이 났다.

"놀라게 해드려 죄송합니다."

유쾌한 목소리였다. 고개를 들어보니 고급 슈트를 갖춰 입은 중년의 남자였다. 남자는 주저 없이 맞은편에 와 앉았다.

"누구시죠?"

"아이고, 저런. 아직 차를 안 드셨군요. 놀라셨을 텐데, 우선 차부터 드시죠. 작약은 화려한 꽃이 인상적인 식물이지만 사실 그 약성이 사람에게 더 이롭죠. 심신이 편안해질 겁니다. 남해의 청청한 바닷바람을 맞고 자란 육 년근 유기농 작약입니다. 제가 직접 채취한 거니까 믿으셔도 됩니다. 독은 안 들었어요."

남자가 크게 웃었다.

"저는 정용주입니다. 해산그룹의 부회장직을 맡고 있죠."

해산그룹의 정용주라면 오너의 후계자다. 저런 얼굴이었나? 하인학교에서 대부분의 상류층 인물들에 대해 교육받았는데 기억이 가물거렸다. 그런데 그 정용주가 맞다면 왜 나를 만나려고 한 걸까. 이렇게 납치까지 하면서 말이다.

"우리가 만나는 걸 아무도 알면 안 되기 때문에 무리한 방법으로 모셨습니다. 아무쪼록 이해해주세요."

"저를 왜 만나려 하신 거죠?"

한서정이 바로 질러 물었다. 아무래도 차는 안 마시는 편이 낫다고 생각했다. 향기로운 차가 천천히 식고 있었다. 정용주가 소파 등받이에 기댔던 몸을 곧추세웠다. 아이스브레이킹은 이쯤이면 됐지 않았나.

"하인학교 때문입니다."

정용주의 입에서 그 단어가 나왔다. 이자가 하인학교를 알고 있다는 건가? 하인학교는 바깥세상에선 존재하지 않는 곳이었다. 그렇다면 어떻게? 어디까지? 한서정은 진심으로 당황했다.

나에 대해서도 다 알고 있다는 뜻일까? 내가 누구인지, 과거에 어떤 사람이었는지까지? 그렇다면 정용주는 나의 생사여탈

권을 쥐고 있을 것이다. 더구나 어딘지도 모를 곳에 끌려왔으니 내가 여기서 살아서 나갈 것인지 죽어서 나갈 것인지도 정용주만 알 것이다.

"궁금한 게 많을 줄 알지만 간단하게 말씀드리죠. 네, 저는 하인학교의 존재를 알고 있습니다. 그리고 한서정 씨가 어떻게 하인학교에 들어가게 됐는지도 알죠."

이자는 참, 협박도 품격 있게 하는구나.

"그러나 제 관심은 한서정 씨가 아닙니다."

그렇겠지. 내가 뭐라고. 한서정은 이제 판단할 수 있었다. 정용주는 나를 통해 하인학교의 무언가를 원하는 것이다. 해산그룹의 후계자가 하인학교에서 원하는 것이 무엇일까.

답은 저절로 나왔다. 정보였다. 하인학교에는 이 나라를 쥐고 흔들 만한 온갖 정보가 축적되어 있다. 저 옛날 학교의 개교 이래 하인학교는 은밀한 정보기관으로서 역할을 겸했다고 했다. 정보는 힘이다. 태산을 무너트리고 바윗덩이도 가루로 만들 수 있으며 지위 고하를 막론하고 가장 두려워하는 무기이기도 하다. 정보가 쏟아지는 홍수의 시대지만 무소불위의 힘이 되는 정보는 따로 있다. 하인학교 졸업생들이 주인이 되고 그 자리를 유지할 수 있는 비결도 결국 정보에서 나왔다.

"맞습니다. 저는 하인학교가 가지고 있는 정보가 필요합니다."

정용주가 바싹 다가앉았다. 귓속말을 건네듯 누가 듣기라도 할 듯 음성을 낮춰 말했다.

"오십억."

오십억, 정보에 대한 환산 금액이라는 걸 알았지만, 놀라기보다는 기가 막혔다. 저자는 쉽게도 말하는구나. 나도 저 위치로 올라가면 저리될까. 오십억. 그 말을 듣는데 왜 갑자기 아빠가 떠오르는 걸까. 냄새나고 더러운 양계장의 닭장에 갇힌 닭들이 시끄럽게 울어대는 곳에서 삽으로 닭똥 무더기를 치우던 아빠. 그렇게 아등바등 살다 딸에게 자신의 목숨값이라도 주겠다고 스스로 죽은 아빠.

오십억 얘기를 들었을 때, 잠깐 사이에 수많은 생각과 상상이 오버랩되었다. 그 돈이면 어디 조용하게 숨어 살 수 있지 않을까. 남들처럼 평범하게 소시민으로 강남 한복판에 삼십 평대 아파트 한 채 사고. 아, 그건 평범한 소시민은 아니겠구나. 국산 중형차 한 대 사고 프랜차이즈 식당 하나 열어서 먹고살면서 가정도 꾸리고 아이도 낳고 때가 되면 가끔 여행도 다니면서, 그렇게. 아니면 지방 소도시 구석진 곳에 꼬마 빌딩 하나 사 임대료 받으면서 내가 정말 하고 싶은 것이 무엇인지 천천히 찾아볼 수도 있을 것이다. 생존에 밀려 살아남기 위해 필요한 것이 아니라 내가 행복해질 수 있는 무언가를.

그 짧은 몇 초 사이 한서정은 프랜차이즈는 어떤 종류가 좋을 것인지, 꼬마 빌딩을 산다면 어느 지방이 좋을 것인지 생각했다. 사람이, 참……. 그런 생각을 하니 당장 주머니에 오십억이 들어 있기라도 한 듯 뿌듯했다. 그 잠깐의 상상만으로 평범한 미래가 열리는 것만 같았다.

그러나 한서정은 알았다. 상상은 상상일 뿐이다. 만약 오십억 받고 학교의 정보를 넘기고 숨어 산다 치자. 하인학교가 그걸 모를까.

'어떤 경우에도 학교의 존재를 함구하며 학교 안에서의 모든 일을 비밀에 부치겠다. 나는 사고를 치거나 학교의 존재에 위협이 되는 경우 어떠한 처벌도 감수하겠다.'

입학하면서 사인한 서약서 내용이었다. 입학과 동시에 신체 포기각서에 사인한 셈이었다. 오십억을 받는 순간, 사망확인서에 도장 찍는 셈이 되겠지. 그걸 받으면 난 어차피 죽는다.

자, 그 사실이 분명하다면 이제는 여기서 어떻게 나갈 것인가를 생각해야 할 텐데. 나는 과연 살아서 나갈 수 있을까.

"제가 거절한다면요?"

정용주가 피식, 웃었다.

"어리석은 판단이라고 말씀드려야겠군요."

그가 손짓하자 곧 김 실장이 들어와 그의 뒤에 섰다.

"저와 대화가 통하지 않는다면 다른 방식으로 대화를 시도할 수밖에 없다는 걸 이해해주시기 바랍니다."

그렇게 말하고 미련 없이 일어섰다. 오십억이 안 먹힌다면 백억이라도 먹히지 않을 걸 정용주는 알았다.

"부디 원만하게 대화가 통하기를 진심으로 바랍니다. 한서정 씨를 위해서요."

정용주가 나갔다. 그리고 김 실장이 다가왔다. 한서정이 자리에서 일어났다. 다른 방식의 대화란, 이런 고급 거실에서 이루어지지 않을 거라는 걸 알 수 있었다. 김 실장이 한서정의 팔을 잡아챘다.

"제가 가죠. 소리 질러봐야 소용없다는 걸 아니까 걱정 마시고."

한서정이 앞장섰다. 매 순간 상황 판단을 냉정하게 해야 한다. 그래야 여기서 나갈 수 있을 것이다. 한서정은 만약에 대비해 걷는 걸음의 방향과 수를 헤아려두었고 주변의 도구를 눈여겨봐두었다. 어디서 그런 배짱이 생겼는지 스스로 놀랐다.

어디서 그런 배짱이 생겼는지 너무 뻔한 것을.

하인학교. 모조리 훈련의 결과였다. 그곳에서 한서정은 엄청난 실력을 갖췄다. 아니라면 벌써 죽거나 감옥에서 미쳐갔을 것이다. 미운 정이 더 무섭다더니. 한서정은 속으로 피식 웃었다. 어느새 하인학교에 애정이 생긴 걸 깨달았다. 원래 삶의 진정한 유대란 본질적으로 비극적 상황 속에서 꽃피는 것이라 했던가.

하인학교를 벗어나 죽을지 살지 모르는 상황에 닥치자 하인학교에 이미 깊은 유대를 가지고 있음을 알게 되었다. 만약 내가 하인학교를 팔아넘긴다면 학교 안에 있는 동료들은 어찌 될까. 모두들 고통스럽고 힘겨운 과거를 안고 들어온 애들이다. 학교가 드러나면 그 애들은 모두 위험에 빠지겠지. 한서정은 고개를 저었다.

학교 안에 있을 때 한서정은 학교의 운영 방식과 시스템을 납득할 수 없었다. 특히 정이화의 방식은 받아들이기 어려웠다. 잔인하고 무자비하다고 여겼다. 그러나 전금희라면 다르지 않을까. 전금희가 차기 이사장이라 했는데. 전금희라면 하인학교를 바꿀 수 있지 않을까. 무한 경쟁으로 동료와 상대를 누르고 밟아 상대가 죽지 않으면 내가 죽는 식의 정글 게임 말고 서로 독려하고 상생하는 방법을 찾을 수 있지 않을까. 정이화만 없어지면 되지 않을까.

이미 개천에서 용이 나올 수 있는 시대가 아니다. 그렇다면 우리 같은 흙수저들은 어찌해야 하는가. 애초에 진입조차 못 하는 세상에서 살아남으려면.

한서정은 세상에 하인학교가 존재할 수밖에 없는 이유를 처음으로 깨달았다. 다만 다른 방식의 하인학교를 꿈꾸고 싶어졌다.

한서정은 복도 끝 방에 갇혔다. 용문역 앞에서 한서정을 납치했던 두 남자가 들어왔다. 김 실장이 뒤로 물러났다.

"이 친구들이 새로운 대화의 방식을 알려줄 겁니다. 하인학교 출신이니 잘 아시겠지만 이 친구들은 성실하게 맡은 바 직무를 수행할 겁니다. 최선을 다해 한서정 씨를 때릴 겁니다. 얼마나 더 잘 때리는가에 따라 보너스를 받게 될 겁니다. 그게 하인의 본분 아니겠습니까?"

짐작대로 그 친구들이 주먹질을 시작했다. 그 친구들은, 친구들이라니까 우습지만, 정말 제대로 팼다. 우욱, 통증의 비명이 몸에서 터져 나왔고 눈에서 불이 뿜어져 나올 듯했다. 목에서 핏줄이 톡톡 튀어나왔다. 욱신거리는 고통의 신음이 어두운 소굴 같은 좁은 방 안을 후볐다. 맞을 때마다 저도 모르게 신음이 튀어나왔다.

그렇게 제대로 폭행당해본 건 처음이었다. 이렇게 맞다가는 목숨이 끝장날 수도 있겠구나 싶었다. 그 친구들은, 학교의 위치와 정보가 있는 곳을 말하면 풀어주겠다고 회유했다.

'너희들처럼 가진 거 없는 사람의 유일한 무기는 몸뚱이다. 몸을 제대로 쓸 줄 알아야 한다. 정신 무장에도 꼭 필요한 것이 무술이다'라고 하인학교 교관은 말했었다. 학교에서 맷집도 키우고 무술도 익혔다. 그러나 실전은 달라도 너무 달랐다. 고통의 비명이 끊이지 않고 나왔다. 그래봐야 도와주는 이는 아무도 없었다. 그 친구들은 땀을 흘리며 한서정을 때렸다.

"말해. 말하라고!"

때리다 지친 친구들이 소리 질렀다. 비명과도 같은 데시벨이었다. 친구들이 땀을 흘렸다. 친구들은 하인의 본분을 다하고 있었다. 성실하게, 최선을 다해서 패고 있었다. 한서정은 핏줄 터진 눈에서 핏물을 흘렸다.

"제발 좀 말하라고."

때리는 친구들이 맞는 한서정에게 빌었다. 아, 이 친구들도 두렵구나. 제 직분을 다하지 못할까 봐, 주인의 말 한마디로 하루아침에 호구지책을 잃게 될까 봐.

한서정이 핏물 흐르는 눈으로 친구들을 보았다. 그리고 씩, 웃었다. 말을 하라니까, 한서정이 말했다.

"수고가 많네, 친구들."

친구들의 눈에 독기가 올랐다. 눈동자가 폭행의 열기로 이글거렸다. 마침내 친구들이 최후의 일격이라도 가하듯 온 힘을 실어 가격했다. 윽, 외마디로 한서정은 정신을 잃었다.

"깼네."

한서정이 끙, 신음 소리와 함께 간신히 몸을 일으켰다.

"너 뭐야?"

한서정이 놀라서 물었다. 이진욱이 눈앞에 있었다.

그는 물수건으로 한서정을 닦고 터진 곳을 드레싱하고 붕대를 갈며 보살피고 있었다. 누가 보면 정말 다정한 남친이라도 되는 줄 알겠네.

난 분명 납치됐었는데. 골방에 갇혀 친구들에게 죽을 만큼 맞지 않았나. 가만, 그럼 내가 안 죽었다는 건가. 안 죽은 건 확실했다. 대신 죽을 만큼 아팠다.

"열 내지 마라. 너만 더 아파."

이진욱은 웃고 있었다. 대체 뭐가 어떻게 된 거야. 여긴 내 방 안이잖아. 한서정이 둘러보았다. 하인학교 기숙사였다.

짝짝짝짝, 이진욱이 뜬금없이 박수를 쳤다.

"뭐 하는 짓이야?"

한서정이 눈을 부라리며 어이가 없어 소리쳤다. 죽다 살아난 사람 앞에서 갑자기 박수라니. 사실 눈을 부라리려고 했는데 핏줄이 터져 온통 부어올라 보는 사람은 부라리는 건지 아닌지 전혀 모를 정도였다.

"나 말고 전금희 졸업생이 꼭 박수 쳐주라고 했거든. 축하한다고."

무슨 개소리냐고 하려다 반짝, 머릿속에 드는 생각이 있어 입을 다물었다. 전금희가 축하를 했다…… 내가 죽도록 처맞은 일이 박수 받을 일이다…… 전금희는 이 일을 알고 있었다…… 알고 있었다면 막을 수도 있었을 텐데, 그러지 않았다…… 그냥 죽도록 처맞게 내버려두었다…….

둘 중 하나겠지. 내가 그렇게 맞기를 원했거나, 그 상황을 방해하지 않는 쪽이 나았거나.

"하인학교의 마지막 시험인 시크릿 테스트."

"뭐?"

"충성심 테스트야. 하인학교라는 플랫폼이 건재하려면 충성심은 필수니까. 대신 졸업하면 부와 명예를 갖고 살게 해주니까. 끝까지 함구해야 테스트 통과. 그것이 마지막 테스트였어. 대부분 거기서 탈락하고."

그러니까 학교가 벌인 자작극이라는 건가? 진짜 죽는구나 생각했는데. 학교가 학생들을 죽도록 팼다는 거다. 한서정은 이진욱을 노려보았다. 물론 눈이 퉁퉁 부어 있어 이진욱은 그걸 몰랐다. 그런데 이진욱은 여기 왜? 그런 눈빛으로 보자 알아차렸는지 바로 대답이 나왔다.

"전금희 졸업생이 가보라고 해서. 기절한 널 데리고 왔지."

잘못 들은 줄 알았다. 이진욱은 정이화의 사람 아니었나? 전금희가 보냈다고? 아니면 설마, 내가 걱정돼서 스스로 온 거야? 축 늘어진 나를 업고 거기서 나온 거야? 내가 깨어날 때까지 나를 간호하면서?

한서정이 이진욱을 다시 보았다. 행운복권방에서 보았던 한결같은 표정이었다. 혼자 고요한 풍경 안에 갇힌 사람처럼 자신을 건너다보는 시선. 그 사이에 깊은 물줄기라도 지나듯, 뿌옇고 습기를 머금은 안개로 휩싸인 듯한 묘한 불안함.

"이제 다 끝났어."

이진욱이 일어났다. 박스에 붕대며 소독약을 챙겨 넣었다.

"너는 항상 마음대로 왔다가 마음대로 가는구나."

한서정이 말했다. 그 말에 이진욱이 쓸쓸하게 웃었다.

"그럼 뭐, 한 번 웃어주기라도 하든가."

그럼 그래볼까, 싶기도 했는데 젠장, 얼굴 근육이 제멋대로 부어 미소를 지으려고 애쓸수록 얼굴 근육이 괴상하게 찌그러졌다.

"가."

한서정은 속으로만 난 웃으려고 했다, 말하고는 겉으로는 귀찮다는 듯 손짓으로 이진욱을 내보냈다.

"곧 또 보자."

이진욱이 방에서 나갔다. 한서정은 곧바로 또 잠들었다. 마치 잠이 끌어당기기라도 하듯, 깊숙하게 바닥 모를 허방으로 굴러 떨어지듯, 잠 속으로 빨려 들어갔다.

땡. 땡. 땡.

학교 종이 울렸다. 한서정은 깜짝 놀라 잠에서 깼다. 전체 소집을 알리는 종소리였다.

드디어 때가 되었다. 알 수 있었다. 아마도 모든 학생들이 알았을 것이다. 바로 결과 발표의 날이라는 것을. 누가 졸업할 수 있는 것인지, 누가 그 단 한 명의 졸업생을 위해 희생양이 될 것인지.

결과는 정해졌을 것이다. 둘 중 하나겠지. 졸업하거나, 탈락하거나. 졸업에 대한 기대보다 탈락에 대한 공포가 앞섰다. 모든 학생들이 마찬가지이리라.

학생들은 무언가 쑥 빠져버린 듯한 표정으로 몸을 떨고 있을 것이다. 땡땡 울리는 저 종소리는 세상의 잔인한 수갑처럼 학생들의 뼛속 깊이 파고들 것이다. 누군가는 떨고 누군가는 울고 있을까. 한서정은 가쁜 듯 숨을 몰아쉬었다. 몸이 떨렸고, 몸이 아팠다.

'입을 편안히 다물고 혀를 입천장에 붙이고 기도를 열어 크게 숨을 쉬어. 숨 쉬는 시간이 오래 걸리도록 하되 호흡에 깊이 몰입하지 마.'

전금희가 메시지로 보내준 내용이었다. 경험담이라면서. 그러면 통증이 좀 덜할 거라는 염려였다. 전금희도 같은 과정을 겪었겠구나. 이 과정을 고스란히 치르고 졸업해서 지금 저 위치에 가 있구나. 다른 모든 경쟁자를 모조리 깔아뭉개고 우뚝 올라섰겠구나.

걸을 때마다 허벅지가 찢어지듯 아팠고 온몸의 관절들이 쑤셨다. 세상에 자리를 잃고 이곳으로 숨어들었는데 이제 이곳의 시간은 끝이 다가온다. 한서정은 전금희의 말대로 입을 다물고 혀를 입천장에 붙이고 기도를 열었다. 빈 공기가 창자를 타고 들어가 서늘하게 내장을 흔들었다.

분수광장으로 모여든 학생들은 역시 떨고 있었다. 그 가운데 간간이 과도한 자신감으로 목청 높여 떠들어대는 학생들이 있었다. 졸업하고 화려하게 지낼 미래를 상상하는 것이었다.

상상 속의 미래에선 높은 곳에서 아래를 굽어보며 끝도 없이 웃을 거라고 믿었다. 하루하루, 생을 펑펑 낭비하면서 그 소비의 기쁨을 만끽할 거라 여겼다. 동료들에 대한 미안함과 죄책감으로 그들의 상상은 더더욱 완벽하게 영광스러웠다. 분수광장 안에 웃음과 울음이 교차했다. 두려움과 과한 기대가 겹쳐졌고 기쁨과 슬픔이 맞부딪쳤다. 다들 곧 교장 정이화가 나와서 결과를 발표할 거라 생각했다.

징.

정이화는 등장하지 않았다. 대신 기계가 작동하는 낮은 소음이 들렸다. 그리고 분수광장을 둘러싸고 사방으로 철문이 내려왔다. 철문이 내려와 모서리가 서로 맞물려 곧 벽이 되었다.

이게 뭐야. 악, 누가 좀 말해봐요. 누구 없어요. 학생들이 소리 질렀다. 비명도 질렀다. 학생들은 철문으로 가로막힌 커다란 방에 갇혔다.

학교 관계자들은 아무도 오지 않았다. 아무런 소리도 들리지 않았다.

잠시 뒤, 분수가 멈췄다. 완전한 적막. 그 고요는 공포였다. 그 고요가 무심해서 무서웠다. 학생들은 모두 입을 다물고 떨었다.

그때였다. 소리가 났다. 시계 초침 소리. 딱 그 소리였다.

생각났다. 한서정은 양호실을 떠올렸다. 거기 책상 위에서 메트로놈같이 생긴 시계가 재깍재깍 규칙적으로 움직이던 그 소리. 조용한 양호실에서 울리던 시계 소리. 망치질 소리처럼 고막을 때리며 스며들던 소리. 사람의 마음을 위로하는 듯싶기도, 동시에 오장육부를 옭아매는 듯싶기도 했던 그 규칙적인 소리.

곧이어 양호교사 이정심의 목소리가 들려왔다.

"너희는 곧 편안하게 잠이 들 거야. 그리고 이곳에서의 모든 일을 잊게 될 거야."

아……. 양호실에 갈 때마다 이정심이 했던 그 말은 위로가 아니라 암시의 말이었구나. 시계 초침 소리에 맞춰 최면을 건 것이었구나.

한서정은 자꾸만 무거워지는 눈꺼풀 속에서 그걸 알아차렸다.

그리고 천장에서 백색 가스가 뿜어져 나왔다. 마치 안개처럼 뿌옇게 눈앞이 흐려졌다. 까무러지는 의식 속에서 한서정은 흐린 시야를 뚫고 자신을 쏘아보는 인광 두 개를 보았다. 어두운 세상의 길잡이처럼, 그 빛이 천천히 다가왔다. 인광의 푸른빛에 내뿜는 숨이 하얗게 비쳤다.

나는 저 빛을 따라가야 할까. 저 빛은 길이 아니라 끝의 마지막인가.

눈앞에 닥친 죽음에 한서정은 입술을 물었다. 백색 가스에 취해가며 한서정은 오직 죽음만을 떠올릴 수밖에 없었다.

5장

졸업

"여기는……."

한서정이 놀라 저도 모르게 중얼거렸다. 하인학교의 마지막 시크릿 테스트가 행해졌던 그 안가였다. 간신히 눈을 뜬 한서정은 영문을 몰라 당황했다.

"내가 왜 여기 있는 거지?"

다시 납치된 걸지도 몰랐다. 그렇다면 이번엔 폭행으로 끝나지 않을 텐데. 아니다. 그건 테스트라고 하지 않았나. 게다가 나는 하인학교 분수광장에 있었다. 분명 천장에서 백색 가스가 뿜어져 나왔고, 눈앞에 닥친 죽음처럼 끝인 것만 같은 흰빛을 보았다. 그리고 정신을 잃었는데.

"깼어?"

익숙한 목소리가 들려왔고, 방문이 열렸다. 놀랍게도 전금희였다.

"마취 가스로 기절한 애가 어떻게 그렇게 코를 골고 자니?"

세상 저 혼자 천하태평인 애야, 하며 전금희가 웃었다.

그럴 리가. 내가…… 잤다고?

"너 꼬박 이 박 삼 일을 잤어."

전금희가 의자를 끌어다 한서정 맞은편에 앉았다. 한서정은 침대 헤드에 기대려고 낑낑거리며 몸을 일으켰다.

"웬만한 치료는 다 했어. 빠르게 회복될 거야."

"어떻게 내가 여기 있는 거죠?"

"널 둘러업을 사람이 누가 있겠니?"

이진욱! 생각해보니까 나의 모든 상황 변화에는 이진욱이 개입되어 있었다. 하인학교에 들어올 때도, 감옥에서 나와 곤경에 처했을 때도, 얼마 전 안가에서 기절했을 때도, 지금도. 마치 이진욱이 내 생의 모든 시간을 장악한 것처럼 말이다.

이 모든 게 업무에 불과했던 걸까. 그동안 행한 일들이 전부 정이화의 지시였을까. 따지고 보면 그도 정이화의 하인 아닌가.

아니라면, 전금희의 말처럼 이진욱이 나를 좋아하기라도 하는 걸까. 그렇다고 생각하기에는 무리였다. 행운복권방 시절부터 지금까지 그 긴 시간 동안 그저 주위를 맴돌기만 했으니까. 아, 머리 아파. 나중에 직접 물어보면 되겠지. 한서정은 이진욱에 대해 그렇게 정리했다.

"승리를 자축해야지?"

전금희가 웃으며 말했다.

"졸업 축하해."

시원하게 박수를 쳤다. 이제는 분명하게 알았다. 내가 통과한 거구나.

"어떻게 된 거죠? 난 모든 테스트에서 하위였는데."

"그따위 테스트 순위는 어차피 별거 아니야. 중요한 건 시크릿 테스트였지. 넌 오십억에도 코웃음 쳤고, 그렇게 맞고도 입을 다물었잖니."

그랬구나. 공개 테스트는 사실 학습 내용 확인 절차에 불과했구나. 학생들은 그 테스트가 자신의 운명을 결정지을 키라고 생각했지만 정작 열쇠는 시크릿 테스트였다. 그걸 자신이 통과한 것이다. 다른 학생들은 일 년을 잘 버텨내고도 오십억 앞에서 모두 넘어가고 말았다. 상상의 오십억으로 자신의 새로운 미래를 바꾼 셈이었다. 이제 그들에게는 오십억도 미래도 전부 사라져버렸지만.

한서정을 보면서 전금희는 자신의 과거를 떠올렸다. 하인학교의 교육은 결국 생존본능을 일깨우는 과정이었다. 생존을 위해서라면 어떤 수단과 방법도 모두 가능하다는 것을 알았다. 살면서 절대 하지 못할 것들이 엄연하다고 믿었으나, 할 수 없는 것은 없다는 것 또한 몸에 익혔다. 지금 한서정의 눈빛이 바로 그랬다. 위태롭고 불안정해 보이지만 막상 어떤 상황이 닥친다면 주저 없이 뛰어들 수 있는 이글거림이 그 눈빛에 새겨져 있었다.

이 아이는 단 한 번의 동요 없이 시크릿 테스트를 통과했다.

전금희는 한서정의 눈을 깊이 들여다보았다. 저 날카롭게 빛나는 흔들림은 지난 일 년간 벼려온 생존 의지와 단단하게 다져온 실력이 뭉뚱그려진 결과물이다. 세상을 보는 눈이 변한 것이다. 그녀는 그 변화를 꿰뚫었다. 바로 자신이 거쳐온 길이었으니까. 판단은 빠르고 결정은 주저 없을 것이며 실행은 거침없을 것이다. 저 단단하고 아름다운 눈빛은 단 한순간에 모든 상황을 장악하고 경우에 따라서는 살기를 내뿜을 것이다. 이제 한서정은 영원히 예전의 모습으로 돌아가지 못할 것이다.

"상처뿐인 영광이네요."

한서정이 스스로를 내려다보면서 말했다. 여기저기 안 아픈 곳이 없었고 삭신이 쑤셨다.

"엄살떨 거 없어. 이제 진짜 시작이니까."

"이제 어떻게 되는 거죠?"

"너희 기수에서 졸업생은 총 세 명. 모든 학생이 탈락한 반도 있으니까. 졸업생들은 모두 이곳 안가로 옮겨졌어. 이제 여기서 필요한 준비를 하게 될 거야. 그리고 바로 실전으로 들어갈 거고. 네가 내 위치에 올라가는 일이 시작된 거야."

가만히 듣던 한서정이 한숨 쉬었다.

"그러면 다른 학생들은 어떻게 되는 거죠?"

한서정은 전교생이 모여 있는 분수광장에 백색 장막처럼 내려오던 마취 가스를 떠올렸다. 시야가 흐려질 때 단 하나, 죽음만을 떠올리게 했던 하얀빛의 어둠. 설마, 혹시…… 그 아이들 모두를……. 한서정이 다급해져서 거칠게 채근했다.

"말해요, 대체 그 애들을 어떻게 한 거냐구요."

한서정이 전금희의 멱살을 잡았다. 눈빛에 살기가 어렸다. 필요하다면 지금 당장이라도 전금희를 처리할 수 있다는 협박의 눈빛이었다. 전금희가 웃었다.

"거봐, 넌 이제 영영 순진했던 과거로 못 돌아간다니까."

자신의 과거를 보는 듯해서 전금희는 어쩐지 쓸쓸한 기분이었다. 한서정이 금방이라도 터질 듯한 눈빛으로 전금희를 쏘아보았다.

"넌, 참 나랑 똑같구나. 복희 아줌마가 그랬거든, 우리 둘이 비슷하다고."

전금희가 생각났다는 듯 말을 보탰다.

"아, 교장이 복희 아줌마 감옥에 가둔 건 알고 있니?"

복희 아줌마를 감옥에? 한서정이 깜짝 놀라 전금희의 멱살을 더욱 움켜쥐었다. 전금희가 숨이 막혀 캑캑, 기침을 토했다.

"너 그 발끈하는 성질은 좀 눌러야겠다. 어떻게 앞뒤 안 가리고 덤벼드니. 걱정 마. 내일이면 나올 거니까. 아예 하인학교에서 빼 올 거야, 내가."

전금희가 손으로 멱살을 놓으라는 시늉을 하자 한서정이 손에 힘을 뺐다. 전금희가 옷매무새를 가다듬으며 담담하게 설명했다. 나머지 학생들이 어찌 되었는지.

졸업생을 제외한 모든 학생들은 하인학교가 미리 준비한 프로그램에 들어갔다. '기억의 재편성'이라는 프로그램이었다. 쉽게 말하면 기억을 조작하고 편집하는 작업인 셈이었다. 몇 달간 최면 요법과 약물 요법을 동시에 진행했고, 모든 과정은 양호교사 이정심이 주도했다. 하루 세 번 꼬박꼬박 약을 먹고 주사를 맞았으며, 양호실에서 이정심의 극진한 위로를 받았다. 이런 식이었다.

"넌 참 힘들게 살아왔어. 그렇지? 내가 다 알아."

이정심이 혀를 끌끌 차며 앞에 앉은 오윤주의 손을 잡았다.

"사랑에 빠져 결혼한 남편이 알고 보니 애 둘 딸린 유부남인 걸 알았을 때 얼마나 하늘이 무너졌겠니. 네가 하인학교에 들어와 배 속에 그놈 씨가 붙은 걸 알고 그걸 긁어내려고 마음먹었을 때는 또 어땠겠니. 널 수술대 위에 올려놓고 그 생명을 긁어내면서 나도 울었단다."

이정심이 눈물을 찍어냈다. 오윤주도 새삼스럽게 복받친 눈물을 참지 않았다.

지난 일 년의 시간이 한꺼번에 걷히고 가슴 깊은 곳, 아마도 심연일 그곳에 굳어 있던 슬픔이 폭풍처럼 단숨에 밀려 나왔다. 오윤주는 사무치게 울었다.

"그래, 울어. 실컷 울어."

이정심이 오윤주의 등을 쓸며 달랬다. 스스로 타들어갈 때까지 차라리, 울거라. 그리하여 차가운 생은 밀어닥치는 파도에 쓸려 끝날 것이다.

오윤주는 그런 심정으로 울었다. 차라리 생이 끝나기를 바라는 심정으로.

"그래도 산목숨이 어디 그러니. 산목숨은 무섭지. 너도 다 떠나겠다는 마음으로 훌쩍 떠난 거잖니. 그렇지?"

울면서 오윤주가 고개를 끄덕였다. 이정심이 말을 이었다.

"막상 워킹 홀리데이라고 떠났지만, 낯선 곳에서는 다 잊을 수 있을 줄 알았지만, 그것도 아니었지? 황금빛 너른 들판을 보면서 노을 질 때면 언덕에 앉아 혼자 울곤 했잖니. 그래, 그런 거야. 생이 힘겨워 떠났다고 해도 해결되는 건 없는 거야. 그래서 너도 독하게 마음먹고 지난 일들을 정리하고 새 출발 하겠다는 마음으로 다시 돌아왔잖니."

이정심의 말에 오윤주가 울면서 세차게 고개를 끄덕였다. 이정심이 무어라 말하든, 오윤주는 다 고개를 끄덕였다. 자신이 그랬다고 믿어 의심치 않았다. 옆에서 시계 소리가 들렸다. 시곗바늘은 메트로놈처럼 규칙적으로 움직이고 있었다.

"이거 마셔. 마음이 편해지고 잠이 올 거야. 그리고 하인학교는 모두 잊게 될 거야."

오윤주는 말 잘 듣는 어린아이처럼 이정심이 건네는 약이 든 컵을 받아 마셨다.

오윤주는 그날 밤 깊이 잠들었다. 꿈속에서 시곗바늘이 거꾸로 돌았다. 그 시간의 역행이 지나왔던 시간 속으로 다시 끌고 들어갔다.

기억 속에서, 오윤주는 멜빵바지를 걷어 입고 밀짚모자를 쓴 모습이었다. 햇살이 따가운 남쪽 땅에서 돼지와 양에게 먹이를 주고 소똥을 치웠으며 옥수수를 따고 마당을 쓸었다. 농장은 평화로웠고 멀리서 흐리게 바닷물의 비린내가 밀려왔다.

아침이면 해무가 난바다를 끌어당기는 그 농장에서 오윤주는 일 년을 보냈다. 매일 같은 일상이었지만 그 단순함이 좋았다. 복잡한 생의 단면에서 벗어나 심플한 노동의 세계에 빠져 있으니 어제도, 내일도 멀게만 느껴졌다.

오윤주는 떠나오길 잘했다고 생각했다. 생의 상처가 남은 곳에서 물리적으로 벗어나 있으니 그 상처와도 멀어진 듯했다. 거리감이 안정감을 되찾아주었다. 오윤주는 차츰 자신의 문제를 객관적으로 볼 여유가 생겼다. 그리고 마침내 때가 되었다고 느꼈다.

그래, 이제 돌아가자. 모든 것을 리셋하고 새로운 삶을 살자.

오윤주는 그 자리에서 떨쳐 일어났다. 멀리서 파도 소리가 밀려들었다. 그 소리에 규칙적인 시곗바늘 소리가 섞여 있다는 걸 오윤주는 알지 못했다. 또한 그 과정이 몇 달에 걸친 것이었다는 사실도 오윤주는 알아채지 못했다. 기억 속에서 오윤주는 먼 남쪽 나라의 땅을 밟았고 남태평양의 물 냄새를 맡았으며 후텁지근한 남동풍을 얼굴에 맞았다. 그렇게 믿었다.

문득 정신을 차리고 보니 오윤주는 거리를 걷고 있었다.

내가 왜 여기 있는 거지? 아, 맞다. 워킹 홀리데이에서 막 돌아왔지. 그래서 이제 집으로 돌아가는 길이었어.

오윤주는 기억하지 못했다. 왜 자신이 그 거리를 걷고 있는지.

하인학교의 기억의 재편성 프로그램이 끝난 뒤 하인학교에서 봉고차를 타고 나왔다. 물론 보안요원이 동행했다. 봉고차는 적당히 달린 뒤, 오윤주를 내려주었다. '당신은 이 차에서 내린 사실을 기억하지 못할 겁니다. 막 워킹 홀리데이에서 돌아와 집으로 가는 길입니다.' 오윤주가 차에서 내릴 때 보안요원이 그렇게 말했다. 그래서 오윤주는 기억하지 못했다. 기억의 재편성 프로그램은 거기까지였다.

초봄이었지만 해가 지고 있는 거리는 추웠다. 이상했다. 마치 그런 추위는 난생처음 겪는 듯 낯설었다. 최고급 호텔식 온도조절장치가 가동되는 하인학교 안에서 지낸 탓에 일 년이 넘도록 추위를 모르고 살았기 때문이었다. 오윤주는 아마도 따뜻하고 먼 남쪽 나라에서 지냈기 때문일 거라고 생각했다.

용문역 근처였다. 버스정류장의 철제 표지판이 바람에 흔들리며 작게 끽끽 소리를 냈다. 표지판의 네 모서리 녹슨 부분으로 거리의 바람이 방향 없이 부딪쳤다.

그런데 갑자기 집 주소가 생각이 나질 않았다. 아무래도 먼 남쪽 땅에서 과거를 잊으려고 애쓰다 보니 많은 것들을 한꺼번에 잊은 모양이었다. 오윤주는 잠시 길 위에서 고민했다. 주머니를 뒤졌지만 전화기도 없었다.

인근에 있는 양평경찰서의 위치를 알리는 표지판이 보였다. 경찰서라……. 저기 가서 물어볼까.

오윤주는 망설였다. 경찰서에 가 자기 집 주소를 찾아달라는 사람이 누가 있겠는가. 나를 미친 사람 취급하면 어쩌지. 하지만 지금으로선 다른 방법이 없지 않은가. 무릇 경찰이란 민중의 지팡이가 아닌가. 오랫동안 먼 곳에서 살다 돌아왔으니 깜박 잊는 것쯤 이해해주지 않을까. 그래, 물어보자. 그럼 주소쯤이야 금방 찾을 수 있을 테니까.

이윽고 오윤주는 경찰서로 들어섰다. 정문을 지나 들어갔으나 어디로 가서 물어봐야 하는지 알지 못했다. 무작정 저 건물 안으로 들어가도 괜찮을까? 들어가면 내 집 주소를 알려줄 누군가가 있을까? 오윤주는 어딘가 표정이 굳어 있는 사람들 사이에서 주저했다.

그러다 주차장 한 구석쯤에 있는 흡연장에서 홀로 담배를 피우고 있는 남자를 보았다. 경찰이겠지? 후줄근하고 피곤에 절어 있는 걸 보니 형사일지도? 고민은 길지 않았다. 오윤주는 그에게 다가갔다.

"저기……."

"예?"

멍하니 담배를 피우던 남자가 텁텁한 표정으로 반응했다.

"혹시, 형사분이실까요? 저희 집 주소를 좀 알 수 있을까 해서요."

뭘 잘못한 것도 아니고 범죄 사실을 자수하러 간 것도 아니었지만 오윤주는 괜스레 위축되는 기분이었다.

"본인 집 주소를 찾아달라고요?"

남자는 오윤주를 의심 가득한 시선으로 보았다. 멀쩡하게 생긴 젊은 여자가 경찰서에 들어와서는 민원실도 아니고 흡연장에 와서 자기 집 주소를 찾아달라니.

"이상하게 보실 건 없구요. 제가 오랫동안 멀리 떠나 있었거든요. 지금 핸드폰도 없구. 그리고 경찰서는 처음이라서요."

오윤주는 불쾌하다는 투로 말했다. 남자는 웬 정신 나간 여자가 왔나, 싶은 표정이었다.

"멀리 떠나 있었다고요?"

"네. 워킹 홀리데이를 다녀오느라……."

"워킹 홀리데이라 했습니까?"

흐리멍덩하던 남자의 눈이 일순 빛났다.

"네. 왜 그러시죠?"

"아, 아닙니다. 집 주소는 제가 찾아봐드릴게요. 아, 저는 여기서 근무하는 형사 김기범입니다. 이쪽으로 오시죠."

김기범이 그제야 자신을 소개하며 오윤주를 건물 안쪽으로 안내했다. 회의실로 데리고 들어와 앉힌 뒤 막 내린 커피 한 잔을 가져다주었다.

"고맙습니다."

오윤주는 김기범의 친절한 태도에 그제야 마음이 좀 놓였다.

역시 민중의 지팡이였다. 따뜻한 커피를 한 모금 마셨다. 김기범이 주소를 찾아오겠다며 회의실 밖으로 나갔다.

그는 나오자마자 형사 마종식에게 전화를 걸었다.

"진짜네요, 선배님?"

— 다짜고짜 뭐가?

마종식이 전화기 너머로 말했다.

"워킹 홀리데이 운운하면서 찾아오는 젊은 사람 있으면 꼭 연락 달라고 하셨잖아요."

— 뭐야? 진짜 있다고?

"네. 여기 있어요."

김기범이 회의실 유리창 너머로 오윤주를 건너다보며 말했다.

— 지금 간다. 붙잡고 있어.

그러고는 마종식이 전화를 뚝 끊어버렸다. 김기범이 픽 웃었다. 마종식이 그 큰 덩치로 마구 달려오는 모습이 눈에 선했다.

"하필이면 내부 전산망 점검 시간에 딱 걸렸네요. 잠시만 기다리시면 끝날 겁니다. 곧 주소 찾아드릴게요."

김기범이 오윤주에게 그렇게 눙치고 시간을 끌었다. 그런데 종식 선배는 왜 이 여자를 찾는 걸까? 아니면 자기가 찾고 있는 게 이 여자가 맞는지도 아직 모르는 걸까? 종식 선배는 혹시 양평경찰서로 그런 사람이 올지 모르니까 오면 꼭 연락 달라고 신신당부를 했었다. 이유를 묻자, 너희 관할에 솔라즈 리조트가 있잖냐, 하고 대답했었다. 대체 솔라즈 리조트와 워킹 홀리데이와

이 젊은 사람이 무슨 관계가 있다는 것인지.

한 시간이 채 지나지 않아 마종식이 걸음도 요란하게 경찰서 문을 열고 들어왔다.

"어, 나 들어왔어."

김기범에게 전화를 걸어 도착을 알렸다. 오윤주에게 이것저것 물어보면서 오윤주를 붙잡고 있던 김기범이 회의실을 나왔다.

"저기."

마종식에게 턱짓으로 회의실 쪽을 가리켰다.

"정보는?"

"이름은 오윤주. 그런데 자기 주민번호나 집 주소 같은 걸 기억 못 하네요. 뭐랄까. 뇌 속의 기억 회로가 막 뒤엉킨 느낌이랄까. 멀쩡한 듯싶다가도 가끔 이상한 소리를 해대는 게 꼭 뭐에 홀린 사람 같아요. 워킹 홀리데이니, 농장이니, 뭐니 하면서."

"그래, 고마워. 나중에 소주 한잔하자."

마종식이 회의실로 향했다. 김기범이 마종식의 소매를 붙들었다.

"대체 무슨 일인데요? 큰 건이에요? 저 여자는 멀쩡하게 생겨 가지고 정신이 좀 빠진 것 같고, 수상한데."

"나도 아직 몰라."

마종식이 김기범을 뿌리치고 회의실로 향했다.

"큰 건이면 나한테 공유하기로 한 거 잊지 말고요. 여긴 내 관할이잖아요."

김기범이 등 뒤에 대고 말하자 마종식이 돌아보지도 않고 고개만 대충 끄덕이고서 회의실 문을 열었다.

"오윤주 씨, 잠깐 얘기 좀 해도 될까요?"

마종식이 어색한 웃음을 지으며 회의실에 들어섰다. 오윤주가 놀란 눈으로 마종식을 올려다보았다.

"놀라실 필요 없습니다. 저는 마종식 형사이구요."

"왜 형사님이 또……."

오윤주가 불안해할까 봐 마종식은 서둘러 이야기를 돌렸다.

"김희연 씨 아시죠?"

마종식은 혹시나, 하는 심정으로 오윤주의 표정을 살폈다. 오윤주가 두통이 오는지 미간을 찡그렸다. 김희연이라. 아는데…… 분명히 아는 사람인데…… 유난히 검고 윤기 나는 머릿결에 피부가 하얘서 백설이라고 불렸는데…… 어디서 봤더라…….

"아, 기억났어요. 농장에서 같이 일했어요."

오윤주는 그렇다고 믿었다.

"워킹 홀리데이 가서 농장에서 함께 일했다고요?"

"네, 맞아요. 그랬어요."

그제야 오윤주의 표정이 환해졌다. 불확실한 기억을 마종식이 맞다고 확인해준 거였으니까.

"그런데 제가 워킹 홀리데이를 다녀온 걸 형사님이 어떻게 아셨어요?"

아차. 마종식은 공연히 오윤주에게 의심 살 만한 이야기는 자제해야 한다고 생각했다.

"좀 전에 김기범 형사가……."

"아, 네."

오윤주가 고개를 끄덕였다. 그래도 김희연과 달리 오윤주는 정상적인 대화가 가능한 상태였다. 마종식은 며칠 전, 김희연을 만난 일을 떠올렸다.

얼마 전 김희연의 이모에게서 연락이 왔다. 김희연이 돌아왔다는 것이었다. 혹시 몰라 김희연이 돌아오면 연락 달라고 신신당부를 해둔 덕분이었다. 복잡한 머리를 식히려 일 년 동안 워킹 홀리데이를 떠났다고 했지만 역시나, 출입국 사실이 없었다. 뭘까. 마종식은 무언가 잘못되었음을 직감했다.

마종식은 김희연을 만났다. 김희연은 대화 내내 집중하지 못했다. 가끔씩 고개를 좌우로 흔들고 시선이 불안하게 움직였다. 온전히 현재에 있지 못하는 느낌이랄까. 김희연은 물을 마시다 말고 갑자기 벌떡 일어나 불안한 듯 주위를 둘러보거나 얘기를 하다 말고 말문이 막힌 듯 인상을 찡그리며 입술을 깨물고 손톱을 뜯었다. 그리고 농장에서 함께 일했다던 동료들 이야기를 했다.

이상했다. 딱 감이 왔다. 마종식은 즉각 전국에 비슷한 사례가 또 있는지 수소문했다. 영장도 없는 주제에 딱히 어딜 들쑤시고 다닐 수도 없는 처지라 그동안 쌓아온 인맥과 친분을 총동원했다.

그렇게 이십 대 초중반의 남녀 세 사람을 만났다. 그 결과, 충격적이게도 모두 똑같았다. 현실에서 인간관계나 돈 문제로 궁지에 몰리다가 갑자기 사라졌다는 것, 가족들에게 워킹 홀리데이를 떠난다고 알려 왔다는 것, 이후 일 년 동안 전화 한 통 없이 가끔 문자나 이메일로 연락을 취해 왔다는 것, 설명 없이 갑자기 돌아왔다는 것, 모두 출입국 사실이 없다는 것까지.

"오윤주 씨, 워킹 홀리데이 가서 일했던 농장에 대해 말씀해주시겠어요?"

오윤주는 왜 자기에게 그런 걸 묻는지 알 수 없었다. 다시 한국 땅으로 돌아왔다는 사실 때문에 잊고 있던 과거의 기억이 한꺼번에 몰려들어 괴로웠다. 평생 사랑하겠다고, 함께하겠다고 맹세했던 남편에게 배신당했다는 아픔이 뼈에 새겨진 것처럼 통증이 되어 몸속을 휘저었다. 다 잊자고 떠났던 길인데, 다시 돌아오니, 오롯이 떠올랐다.

"농장에 대해 말씀해주세요."

마종식이 다시 한번 묻자 그제야 오윤주는 자신이 일했던 농장에 대해 이야기했다.

"넓은 들판이 아름다운 곳이었어요. 소와 돼지와 양이 많아서 하루 종일 똥 냄새가 진동했지만요. 멀리서 물안개가 피어오르는 새벽이면 말을 타고 물안개를 향해 달리곤 했어요. 다 잊고 묻혀 살기엔 정말 좋은 곳이었어요. 주인은 이름이 마이클이었는데 성품이 인자해 멀리 사는 자식들과 손주들이 한 달에 한

번씩은 농장에 찾아오곤 했어요. 딱 하나, 술버릇이 고약하다는 문제가 있었죠. 아주 가끔 술에 취할 때면 부인인 메리를 때릴 때가 있었는데 메리는 그런 마이클을 이해한다고 말하더라구요. 한번은 송아지 낳는 걸 봤어요. 어미 소 가랑이를 찢고 쑥 미끄러져 나온 송아지가 비틀거리며 서는 모습을 보고 저도 모르게 눈물을 흘렸던 기억이 나요. 생명의 탄생이란 다 감동적이구나, 싶었죠."

하, 마종식이 혀를 찼다. 놀라 커진 눈으로 오윤주를 보았다. 들판, 소와 돼지와 양, 똥 냄새, 물안개, 새벽, 술 취해 부인을 때리는 마이클까지. 오윤주의 진술 또한 다른 사람들과 똑같았다. 마치 한 권의 책이나 한 편의 영화를 통째로 외워서는 그것이 자신의 기억이라 믿는 것 같았다. 아니라면 어떻게 디테일까지 기억이 같을 수 있는가.

말하다 말고 오윤주가 갑자기 두 손으로 머리를 감쌌다. 심한 두통이 밀려온 듯 괴로워했다.

왜 이런 기억이 나는 걸까? 오윤주는 쓰러질 정도로 굶고 맞았던 고통스런 감각이 기억났다. 상황은 잊었지만 몸뚱이에 새겨진 고통의 감각이 몸 안에 남아 있던 것이었다.

오윤주는 고통스러워했다. 갑자기 머릿속에 시곗바늘 소리가 들렸다. 재깍재깍 규칙적으로 들리는 기계음에 폭행당했던 감각이 얹혔다. 나는, 멀리 떠난 그곳에서 맞고 굶고 폭행당했었구나. 마이클이 술에 취해서 때린 건 부인인 메리가 아니라 바로 나였구나.

오윤주가 울음을 터트렸다. 갑자기 터져 나온 울음은 울면서 더욱 커졌다. 울다 보니 서러웠고, 울다 보니 억울했다. 무엇이 그런지 오윤주는 알 수 없었다. 묶인 듯, 혹은 갇힌 듯, 가슴이 답답해 앙가슴을 주먹으로 쳐댔다.

깜짝 놀란 마종식이 오윤주를 제지하고 물을 마시게 했다.

"이제 다 끝났어요. 모든 게 다 끝났으니까 이제 안심해요."

마종식의 말에 오윤주가 눈물진 눈을 들었다.

"정말 그럴까요? 형사님 말씀과 달리 설마 진짜 고통은 지금부터가 시작이면 어쩌죠?"

오윤주는 본능적으로 그렇게 물었다. 자신의 머릿속과 몸 안에서 무언가 뒤엉키고 억눌리고 뒤틀렸다는 걸 무의식은 알고 있었으니까.

"솔라즈가 정말 좋았는데…… 내 기억은 그런데…… 이상하게 고통스러워요."

"지금 뭐라고 했어요?"

마종식이 탁자를 탁, 내리치며 물었다.

"솔라즈라고 했어요?"

"네, 내가 일했던 농장 이름이요."

마종식이 튕기듯 일어났다. 역시나. 솔라즈. 당장 그곳에 대해 알아보아야 했다. 마종식은 가만히 오윤주를 내려다보았다. 괴로운 표정이었다. 고통스러운 기억 때문인지, 기억이 뒤엉켰기 때문인지 지금으로선 알 수 없었다. 오윤주에 대한 수사도 따로 진행해야 하리라. 그렇게 마음먹고 우선은 오윤주를 안전하게 집으로 돌려보내야겠다고 생각했다.

하인학교에서 나온 학생들은 모두 제자리로 돌아갔다. 그러니까 도저히 더는 버틸 수 없다고 절망하고 포기했던 그 과거로 돌아간 것이다. 달라진 건 아무것도 없었고, 삶은 더없이 비참했다.

예정된 수순대로 누군가는 사채업자에게 잡혀가고 누군가는 경찰에 잡혀가고 누군가는 도피로 인한 가중처벌을 받아 감옥에 갇히고, 또 누군가는 출구 없는 현실을 더 버티지 못하고 스스로 목숨을 끊었다. 누군가는 왜곡된 기억으로 미치기도 하고 누군가는 뇌의 회로가 뒤엉켜 발작하기도 했다.

기억의 재편성 프로그램은 기억을 지우고 그 자리에 있지도 않은 새로운 기억을 심어놓는 것에 그치지 않았다. 뇌 속의 주요 부품들을 상당 부분 제거하고 그 자리에 불량 부품들을 엉성하게 재조립해놓은 모양이랄까. 평생 머릿속에서 불량 부품들이 덜그럭거리고 서로 부딪쳐 천천히 망가져갔다.

마종식은 급한 마음을 애써 눌렀다. 진짜 솔라즈라는 이름의 농장이 있을지 모르지 않나. 그래서 찾아보았다. 찾아보니 있었다. 뉴질랜드의 평원 한가운데 그런 이름의 농장이 있었다.

영어도 안 되고 명분도 없는 형편이라 공식적으로 솔라즈에 대해 알아볼 방법이 없었다. 그야말로 사돈에 팔촌까지 동원해 사실 거의 남이라고 할 수 있는 한 사람을 찾아냈다. 솔라즈 농장에서 차로 다섯 시간 거리에 사는 그 사람이 솔라즈 농장에 가보는 것까지 성사시키는 데만 또 한 달 넘게 걸렸다.

그 사람의 이름은 한철희였다. 한철희는 내가 왜 지금 여길 달리고 있는 건지 모르겠네, 구시렁거리면서 뉴질랜드의 갈라티아평원을 달려 솔라즈 농장에 도착했다. 도착해서는 이유도 모르면서 솔라즈 농장의 모습을 사진으로 찍어댔다. 그러다 무슨 산업스파이 비슷한 걸로 오해받아 농장 주인에게 욕을 한 바가지 얻어먹은 다음에 또다시 내가 지금 뭔 짓이야, 투덜대며 갈라티아평원을 가로질러 돌아왔다.

찍은 사진과 영상은 마종식에게 모두 보냈다. 그리고 추신을 붙였다.

'다시 연락하면 넌 내 손에 죽을 줄 알아, 이 새끼야!'

그렇게 마종식은 농장 솔라즈의 진짜 모습을 볼 수 있었다. 너른 들판은 맞았다. 그런데 거기에는 온통 타조뿐이었다. 퇴화된 날개 대신 발과 다리가 발달해 시속 구십 킬로미터까지 달릴 수 있는 초원의 육상선수, 인간보다 열 배 이상 뛰어난 시력을 가졌고, 눈앞에서 자기가 낳은 알을 가져가도 별 반응이 없는, 바로 그 타조.

한철희가 보낸 영상 속 솔라즈에는 적어도 천여 마리는 되어 보이는 타조들이 꽥꽥거리며 이리저리 뛰어다니고 똥을 싸고 있었다. 도망가던 한철희의 뒤통수로 농장 주인이 타조 똥을 한 바가지 퍼붓고 있었다. 솔라즈는 바다에서도 먼 평원 한가운데 있었다.

이거다!

마종식은 곧장 일어나 용문으로 향했다. 이번에야말로 반드시 증거를 잡을 것이다. 거기엔 분명, 몇 사람이 잠깐 실종되었다 돌아온 것과는 비교도 안 되는 덩치 큰 사건이 있다. 형사로서의 오랜 직감이었다. 사이즈가 어마어마한 사건에서 누구도 눈치채지 못한 사이 풀려나온 실 한 가닥을 붙잡은 기분이었다.

육성급 리조트 솔라즈에 도착하자마자 곧장 골프장으로 들어섰다. 골프장을 가로질러 측백나무 숲으로 들어섰다. 그리고 그 앞에서 숨을 골랐다. 뭘까. 대체 무엇이, 어디에 숨겨져 있는 걸까. 아직 세상에 알려지지 않은 어떤 범죄 집단인 걸까. 그렇다면 어떤 목적으로 젊은 남녀를 끌어들이는 걸까. 대체 그들은 무슨 일을 겪은 걸까. 그들이 강제로 끌려간 흔적은 없다. 자발적으로 간 것이 분명하다. 하나같이 자신의 모든 흔적을 지우고 감쪽같이 사라졌다. 그리고 같은 시기에 돌아왔다.

하아. 마종식은 한숨을 내쉬었다. 왜 모든 흔적을 지우고, 어딘가로 사라졌다 돌아와서, 어딘가 망가진 듯한 기억을 공유하는 걸까. 마종식은 측백나무가 빽빽하게 들어찬 숲을 바라보았다. 마치 거대한 수수께끼를 품고 있는 듯 숲은 알 수 없는 기운이 뻗어 나오는 것만 같았다.

그러나 숲 너머는 벽이 아닌가. 그렇다면 그 무언가는 숲과 벽 사이에 있을밖에. 그 좁은 공간에 뭐가 있다는 건 말도 안 되는 생각이었지만 마종식은 그렇게 생각할 수밖에 없었다. 합리적인 추론이라기보다는 도무지 아무 데서도 단서가 보이지 않기 때문에 거기라도 들어가보자는 심정에 가까웠다.

마종식은 빽빽한 나무 사이를 비집고 들어갔다. 축축하고 이끼 낀 벽. 측백나무와 벽 사이 공간은 간신히 사람 하나가 들어갈 수 있는 정도였다. 그것도 마종식처럼 덩치 큰 사람이라면 측백나무 가지와 잎들에 얼굴을 쓸리고 말 정도로 좁았다.

용문산과 맞닿은 벽 쪽, 그 끝에 뭔가 보였다. 낑긴 몸을 다시 틀어 마종식은 그 안으로 들어갔다. 그리고 그쪽으로 향했다. 게 걸음을 걸었다. 뭔가…… 문 같은 것이 보였다.

서두르려고 애썼지만 벽을 쓸 듯이 옆으로 걷자니 너무 느렸다. 바로 그때였다. 핸드폰이 울렸다. 아내였다. 이따 받을까? 이끼 낀 벽에 붙어서 마종식은 잠깐 고민했다. 저번과 비슷한 상황이었다. 검푸른 이끼가 마종식의 등에 달라붙었다. 한 발짝, 옆으로 더 내디뎠다. 끊겼던 전화가 다시 울렸다. 다급한 듯, 숨 가쁘게 울렸다. 하는 수 없이 전화를 받았다.

— 여보, 빨리 와. 빨리!

"왜, 무슨 일인데?"

― 애가…… 우리 기영이가…….

마종식은 서둘러 전화를 끊었다. 이번에도 기영이 다쳤다니. 이상한 일이 아닌가. 어째서 자신이 솔라즈에만 오면 기영이 다치는가. 그러나 어찌 됐든 지금은 서둘러야 했다.

곧장 측백나무 숲을 빠져나가 주차장을 향해 달렸다. 등에서 검푸른 이끼가 바닥으로 툭툭 떨어졌다. 마종식은 이번에도 벽 속의 문, 양쪽의 경계에 걸친 그 문을 열지 못했다.

일사천리(一瀉千里).

강물이 거침없이 흘러 천 리에 다다른다는 뜻으로, 어떤 일이 거침없이 단번에 진행됨을 이르는 말.

모든 일이 일사천리였다. 한서정은 타깃의 비서로 들어가기 위한 준비에 박차를 가했다.

한서정은 먼저 타깃의 특징을 곱씹었다. 강준석은 취미로 스킨스쿠버를 즐기며 매년 남해 앞바다에서 해양 쓰레기를 줍는 장면을 연출한다. 그리고 보더콜리 래시와 함께 달에 한 번씩 유기견 보호센터에 봉사활동을 다닌다. 종종 스포츠 클라이밍도 즐기는데, 그 모든 활동을 매번 SNS에 공유한다.

한 기업의 오너가 젊고 에너지 넘치는 매력을 발산하면서 공개 활동을 한 덕에 강준석은 대중적인 인기가 높았다. 당연히 회사 이미지 제고에 수십억을 들이는 광고보다 더 효과적인 걸 알기 때문에 그렇게 해온 것이었다. 그의 회사에서 파는 집은 젊고 활기 넘치고 사회적 공익에도 눈감지 않는 모범 시민의 거주지라는 이미지가 새겨졌다.

한서정은 최단 시간에 스킨스쿠버 자격증을 땄다. 스포츠 클라이밍 또한 강준석과 나란히 오를 수 있을 정도의 실력을 갖췄다. 거기에다 강준석의 회사에 들어가서 일한 만한 실무 능력도 갖췄다. 타깃 회사의 최대 거래 은행장(전금희 덕에 검소하고 투명한 캐릭터를 획득한 바로 그 은행장, 지금은 전금희와 세상 둘도 없는 절친이 되었다)이 한서정을 강준석의 수행비서로 밀어 넣었다.

몸이 부대끼면 정이 생기게 마련이다. 그것도 모든 실력을 완벽하게 갖춘 젊고 매력적인 여자라면 더할 나위 없다. 그렇게 모든 준비는 끝났다.

'이름 정미호. 나이 이십육 세. 어릴 적 미국으로 이민을 떠난 부모 슬하에서 뉴욕에서 성장. 부모는 한인마트를 운영. 부모를 대신해 마트 일을 하던 중 성폭행을 당할 뻔했는데, 엄마가 딸을 살리려다 살해당함. 강준석처럼 자식을 위해 희생한 엄마를 가졌다는 공통점이 있음. 상대를 끌어당겨 거리를 단번에 소멸하는, 상대에게로 가는 새로운 길을 여는 뛰어난 공감 능력을 지님. 컬럼비아대를 졸업한 뒤 한국에 들어온 지 이 년 되었고 부티크 호텔을 주 분야로 하는 중견 건축회사에서 근무.'

이것이 나다. 한서정은 그렇게 생각했다. 단 하나의 프로필을 두고 모든 학생들이 죽을 각오로 경쟁했고, 그 프로필의 주인은 한서정이 되었다. 마침내 모든 학생들을 짓밟고 올라서서 이 프로필을 완성했다. 한서정은 그걸 뼈저리도록 잘 알았다. 그들의 열망과 절망과 눈물과 한숨이 어깨에 얹혀 있었다. 한서정은 그 무게를 잊지 않았다. 당장은 어렵겠지만 반드시 나머지 학생들을 도울 방법을 찾을 것이다.

한서정은 다짐했다. 그 각오로 스스로를 부정했다. 정미호가 되기 위해서. 나를 부정하고 살아온 모든 걸 부정해야 그것을 디딤돌 삼아 미래를 가질 수 있다. 스스로를 버리고 하인학교에서 만들어준 완전한 거짓을 몸 안에 새겨 넣는 것. 그것이 새로 만들어진 프로필의 주인이 되는 유일한 길이었다.

"부탁이 있어요."

한서정, 아니 정미호가 사감에게 말했다. 사감은 안가로 옮겨와 새로 졸업한 학생들이 타깃의 회사에 안착하는 과정을 돕고 있었다.

"이름만큼은 그냥 내 이름을 쓰고 싶어요."

사감이 표정 없이 한서정을 보았다. 이제 신분이 달라진 한서정이었다. 아무것도 모르고 어리버리한 입학생이 아니라 지옥의 훈련 과정을 뚫고 살아남은 단 한 명의 졸업생이었다. 곧 타깃에게로 가서 삼 년 안에 결혼해 그 회사의 안주인이 될 것이며 더 나아가 그 그룹의 재단 이사장이 되거나 혹은 욕망을 끝까지 밀어붙여 그 그룹의 주인이 될 수도 있는 인물이었다.

부탁이라 말했으나, 통보에 가까웠다. 사감과 한서정 모두 서로의 서열이 바뀌었음을 알고 있었다. 이제 사감이 한서정의 하인이 되었다.

"그렇게 해."

사감이 고개를 끄덕였다. 그리고 모든 서류의 이름을 '정미호'에서 '한서정'으로 바꾸었다. 이렇게나마 이제 한서정은 다시 한서정이 되었다. 그러나 달랐다. 한서정 아닌 한서정이 되었으니까. 그래도 한서정은 만족했다. 더 이상 예전의 한서정, 촌구석 양계장에서 하루하루를 연명했던 아빠 한동식의 딸 한서정, 거제 앞바다에서 김현수를 죽이고 수백억의 회삿돈을 횡령한 혐의를 뒤집어쓴 그 한서정이 아니었다. 나의 과거는 이제 영영 부스러졌다.

과연 운명은 내 앞에 무엇을 던져놓을 것인가.

강준석과의 면접 절차는 따로 거치지 않았다. 주거래 은행장의 소개였으니 강준석 입장에서는 그럴 수가 없는 일이었다. 다만 첫 출근 전에 상견례랄까, 서로 만나는 자리가 있으면 좋겠다고 요청했다. 그렇게 한서정은 월요일 첫 출근 전, 주말에 강준석의 집에서 그를 만났다. 설렘과 불안과 기대와 열망을 품고서.

"반가워요."

강준석이 앉은 자리에서 일어나 직접 다가와 손을 내밀었다.

"한서정입니다."

한서정이 밝은 톤으로 말하면서 강준석의 손을 맞잡고 악수했다. 일부러 고개를 숙이지 않았고 허리를 굽히지 않았다. 강준석의 눈을 마주 바라보면서 편안하게 말했다. 서열 관계를 의식하지 않게 하려는 전략이었다.

탄탄한 실력과 자신감에서 나오는 당당함이기도 했고, 상대가 자신을 자르지 못하리라는 걸 안다는 은근한 표현이기도 했으며, 또 원래 한서정의 성격이었다.

무엇보다 강준석에 대한 첫 느낌이 한서정을 그렇게 하도록 만들었다. 강준석을 마주하자 어쩐지 아랫사람으로서가 아니라 동등한 위치에 서서 대하고 싶은 충동이 일었다. 그 느낌은 뭐랄까, 신선했다.

하인학교에서 훈련받으면서 강준석에 대한 모든 걸 배웠다고 생각했다. 그의 마음을 훔칠 전략도 수차례 익혔다. 그런데 닥치고 보니 그 모든 것이 한 방에 어디론가 사라져버렸다. 다만 오래 알고 지내던 사람을 오랜만에 만나는 반가움 같은 걸 느꼈다. 무엇보다, 강준석은 따뜻했다. 한서정은 가벼운 충격을 받았다.

"사진보다 훨씬 더 표정이 밝네요."

강준석이 손짓으로 앉으라고 권유하면서 말했다.

"정말 반가워요. 안 그래도 수행비서가 필요하지 않냐고 주위에서 하도 난리를 쳐서……."

말하다 말고 강준석이 웃었다.

"내가 좀 뭘 잘 못 챙기거든. 그래도 옆에 누가 있는 게 귀찮아서 계속 싫다고 했는데……."

강준석이 한서정을 물끄러미 바라보았다.

"진작 그 말을 들을 걸 그랬다, 싶어요. 한서정 씨를 보니까."

한서정도 강준석을 마주 바라보았다.

"최선을 다해 보필하겠습니다."

한서정의 대답에 강준석이 혼잣말했다.

"담백하고 밝은 성격이라……."

그러고는 한서정을 향해 웃음 지었다.

"그런데, 원래 추위를 안 타세요?"

한서정이 물었다. 발밑에 봄이 당도해 흙이 포슬거리고 물이 풀리고 나무에 순이 오르고 있었지만 온 집 안이 냉골이었다.

"많이 춥죠?"

강준석이 벌떡 일어나 무릎 담요를 가져다주었다.

"덮어요. 난 하도 춥게 살아서 이제 이골이 났지만 우리 집은 사시사철 추울 거예요. 늘 따뜻하게 입어요."

이유가 있어 실내 온도를 높일 수는 없다며 강준석이 미안하다고 사과했다.

한서정은 고작 무릎 담요의 따뜻함에 아버지 한동식을 떠올렸다. 추운 겨울의 새벽, 식당 알바를 마치고 지친 몸으로 집으로 돌아갈 때면 한동식이 골목 어귀에서 기다리다 뛰어와 다 낡은 점퍼를 벗어 어깨에 둘러주었다. 닭똥 냄새, 거름 냄새가 밴 점퍼는 오리털이 아니었는데도 따뜻했다.

컹컹, 갑자기 개 짖는 소리가 들렸다. 강준석이 휙, 휘파람을 불었다. 그러자 경중경중 뛰어오는 소리가 따라왔다. 보더콜리 한 마리가 강준석에게 안겼다. 이런! 더러운 흙무더기가 마구 떨어졌다.

"첫 만남에 사과할 일이 자꾸 생기네. 그래도 이해해줘요. '더행개행'이라잖아요."

"더행개행이요?"

"더러운 개가 행복한 개다. 주말이면 난 이 녀석의 원반 노예로 살아요."

강준석이 웃었다.

'네가 래시구나. 반가워. 앞으로 잘 지내보자.'

한서정이 속으로 혼잣말했다.

"이 녀석 때문이에요."

"네?"

"추운 거. 이 녀석 털이 엄청나잖아요. 하도 더위를 타서. 겨울이나 여름이나 집 안 온도를 이십 도로 유지하거든요."

래시가 꼬리를 흔들며 한서정을 보았다. 한서정이 다가가 래시를 쓰다듬었다. 그러고는 무릎을 굽히고 앉아 래시의 귀 뒤쪽과 목덜미와 등을 긁어주었다. 이어서 혈자리를 정확하게 짚어

마사지해주었다.

래시는 콜리아이 증후군이라는 유전병이 있다. 그 때문에 한쪽 눈이 실명되었다. 최근에는 어두울 때 똥 싸러 가다가 벽에 부딪혀 어깨 인대가 늘어났고, 지금은 침 치료를 받는 중이었다. 한서정은 그 사실을 이미 알고 있었다. 어느 부위를 마사지해야 하는지도 미리 파악하고 있었다. 한서정의 손놀림을 강준석이 지켜보았다.

녀석, 기분이 좋아서 그르릉하더니 그대로 배를 까뒤집고 누워 더 해달라고 보챘다.

팔자 좋은 래시. 일 년 동안 귀에 못이 박히도록 들었던 이름. 래시반 학생이었던 한서정은 이렇게 진짜 래시 앞에 서 있게 되었다.

"개 많이 키워봤나 보군요."

"네. 어릴 때 미국에서 한인마트를 했었는데 어머니가 일찍 돌아가시고 혼자 마트를 볼 때면 늘 제 곁에 개가 있었어요. 외롭거나 혹시 슬퍼지려 하면 얼른 개를 끌어안았죠."

싹 다 거짓말이었다. 개를 키워보았다는 것까지. 개의 혈자리 마사지법은 하인학교에서 익혔다. 한서정은 자연스럽게 자식을 위해 희생한 엄마라는 공감의 씨앗을 뿌려놓았다. 강준석이 새롭게 만들어진 한서정의 프로필을 알고 있으니까. 강준석이 외롭거나 쓸쓸할 때 래시를 위안 삼는다는 것 또한 이미 알고 있었다. 한서정은 말끝에 죽은 엄마를 생각하듯 쓸쓸한 표정을 짓는 걸 잊지 않았다.

래시의 따뜻한 체온과 몽글거리는 살의 느낌과 보드라운 털의 감촉 때문이었을 게다. 난데없이 눈에 눈물이 고였다. 동시에 고통스러웠던 순간들이 떠올랐다.

일 년 동안 굶고 얻어맞고 갇히고 밤새워 공부하고 공부할 시간을 만들려고 또 굶고……. 오직 단 하나, 이렇게 진짜 래시 앞에 서게 될 날만을 꿈꾸면서 많은 학생들이 지독한 생활을 했다. 한서정은 작게 한숨을 내쉬었다. 마침내 해냈다는 뿌듯함과 다른 학생들에 대한 염려와 앞으로 펼쳐질 새로운 날들에 대한 기대와 걱정, 또한 그 모든 것들을 가짜 한서정으로서 만들어가야 한다는 깊은 자괴감이 뭉뚱그려져 마음이 복잡했다.

똑. 눈물이 한 방울 떨어졌다.

"죄송합니다. 래시를 보니까 저도 모르게 옛날 생각이 나서 그만……."

그 말은 사실이었지만, 강준석은 한서정을 눈물짓게 한 것이 미국에서 보냈던 옛날이라고 생각했다. 엄마 잃은 고아가 래시에게 위로받는다는 게 나와 같구나, 하고 말이다. 진짜 한서정은 처음부터 엄마가 없었다.

다음 날부터 한서정은 수행비서로서 강준석과 어디든 붙어다녔다.

한서정은 강준석의 모든 스케줄을 관리했다. 그녀의 일 처리는 빈틈없고 빠르고 명확하고 담백했다. 시간이 지나자 처음과 달리 점차 회사 안 누구도 은행장의 낙하산이라고 뒷말하지 않았다.

건설회사의 특성은 이미 완벽히 파악하고 있었다. 훈련한 대로 모든 업무를 차질 없이 진행시켰다. 얼마 지나지 않아 외국에서 강준석에게 오는 모든 연락 또한 한서정이 담당했다. 미국에서 자라고 컬럼비아대를 졸업한 한서정은 품위 있고 고급스럽게 영어를 구사했다.

한서정은 강준석과 둘만 있을 때만 자신의 의견을 말했고, 다른 사람들과 여럿이 있는 때는 나서지 않았다. 이미 정해진 모든 선을 넘지 않았고, 무엇도 넘치지 않도록 신중했다. 강준석에게 깍듯했고 다른 사람들에게 친절했다. 사람들은 마치 어디서 지독한 훈련이라도 받은 것 같다고 칭찬했다.

한 가지 이상한 건, 한서정이 온 뒤로 강준석이 익스트림 어쩌구 하는 모든 취미 활동을 하지 않는다는 거였다. 스킨스쿠버와 암벽등반을 완벽하게 익혔지만 좀처럼 써볼 기회는 생기지 않았다.

"요즘은 취미 활동을 통 안 하시네요?"

어느 날 한서정이 물었다. 실력도 확인할 겸, 한서정은 몸을 풀고 싶었다.

"그러네. 생각해보니까 한서정 씨가 온 뒤로 그런 거 하고 싶은 생각이 안 나. 왜지?"

한서정은 고개를 갸웃거렸다. 강준석도 고개를 갸웃거렸다.

"오늘 주말인데 출근하게 해서 미안해요. 이제 내 스케줄은 한서정 씨만 알고 있으니까. 한서정 씨가 일을 너무 잘해서 어쩔 수 없었어요."

강준석이 웃었다. 강준석은 둘만 있을 때 자주 웃었다.

"사과하는 뜻에서 같이 점심 어때요?"

"좋죠."

한서정도 웃었다.

거실에서 나가 식당으로 향했다. 건설사 오너의 집답게 아름답고 품격 있었지만 위압감이나 과시욕은 느껴지지 않았다. 소탈하고 단정한 느낌이었다.

식사도 마찬가지였다. 과하지 않고 깔끔하지만 고급스럽고 영양과 색감과 질감과 맛이 잘 조화된 음식들이었다. 마치 미리 준비한 듯 보였다. 한서정이 속으로 웃었다. 이쯤에서 함께 식사하게 될 줄 알았고 전날부터 메뉴를 준비시킨 것을 이미 알고 있었다.

음식들은 맛있었고 대화는 즐거웠다.

"탐스 알아요?"

"그럼요. 컬럼비아대학 근처 112번가에 있잖아요. 저도 여러 번 갔었어요."

"가장 미국적인 식당으로 유명하죠. 조식 세트 메뉴인 럼버잭이 메인 메뉴고요."

각자의 밤이 지나고 미명의 아침노을이 붉게 세상을 적셨다가 마침내 태양이 동그랗고 노랗게 떠오를 때. 태양을 닮은 싱싱한 노른자를 터트리지 않고 탱글탱글하게 살려 만드는 음식. 새로운 하루의 시작을 응원하는 듯한 아침 식사.

"탐스는 서민 식당이었지만 내게는 비쌌어요. 그래서 탐스를 대신할 만한 식당을 찾아 헤맸죠. 싸고 맛없는 식당. 조지 레스토랑."

한서정은 가난했던 한때를 떠올리는 강준석을 넌지시 건너다보았다.

"조지라는 아들을 둔 뚱뚱한 흑인 아줌마가 운영하는 식당이었어요. 탐스 레스토랑의 럼버잭을 그대로 베껴 만들어 팔았죠."

한서정은 조지 레스토랑의 이미지를 떠올렸다. 기름때와 메이플시럽으로 끈적거리는 싸구려 나무 테이블 대여섯 개가 다닥다닥 붙어 있다. 디스플레이는 아무 계통 없이 무심하고, 심드렁한 직원과 가게 분위기는 아침부터 기운이 축 처지게 만든다.

"그래도 내겐 소중한 양식이었어요. 이렇게 좋은 음식을 먹을 때마다 가끔 그때 생각이 나요. 사람은 왜 어려웠던 때를 잊지 못하는 건지. 미국 생각을 하면 가장 먼저 떠오르는 게 늘 그 조지 레스토랑의 맛없는 럼버잭이라니까요."

강준석이 마치 고백이라도 하듯 수줍게 웃었다.

"빵은 물기 없이 바싹 말라 푸석거리고 소시지에선 고기 누린내가 풍기고 커피는 구정물과 걸레 빤 물의 중간 어디쯤 같은 맛이 났었죠."

가만히 듣던 한서정이 대뜸 입을 열었다. 놀란 듯 강준석의 눈빛이 살짝 흔들렸다.

"설마…… 한서정 씨도 조지 레스토랑을 알아요?"

"세상천지 혼자인 것만 같아 소리 죽여 울다 아침이 오면 조지 레스토랑으로 갔어요. 값싸고 맛없고 사람들이 찾지 않는 곳이지만 뚱뚱한 흑인 아줌마는 남아 있는 재료들을 몽땅 다 요리해주곤 했어요. 주인아줌마가 남은 음식들을 싸주면 좁고 더러운 다락방 같은 곳에서 혼자 먹었고요."

조지 엄마를 생각하듯 먼 데 시선을 두고 한서정이 말했다.

"한서정 씨도 그 아줌마와 친했다니. 사실 누구에게도 말 못했지만 그게 내 소울 푸드거든요."

강준석은 그렇게 말하고서 한서정을 뚫어져라 바라보았다. 벌린 입은 차마 다물지 못한 채였다.

"미국 떠나시고 그 뒤 소식은 모르시겠네요?"

"네, 전혀요."

"그 아줌마가 워낙 뚱뚱했잖아요. 나이 들어 백발이 되어서는 류마티스 관절염을 앓았어요. 그래서 조지가 대신 장사를 했죠. 조지는 카센터에서 일하다가 폭행 사건에 휘말려 교도소에 갔었는데 나와서는 엄마가 차려주는 밥만 받아먹으며 빈둥거리고 있었거든요."

한서정은 그때가 생각난 듯 한숨 쉬었다.

"아줌마가 장사를 그만두기 전, 조지는 어느 날인가부터 음식 맛이 변했다는 걸 느꼈대요. 무언가 잘못되었다는 걸 알아챈 거죠. 엄마의 음식은 평생 맛이 변한 적이 없었거든요."

강준석의 표정이 한층 더 진중해졌다. 그럼에도 그는 가만히 듣기만 했다.

"조지가 가장 먼저 변화를 알아챈 음식은 서니사이드업이에요. 나이프로 한 번 긁으면 적당히 익은 흰자위에서 탱글탱글하게 흔들리던 노른자가 주르르 쏟아져 내려야 하잖아요. 아줌마는 계란만큼은 늘 신선한 걸 사용했고요. 그런데 계란이 매가리 없이 풀어지는 걸 보고 조지는 하늘이 무너지는 줄 알았대요. 엄마가 늙고 병들어 죽을 수 있다는 건 꿈에도 몰랐으니까요."

강준석이 찌푸렸던 인상을 풀었다. 이어질 말이 예상된다는 듯이.

"네, 아줌마는 곧 돌아가셨어요. 아들이 밤새워 눈물을 한 바가지 쏟아내고 단단히 마음먹고서 엄마를 땅에 묻은 다음 날부터 식당을 다시 시작했어요. 지금은 탐스보다 럼버잭으로 더 유명한 식당이 되었어요. 이름은 그대로 조지 레스토랑이에요."

강준석의 눈가가 촉촉해졌다. 엄마의 희생 스토리는 언제나, 누구에게나 먹힌다. 강준석은 순식간에 거슬러 올라가 아들을 위해 스스로를 희생한 모친을 떠올렸겠지. 게다가 조지가 레스토랑을 이어받아 성공시킨 건 엄연한 사실이었다.

"미안해요. 나도 모르게 옛날 생각이 나서 그만……."

한서정은 따뜻한 표정으로 미소 지었다. 그리고 화제를 바꿨다. 적절한 타이밍이었다.

"음식이 정말 좋아요. 특히 야채가 싱싱하고 아삭해서 꼭 금방 밭에서 딴 것 같아요."

한서정이 토마토를 입에 넣고 아삭, 씹었다. 달콤하고 상큼한 육즙이 입 안에 번져 토마토를 씹고 있는데도 계속해서 침이 고일 정도였다.

"맞아요."

강준석의 촉촉한 눈빛이 한서정을 향했다.

"네?"

"방금 밭에서 딴 거 맞다고요."

"어떻게요?"

한서정이 진심으로 놀라 물었다.

"못 믿겠으면 보여줄까요?"

"네."

보고 싶었다. 봄이라지만 아직 땅 위에 뿌리박은 식물들이 열매를 맺고 자라는 때는 아니었다.

"일어나요."

강준석이 앞장섰다. 현관문 밖으로 나갔다. 어디서 놀다 왔는지 곰 발바닥 같은 커다란 발에 잔뜩 흙을 묻힌 래시가 따라왔다. 강준석은 이렇게 셋이 정원을 따라 걸으니 좋다고 생각했다. 마치 식후 산책에 나선 가족의 모습 같다고도 생각했다.

"여기예요."

정원을 가로질러 집 뒤편으로 돌아가니 너른 뒷마당이 나왔
고, 거기에 온실이 있었다. 강준석이 온실 문을 열고 예의를 갖
춘 손짓으로 한서정에게 들어가라는 제스처를 했다. 그리고 옆
으로 살짝 비켜섰다.

한서정은 강준석의 태도가 맘에 들었다. 래시가 꼬리를 살랑
거리며 한서정을 따라 들어왔다.

"와, 정말 멋져요."

진심이었다. 아름다운 꽃나무들에 탐스러운 꽃송이들이 가득
했다. 온통 수국 천지였다. 풍성하고 아름답고 완전하고 가득한
느낌이었다. 수국은 강준석이 좋아하는 꽃이었다. 그러고 보니
집 안의 화병에 꽂힌 꽃들이 여기서 온 모양이었다.

"우리 집 관리하시는 윤 집사님이 정성으로 가꾼 것들이에요.
덕분에 나도 오랜만에 들어와보네요."

그 한편에 작은 텃밭이 있었다. 고추, 가지, 호박, 오이, 대
파…… 온갖 생명이 자라고 있었다.

생기가 가득했고 싱싱해 보여 따먹어보고 싶었다. 한서정은
진심으로 즐거웠다. 꼬박 일 년을 하인학교에 갇혀 있어서 더했
을 것이다. 새로 자라난 생명을 보는 기쁨은 생각보다 컸다. 사실
요즘 보는 모든 풍경이 한서정에게는 새로웠다. 세상은 변한 게
없지만 스스로 변했고 무엇보다 오랫동안 못 본 풍경들이니까.

"어머나? 방울토마토 너무 귀엽네."

한서정이 밝게 웃었다. 거의 총총거리는 걸음으로 다가가 방울토마토를 따서는 바지에 쓱 문질러 입 안에 쏙 넣었다. 아삭, 깨물 때 톡, 터지는 식감에 한서정은 쏙, 과즙을 빨아 삼켰다.

맛있는 것 이상의 맛있음이었다. 래시가 다가와 꼬리로 한서정을 툭툭, 쳤다. 한서정이 웃으며 토마토를 따 래시에게 주었다. 래시는 맛보다 재미로 씹어 먹었다. 그 모습을 보고 한서정이 소리 내어 웃었다. 그리고 그 둘을 강준석이 보았다.

강준석은 픽, 하고 속으로 혼자 웃었다. 그리고 문득 깨달았다. 요즘 통 취미 활동을 하지 않은 까닭을 말이다. 그때 나는 무슨 마음이었던가. 제한속도까지 밟아 땅의 끝 바다로 가서 스킨스쿠버를 하거나 맨손으로 가능한 한 높이 솟아오르려는 욕구로 암벽등반을 하던 데는 이유가 있었다.

'허기였구나.'

몸의 허기가 아니라 마음의 허기. 좋은 걸 먹고 좋은 집에 살고 래시와 몸을 부벼도 해결되지 않는 깊숙한 곳의 허기. 스스로를 죽인 엄마를 두고 홀로 미국 땅으로 가서 밤마다 울던 그때, 엄마 생각에 이를 악물고 하루하루 살아내고 버티던 그때, 봄이 무르익어 벚꽃이 흩날리는 고흥만을 걸어 허름한 우거지 해장국집을 멀리서 바라보던 그때, 그렇게 차곡차곡 쌓여왔던 바로 그 허기. 한서정이 래시를 안고 글썽거릴 때 첩첩이 쌓인 바위 같은 속 깊은 앙금에 낙숫물이 한 방울 똑 떨어진 것만 같았다.

더 이상 익스트림 스포츠를 하지 않는 까닭은 할 필요가 없어졌기 때문이었다. 이 온실에 들어와본 것이 얼마 만이었더라. 기억나지 않았다. 윤 집사가 온실을 가꾸고 텃밭에 식물을 심는다고 했을 때 알아서 하라고 하면서도 속으로 별 쓸데없는 짓을 다 한다고 생각했었다. 그런데 그 쓸데없는 듯했던 텃밭에서, 고작 방울토마토 몇 알과 고추 몇 개와 가지 몇 개가 달랑거리는 텃밭에서, 한서정과 래시가 까불거리는 것을 보면서, 강준석은 행복을 느꼈다.

그것은 충격적인 일이었다. 강준석에게는 세상이 다시 보이는 경험이었다. 모든 것이 새롭게 보이는 경험. 텃밭이 없었다면 내 인생은 어쩔 뻔했나 싶어 당장 달려가 윤 집사를 안아주고 싶었다. 이상한 일이었다.

한서정과 래시가 함께 있는 풍경을 보자 마치 오랫동안 꿔왔던 꿈을 보듯 강준석의 눈빛이 따뜻해졌다. 오랜 시간을 혼자 살아온 강준석이었다. 그리하여 인생의 한창때를 살고 있으면서도 늘 삶의 서늘함을 알았다. 그리고 지금 느끼는 것이 무엇인지 알았다.

어떤 이치로 그런 것인지는 몰랐지만 그런 감각은 공이 튀어오르듯 재빨랐다. 온실의 깊숙한 곳은 향기로웠다. 천장의 투명 창으로 봄볕이 하얗고 눈부시게 두 사람의 등에 달라붙었다.

온실의 한쪽에서 자귀나무 꽃잎이 떨어졌다. 짧은 분홍 실로 엮은 부챗살 같았다. 활짝 벌어졌던 수술의 끝이 붉었다. 붉은 것은 꽃잎뿐이 아니었다. 온실 안에 햇빛에 녹은 봄이 넘쳤다.

강준석이 눈앞의 꽃을 천천히 꺾었다. 그리고 그걸 한서정에게 건넸다.

"저 주시는 거예요?"

강준석이 작게 고개를 끄덕였다.

"보라색 수국이네요. 이 꽃의 꽃말이 뭔지 아세요?"

"내가, 그런 걸 잘 몰라요."

강준석이 머쓱한 표정을 지었다.

"'진심'이에요."

그렇구나. 이따 꼭 윤 집사 안아줘야지. 강준석이 수줍은 미소를 지으며 속으로 생각했다. 래시가 두 사람을 번갈아 보며 꼬리 쳤다.

한서정은 강준석과 자신의 거리가 한 걸음 가까워졌음을 알 수 있었다.

그렇게 간접 고백을 건네고도 강준석은 신중했다. 한 번 결혼 생활에 실패하기도 했거니와, 한서정에게 충실할 자신이 생길 때까지 기다릴 참이었다. 전 아내와 헤어진 까닭이 소홀했기 때문이니까. 한서정마저 불행하다고 느끼게 만들고 싶지 않았으니까.

하루하루 그 확신을 조금씩 다져가던 사이, 강준석과 한서정은 전금희의 파티장에 초대를 받았다.

전금희는 행사가 차질 없이 진행될 수 있도록 두세 번 반복해서 점검했다. 음식과 와인과 꽃 장식 등 모든 것이 완벽했다. 국내 최대 호텔의 그랜드볼룸에는 아름다운 음악이 흘렀고, 드레스와 턱시도를 차려입은 상류층 손님들이 연이어 도착했다.

전금희는 입구에 서서 일일이 손님들을 맞았다. 무슨 일이든 첫 단추를 잘 끼워야 마지막까지 순조로운 법이었다. 재단 이사장으로서 처음 주최하는 자선행사인 만큼 사람들에게 좋은 기억을 남겨야 했다. 이번 행사는 자신의 입지를 다지는 데 반석이 될 터였다.

입구에는 백성철이 보낸 화환이 화려하고 커다랗게 버티고 있었다. 스페인 출장 일정으로 함께하지 못해 미안하다며 아침 나절에 통화한 뒤 배달되었다.

"아무튼 아버지는 어머니 일이라면 사족을 못 쓴다니까."

백도희는 샐쭉거리면서도 옆에서 전금희를 도왔다. 차기 재단 이사장이라 생각하고 일을 도우라며 전금희가 따로 말했기 때문이었다.

백도현은 행사장 밖에서 준비할 일들을 점검한 뒤 오기로 되어 있었다.

"강 회장님, 오랜만이에요."

전금희가 밝게 웃으며 입구에 도착한 강준석에게 먼저 손을 내밀어 악수를 청했다.

"네, 잘 지내셨죠? 좋은 일에 불러주셔서 감사합니다."

강준석이 인사하면서 전금희의 손을 잡고 악수했다.

"좋은 일은 강 회장님이 더 많이 하시잖아요. 그런데 오늘도 역시 혼자시네요."

전금희가 웃었다.

"아닙니다. 오늘은 일행이 있어요. 곧 올 겁니다."

"정말요? 설마, 그사이 좋은 인연을 만나신 거예요?"

전금희가 놀란 목소리로 묻자 강준석이 당황해 손사래 쳤다.

"아니요, 그게, 실은 그건 아닌데……."

강준석의 말은 끝맺지 못하고 공중에서 흐려졌다. 입구 쪽으로 걸어오는 한서정을 본 까닭이었다. 슬림하게 라인을 타고 흐르는 블랙 드레스에 작게 달랑거리는 귀걸이, 연한 피치 톤의 메이크업에 길게 늘어트려 하나로 묶은 포니테일 헤어스타일, 무엇보다 도드라진 쇄골 위에서 반짝이는 순백의 다이아 목걸이……. 강준석은 저도 모르게 눈을 떼지 못하고 보았다.

한서정은 그의 눈빛에서 모든 걸 보았다. 누가 그랬더라. 쇄골과 어깨선이 특히 예쁘니, 그 점을 염두에 두라고. 아, 양호교사 이정심. 홀딱 벗고 알몸으로 신체검사를 받을 때였지. 그 말이 맞긴 맞는 모양이네.

한서정이 속으로 감사해요, 하며 이정심에게 인사했다.

강준석이 눈을 못 떼는 건 당연한 일이기도 했다. 수행비서로 주요 행사에 동석해야 하지만 드레스를 갖추고 있을 리 없는 비서에게 직접 자기 취향에 맞는 드레스와 장신구를 보내주었으니까.

"인연 맞는 거 같은데요?"

전금희가 강준석과 한서정을 번갈아 보면서 말했다.

"처음 뵙겠습니다, 이사장님. 강 회장님의 수행비서 한서정입니다."

"반가워요. 앞으로 자주 보게 될 것 같네요."

전금희와 한서정은 천연덕스럽게 첫인사를 나눴다.

"자, 들어가실까요?"

전금희가 가볍게 웃어 보인 뒤 앞장섰다.

행사는 곧 시작되었다. 연단에 선 전금희의 인사말이 소아희귀병 환자를 돕기 위한 자선행사의 시작을 알렸다.

"여기 모이신 분들은 우리 사회를 든든하게 지탱하는 주춧돌 역할을 하고 계시는 중요한 분들입니다. 동시에 더불어 살아가는 사회를 만들어나가야 할 막중한 책임을 지고 있기도 하지요. 노블레스 오블리주. 로마시대에 왕과 귀족들이 보여준 투철한 도덕의식과 솔선수범하는 정신에서 비롯된 말이죠. 오늘 행사는 그 모범이 될 것입니다. 특별히 오늘 준비된 커피는 공정 무역 커피입니다. 생산자들은 정당한 대가를 받고 근로자는 안전과 권리를 보장받는 곳에서, 강제 노동과 어린이 노동이 금지된

곳에서 만든 커피입니다. 특히나 향이 좋고 맛이 훌륭합니다. 가장 좋은 인사는 짧은 인사인 줄 잘 압니다. 아무쪼록 오늘 파티도 훌륭하게 즐기시기 바랍니다."

참석자들이 와하, 웃었다. 전금희는 연단에서 내려와 샴페인 잔을 손에 들고 손님들 사이를 누볐다. 그러는 사이에도 강준석과 한서정을 멀리서 흐뭇한 표정으로 바라보았다. 왠지 한서정을 보면 자꾸 옛날 생각이 났다. 스스로 지나온 길을 이제 한서정이 걷고 있으니까.

강준석의 표정으로 이미 게임이 끝난 걸 알았다. 누구나 그렇지 않을까. 마음에 품은 상대방이 평소와 다른 아름답고 멋진 모습으로 눈앞에 등장했을 때, 그 마음은 자연히 설렘 단계를 지나 확신이 된다는 것을. 그가 확신을 갖게 해야 했다. 그것이 이런 행사에 거의 참석하지 않는 강준석을 억지로 불러낸 이유였다.

그 모습을 구석에서 지켜보는 사람이 또 있었다. 이진욱이었다. 그는 벽에 등을 비스듬히 기대고 파티장을 두루 둘러보는 듯했으나 실은 내내 한서정을 주시하고 있었다.

강준석이 사 보낸 옷과 장신구로 치장한 아름다운 모습이 왠지 불편했다. 강준석을 향해 환하게 웃는 모습이 꼴 보기 싫었고, 한서정을 마주 보면서 웃어대는 그의 면상에 주먹을 날리고 싶었다. 이따위 쓸데없는 부자들의 파티를 주최한 전금희에게 따져 묻고 싶었다. 스스로도 알아채지 못하는 그 불만의 말들이 이진욱의 속을 찔러댔다.

한서정은 예정된 수순을 밟고 있었다. 이대로 강준석의 연인이 되고 얼마 지나지 않아 결혼해서 안주인이 될 것이다. 애초에 한서정을 하인학교에 들여보낸 이유가, 궁극적인 목표가 바로 그것이었다. 부자인 딴 남자에게 한서정을 보내는 것. 예정대로 그 남자를 향해 한서정이 웃고 있는데 대체 무엇이 잘못된 걸까.

이진욱은 인상을 찌푸렸다. 바로 그것, 한서정이 웃고 있다는 것 때문에. 그것도 아주 환하게.

이진욱이 웃어달라고 했을 때 한서정은 귀찮다는 듯 가라고 손사래를 쳤다. 다만 한 번 웃어달라는 것뿐이었는데. 그는 이제 와서 한서정을 하인학교에 보낸 걸 후회했다. 할 수만 있다면 당장 한서정을 끌어내 밖으로 나가고 싶었다. 그렇게 하면 어찌 될까.

생각은 길지 않았다. 실행은 빨랐다.

이진욱은 와인 잔을 들어 한입에 털어 마시고는 옆 테이블에 빈 잔을 올려두고 앞으로 걸어나갔다. 파티장 중앙에 있는 한서정을 향해 곧장 직진했다.

내가 시작했으니 내가 끝내줄게, 한서정. 난 지금, 널 데리고 밖으로 나갈 거야. 네가 나에게 해줄 일은 단 한 가지. 나를 보고 환하게 웃는 것. 그리고 너는 본래의 너로 돌아가는 거야, 나와 함께.

"이게 누구실까?"

누군가 이진욱의 앞을 막아섰다. 백도현이었다.

"늑대의 왕 아니신가."

이진욱이 입술을 물며 백도현을 노려보았다. 백도현이 비웃었다.

"비켜."

이진욱이 밀쳐내려 하자 백도현은 이진욱의 손목을 붙잡고 도리어 코앞까지 다가섰다.

"오늘은 또 누구에게 무슨 짓을 하려고 등장하셨을까. 어떻게? 여기서 나를 쳐보시게? 뭔 짓거리를 할 생각이든 나를 넘어서야 할 거야."

백도현이 이죽거렸다. 이진욱이 그를 찢어발기듯 쏘아보았다. 그즈음에야 여기서 소란을 피워 이목을 집중시켜서는 안 된다는 걸 자각했다.

"누구야? 말해."

백도현이 뇌까렸다.

"네 뒤에 있는 진짜 배후, 누구냐고. 대체 어디서, 무슨 일이 벌어지고 있는 건지 말하라고."

옆 사람들이 힐끔거렸다.

"이거 봐."

이진욱이 낮게 씹어뱉듯 말했다.

"너라면 놓을까? 뭐가 들었는지 모를 네 주머니를 탈탈 털 수 있는 이 절호의 기회를?"

점점 더 사람들의 이목이 모여들었다. 이대로 조금 더 있으면 이 파티장 사람들 모두의 시선을 빨아들이겠지. 더 이상 소란을 피울 순 없었다.

"내일 저녁 여섯 시. 영종도 하늘정원."

이진욱이 낮게 으르렁거리듯 말했다.

"비행기 탈 일 있나 봐? 너 내일 그 자리에 안 나오면 내가 끝까지 쫓아가 죽인다. 아니면 어머니를 죽여야 하나?"

백도현이 웃다가 인상을 일부러 험악하게 만들어 이진욱을 보았다. 이진욱이 문득 고개를 돌렸다. 전금희가 둘을 보고 있었다.

이진욱이 백도현을 뿌리치고 뒷문으로 빠져나갔다. 전금희가 미간을 찌푸린 채 쯧쯧, 혀를 찼다.

파티는 별 탈 없이 마무리되고 있었다. 오랜만에 와인을 석 잔 연달아 마신 강준석은 적당히 오른 취기에 얼굴이 살짝 상기되었다.

"이런 행사에 통 얼굴을 내밀어본 적 없는데, 오늘 와보니 역시 오길 잘했네."

그가 살며시 웃으며 한서정에게 말했다.

"아무래도 기업을 운영하려면 인맥을 넓혀두는 것도 중요한 일이라고 생각됩니다."

비서로서 한서정은 담백하게 답했다.

"혼자서는 영 오기 싫었는데 한서정 씨가 옆에 있으니 든든해요."

한서정이 말없이 작게 미소로 화답했다.

"그래서 하는 말인데……."

강준석이 우물거렸다.

"고맙기도 하고…… 또, 봄이잖아요. 그래서……."

한서정이 고개를 끄덕여 다음 말을 기다렸다.

"내일 나랑 저녁 먹으러 가지 않을래요? 드라이브 삼아 좀 멀리."

"어디요?"

"고흥만."

끝났다. 아니, 이제 정말 시작인가.

한서정은 당연히 고흥에 가자는 말이 어떤 의미인지 알았다. 비서에서 연인으로 관계가 바뀐다는 뜻이었다. 고흥, 오직 아들을 위해 스스로를 죽이고 숨어 간신히 숨만 쉬고 사는 강준석의 모친이 거기 있었다. 강준석의 성공 후에도 둘은 한 번도 대면하지 않았다. 딱 한 번 강준석이 몰래 고흥에 다녀왔을 뿐이었다.

강준석에게 고흥은 트라우마였다. 채워지지 않는 허기의 근원이었고, 뽑을 수 없는 가슴의 대못이었다. 세상 누구에게도 털어놓을 수 없는 비밀이었고, 외로움과 고독의 상징이었다. 그런 곳에 같이 가자고 한 것은 남김없이 스스로를 다 열겠다는 뜻이다. 세상의 단 한 사람이 되어달라는 뜻이다. 오랫동안 붙들 수 있는 유일한 진실이 되어달라는 말이다. 밖으로 흐르지 못한 눈물이 가슴속에 바위처럼 단단하게 뭉쳐 피눈물이 된 것을 치유해달라는 말이다.

"지금쯤이면 바닷가에 벚꽃이 흩날리겠네요."

한서정이 잠시 뜸을 들이곤 대답했다. 강준석은 눈앞에 날리는 벚꽃잎을 본 듯 환하게 웃었다.

드디어 내일이면 꿈에서도 만들 수 있을 만큼 훈련했던 우거지해장국을 맛볼 수 있겠구나. 오랜 시간 몸과 마음을 모두 다 털어 넣어 진심으로 공들이고 훈련해서인지, 한서정은 내일이 기대되었다. 어서 빨리 그 우거지해장국을 맛보고 싶었고, 고흥만에 가득할 벚꽃의 향기를 빨아들이고 싶었다. 강준석이 진심으로 자신을 대한다는 사실이 뿌듯했고, 그의 수줍은 미소와 소탈한 매력이 마음에 느껴졌다. 내일이면, 강준석이 떨리는 목소리로 고백할 것이다.

그다음엔?

총 세 단계로 진행될 것이다.

첫 번째, 타깃을 내 것으로 만든다. 나는 고흥 바닷가에서 강준석의 모친을 몰래 만나게 되겠지. 타깃의 부모에게 결혼 결정을 통보하게 될 것이다. 청혼을 받는 것이다.

두 번째, 주변인들이 나를 받아들일 수 있도록 시간을 갖는다. 무엇보다 집안 갈등을 사전에 방지해야 한다. 강준석의 전처와 아이들에게 내가 적이 아니라는 사실을 인지시킬 것이다. 결혼을 하는 것은 그 이후다.

세 번째, 회사 내 입지를 다진다. 결혼 이후 삼 년 동안은 회사 일에 많은 관여를 하지 않고 조용히 지낸다. 모두가 새로운 신데렐라를 주목하고 있을 테니까. 완전하고 확실하게 안착하고 난 뒤, 본격적으로 비즈니스와 회사 운영의 전면에 나선다.

하인학교에서 이미 계획한 과정이다. 단계마다 하인학교는 적절하고 은밀하게 나를 백업할 것이다. 가난뱅이에 술 중독자 한동식의 딸, 양계장에서 닭똥이나 치우던 한동식의 딸은 영원히 사라지겠지. 높고 화려한 곳에 우뚝 서게 되겠지.

그렇게 되면 하려고 하는 모든 일들이 가능해질 것이다. 한서정은 결심했다. 성공을 절대 나 혼자만의 영광으로 삼지 않겠다. 바른길로 나아가며 어두운 곳을 돌아볼 것이다. 하인학교 탈락생들 또한 뒤에서 도울 것이다. 늘 깨어 있을 것이며 항상 귀 기울일 것이다. 공동체의 발전을 위해 헌신할 것이다. 그리고 행복한 가정을 이룰 것이다.

아빠…… 보고 있지? 아빠가 그랬잖아. 폭풍이 몰려와 산만큼 큰 파도가 닥쳐도 피하면 안 된다고. 뱃머리를 정면으로 부딪치면서 나아가야 한다고. 그래야 배가 안 넘어진다고. 꼭 그렇게 할게. 살면서 어떤 파도가 몰려와도 피하지 않을게. 부딪치고 나아가고 또 일어설게. 아빠…….

이제 그 공간, 한동식이 남긴 커다란 빈자리를 강준석이 채울 것이다.

한서정은 행복하다고 느꼈다. 달콤하다고 생각했다. 머지 않아, 마침내 모든 걸 이룰 것이었다.

강준석의 집에서 출발하기로 했다. 한서정이 래시를 데려가자고 했고 강준석이 고개를 끄덕였다.

한서정은 오전 열 시쯤 강준석의 집에 도착했다. 거기까지는 사감이 직접 운전해서 데려다주었다. 그뿐만 아니라 아침에는 한서정이 고흥에 입고 갈 옷과 가방, 신발 등 모든 것을 챙겨주었다. 한서정의 고흥행은 이미 하인학교에서 짜놓은 각본에 있는 일이었다.

한서정이 차에서 내릴 때 사감은 깍듯하게 고개 숙여 인사했다. 오늘은 한서정의 위상이 다시 한번 도약하는 날이었다.

"왔어요?"

강준석이 현관 앞에서 한서정을 맞아들였다. 한서정의 룩을 보고 다시 한번 반한 속내를 애써 감추지 않았다. 플로럴한 원피스나 비서로서의 각 잡힌 오피스룩이 아니었다. 캐주얼한 청재킷에 블랙 카고 조거팬츠. 강준석의 취향에 맞는 차림이었다. 강준석은 활동적이고 꾸밈없는 성격이었다. 게다 오늘은 사적인 여행 아닌가. 한서정은 강준석이 기대하던 대로, 딱 그렇게 입고 왔다. 당연했다. 하인학교에서 그걸 미리 알고 준비한 거니까.

윤기가 은은하게 도는 블랙 팬츠는 다리 라인을 따라 흘렀다. 다소간 강준석을 도발하는 모양새였다.

"일단 차 한잔하고 출발합시다. 래시가 밥 먹고 있거든요. 기다려야죠."

"네."

한서정이 거실에 앉았다.

"차 준비 부탁했어요. 꾸지뽕 열매 차라고, 우리 윤 집사님이 항산화니, 암 예방이니, 하여튼 여기저기에 진짜 좋다고 요즘 매일 마시라고 주는데, 모르겠고 맛이 구수하고 진해서 좋더라구요."

"꾸지뽕나무 열매에는 항당뇨 효과에 아주 좋아요. 루틴이라는 혈액 순환에 좋은 성분이 풍부해서 인슐린 작용 조절에 탁월하거든요. 요즘 약한 당뇨가 있으시니까 회장님께는 딱이죠."

한서정이 비서로서 답했다.

"설마…… 우리 윤 집사님하고 한서정 씨하고 한통속이었어요? 이런, 나만 몰랐네."

강준석이 유쾌하게 웃었다.

이윽고 집에서 일하는 직원이 꾸지뽕 열매 차를 들고 거실로 들어왔다.

한서정은…… 한순간 얼어버렸다. 그 직원을 보자마자 모든 것이 정지되었다. 숨이 멈췄고 눈이 커진 채 동공이 닫히지 않았다. 거인의 주먹이 뒤통수를 갈긴 듯 머릿속에 쩡, 하는 파열음이 들렸다. 스스로도 어떤 감정인지 알지 못했다. 이내 한서정은 고개를 흔들어 정신을 차렸다. 무슨 상황인지 파악해야만 했다.

눈앞에 차 쟁반을 들고 나타난 사람은 엘리사였다. 사이비 교회의 목사 아버지를 두었던, 딸의 몸에 붙은 마귀를 떼어낸다며 밤마다 때리던 그 아버지를 두었던, 가슴이 봉긋하게 솟고 엉덩이가 커지기 시작할 때부터 마귀를 몰아낸다며 딸을 성폭행하던 그 아버지를 두었던, 아버지와 여행 가서 아버지를 수장한 수영선수 출신의, 바로 그 엘리사였다.

그러나 엘리사는 죽었다. 분명 개교기념일 무술 시합에서 손보미가 휘두른 칼날을 향해 뛰어들었다. 피가 솟구치는 목덜미를 누른 것이 바로 자신이었다.

피가 흐르는 칼을 손에 쥐고서 손보미가 수직으로 우뚝 섰을 때, 엘리사는 수평으로 바닥에 누워 불행했던 생을 끝마치고 있었다. 죽어서야 고통스러운 삶이 끝났으니 이제 꽃피는 세상에서 꽃다운 생으로 다시 나기를, 소원하지 않았나. 엘리사의 피가 묻은 손으로 기도하지 않았던가.

한서정은 놀란 티를 내지 않으려고 입술을 물었다. 강준석과 함께 있는 자리였다.

엘리사는 표정 없는 얼굴이었다. 그녀가 가까이 다가와 테이블 위에 차 쟁반을 내려놓았다.

"고마워요."

강준석이 친절히 말했다. 엘리사는 약간 고개만 숙여 인사했다.

그때 보았다. 없는 것을. 엘리사의 목덜미에 어떤 상흔도 보이지 않았다. 뭐지? 한서정은 다시 한번 놀라 숨을 멈췄다. 물러나는 엘리사를 보았다. 그리고 알았다.

엘리사가 아니구나! 그제야 기억났다. 엘리사에겐 쌍둥이 언니가 있었다. 엘리야. 그러니까 이 여자는 엘리야일 것이다. 머릿속에 울렸던 쩡, 하는 파열음이 이번에는 가슴에서 울렸다. 모든 걸 알아버렸으니까. 둘은 서로에게 볼모였다는 것을. 하인학교의 밖에도 비둘기가 있었다는 것을. 두 쌍둥이가 전부 비둘기였다는 것을.

손보미가 휘두른 칼에 뛰어든 엘리사의 선택은 아비를 죽였다는 죄책감이 아니라 한배에 열 달을 함께 들어 있다가 나란히 어미 가랑이를 찢고 나온 쌍둥이 자매를 하인학교에서 벗어나게 하려는 자기희생이었다. 그리고…… 엘리야는 비둘기 엘리사가 어찌 된 줄 모르고 동생을 위해 아직도 여기 이러고 있는 것이구나…….

"잠깐 화장실에 다녀올게요."

한서정이 일어나 거실을 빠져나왔다. 엘리야를 찾아야 했다. 찾아서 무슨 말을 해야 하는지는 알지 못했다. 마음은 엘리사의 일을 얘기해야 한다고 생각했지만, 손보미가 휘두른 칼에 엘리사가 뛰어들어 대신 내가 살았다고 말해야 한다고 생각했지만, 머리는 지금, 강준석의 집에서 할 수는 없다고 판단했다. 일단은 만나야 했다.

"저를 찾으시나 보네요."

뒷마당으로 빠져나가는 문을 열었을 때 건물 뒤편에서 엘리야가 먼저 말을 걸었다.

한서정은 곧장 그녀에게 다가갔다. 강준석과 래시는 오늘 집을 비울 예정이어서 윤 집사와 다른 직원들은 휴가 중이었다. 인기척은 아무 데도 없었다.

"엘리야…… 맞죠?"

"기다리고 있었습니다. 일 년 동안이요."

엘리야가 작게 고개 숙여 인사했다. 일 년을 기다리고 있었다니……. 왜? 어떻게?

지난 일 년 동안 엘리야는 여기서 뭘 했던 것인가. 한서정이 한꺼번에 질문을 쏟았다. 어떻게 교육을 받았는지 엘리야는 당연하다는 듯 한서정을 이 집안의 안주인으로 깍듯하게 대했다.

"모두 말씀드리죠."

엘리야가 숨을 고르며 말했다.

"짐작하시겠지만 저는 타깃의 모든 정보를 하인학교에 전달하는 역할이었습니다. 동시에 안주인을 맞을 준비를 하고 있었습니다. 앞으로 제가 모든 것을 도와드릴 겁니다. 하인학교에 요청 사항이 있다면 제게 말씀하시면 됩니다."

나를 돕는다고? 동시에 나를 감시하는 역할이겠지. 모든 것은 하인학교가 통제하고 있다는 사실을 정식으로 통보하고 있는 것이다. 그렇다면 안주인을 맞을 준비는 어떻게 했다는 걸까.

엘리야는 어느 시점부터 가장 중요한 준비를 시작했다. 아마 한서정의 졸업이 확정된 이후부터였을 거다. 엘리야는 안주인을 맞기 위해 강준석에게 '마음유도법'으로 최면을 걸어왔다. 심리조작기법 중 한 가지였다. 잠들기 직전에 심신이 편안하고 나른한 것처럼, 인간은 특정한 무엇에 몰입하거나 집중할 때 이완 상태에 이른다. 마음유도법은 그런 이완 상태에 암시를 주고 최면을 거는 것이었다. 의식하지 못하는 짧은 찰나의 순간, 반복적으로 한서정과 강준석 어머니의 사진을 교차해서 보여주는 것. 그리하여 강준석이 두 사람을 동일 선상의 인물로 인식토록 하는 것.

다시 말해서 강준석이 한서정을 사랑할 수 있도록 준비했다는 얘기였다. 그것도 그의 어머니와 동급으로 인식하도록 설계했다는 것이었다. 하인학교는 이미 강준석의 마음부터 조작하고 있었다.

바꿔서 생각해보았다. 하인학교가 강준석의 마음을 지배하고 있는 거라면, 그렇다면 나는? 내가 강준석에게 호감을 느끼고, 소탈하고 활동적인 성격에 매력을 느끼고, 함께 있을 때 편안하고 안정된 마음을 느끼는 이 감정은? 심지어 강준석에게서 아빠를 떠올리기도 하지 않았나.

뒷골이 서늘해지고, 목덜미에 소름이 돋았다. 결국 나 또한 마음유도법에 당한 것일지도 모른다. 그러고 보니 하인학교 학생 중 몇몇은 타깃과의 상상 연애에 빠져 밤마다 외로움에 울다가 나중에는 실연당했다며 미쳐서 울고불고 난동 피우다 보안요원에게 끌려가기도 했다. 어이없는 일이라고만 여겼는데.

설레설레 고개를 저었다. 믿을 수 없지만 자명했다. 모든 것은 하인학교의 매뉴얼에 들어 있는 것이었다. 거대하고 촘촘한 프레임 안에서 자신은 한낱 부속품일 뿐이라는 걸 인정할 수밖에 없었다. 미리 짜놓은 계획에서 내 역할은 정해진 대로 따르는 것뿐이었다.

누군가에게 사랑받는 느낌, 그 사랑이 가짜라니. 나의 모든 것이 가짜라니. 나는 한서정이 아니다. 나는 무엇인가. 나는 그저 거대한 시스템의 나사 하나. 내게 남은 진짜는 무엇인가. 내 마음마저도 진짜가 아니라면…….

배신감이 들었다. 그보다 이해할 수 없는 복잡한 감정이 요동쳤다. 심한 모멸감으로 몸이 떨렸다. 대체 하인학교는 어디까지 잔인할 수 있는 것인가.

한서정은 아빠와 둘이서 전국을 떠돌았다. 한곳에서 일 년을 머무를 때도 있었고 육 개월이나 삼 개월만 머무르기도 했었다. 초등학교에 입학해 육 년 동안 총 열한 번 거주지를 옮겼고, 어떤 때는 전학 절차를 마치자마자 다시 전학을 가기도 했다. 무리하게 사업을 확장하다 실패한 무능한 오너, 혼전 사생아를 방치한 패륜아, 상습적인 도박에다 대마초를 피운 쓰레기라는…… 한동식의 기사가 적힌 신문 쪼가리들이 학교에서 이리저리 굴러다닐 때쯤, 한서정은 초등학교를 졸업했다. 그러는 와중에도 졸업 성적은 전교 일 등이었다. 그런데 정작 우등상은 다른 아이가 받았다. 교사와 아이들은 '그래도 졸업은 했네?' 하며 한서정을 조롱했다. 그 조롱이 마치 창처럼 한서정의 심장을 찔렀다. 한서정은 그 자리에서 졸업장을 찢고 뒤돌아보지 않고 학교를 나왔다. 기억하고 싶지 않은 기억. 그때처럼 조롱당한 기분이었다.

만약, 내가 이 모든 걸 버리고 과거의 현실로, 진짜 한서정으로 돌아가면 어떻게 될까.

전금희가 왜 그런 말을 했는지 이해할 수 없었다. 하인학교에서 벗어나고 싶다면 그렇게 해주겠다는 말. 이제 알 수 있었다. 전금희는 안쓰러움, 애틋함, 대견함, 완전한 이해, 그런 여러 가지 뜻이 담긴 눈빛으로 자신을 보고 있었다. 먼저 거쳐온 길이니 당연하겠지.

"원한다면 너 자신으로 돌아갈 수도 있어."

전금희는 그렇게 말했다. 조건은 이랬다. 이진욱을 움직여 교장 정이화를 제거하라는 것.

이미 정이화를 제거하려는 움직임이 있었다는 걸 알고 있었다. 실패했다는 것도. 전금희는 이렇게 덧붙였다. 오직 한 사람, 이진욱만이 정이화에게 접근할 수 있고 정이화는 오직 그만을 완전하게 신뢰한다고. 그러므로 정이화를 제거할 수 있는 단 한 사람이 바로 이진욱이라고. 그런데 그 이진욱을 움직일 수 있는 유일한 사람이 바로 한서정, 너라고.

"돌아가고 싶지만 돌아갈 수 없는 너의 과거, 살인 혐의에 횡령죄까지 뒤집어쓴 진짜 한서정의 삶, 거기로 안전하게 돌아갈 수 있도록 해줄게. 물론 돌아가면 너에게 씌워진 혐의는 모두 사라져 있을 거야. 신중하게 판단해. 진짜 한서정으로 살아갈 수 있는 마지막 기회야."

그땐 그게 무슨 말인지 알지 못했는데…….

"내가 탄광촌 재투성이 소녀로 그대로 살았더라면, 그저 이름 없는 하나의 점처럼 살았더라면 나는, 나를 지킬 수 있었을까? 지금의 불안과 위험은 없었을까? 매일 밤 불면으로 시달리는 대신 낡고 초라한 이불 속에서 두 다리 쭉 뻗고 깊이 잠들 수 있었을까? 여전히 이런 생각을 해. 나 스스로 괴물이 되어간다고 느끼니까. 하지만 한번 이 길로 들어서면 다시는 유턴할 수 없어. 왜냐고? 이 아찔하고 화려한 삶을 누가 포기할 수 있겠어."

그렇게 말하며 전금희는 쓸쓸한 표정을 지었었다.

"왔니?"

하인학교 교장실이었다. 정이화가 무심한 표정으로 들어서는 전금희를 맞이했다.

"여기 이제 뭐가 있다고 자꾸 이리로 오라는 거예요?"

"뭐가 있긴. 너와 나의 모든 것이 여기 있지."

정이화가 웃었다. 눈짓으로 앉으라고 한 뒤 몸소 전금희에게 내줄 차를 만들었다.

"아무도 없으니 조용하긴 하네."

하인학교의 이번 기수는 졸업하거나 탈락하거나, 둘 중 하나로 모두 학교를 나갔고 지금 학교는 텅 비어 있었다.

정이화와 전금희. 서로 다른 속내를 품은 두 사람이 마주 보았다. 정이화는 비애를 품고 있는 달콤한 기분이었다. 길고 험난하고 지루했던 생의 끝에 서서 마지막 매듭만 남겨놓은 자의 단정함이랄까. 지나 보니, 세상은 물 같아서 그녀의 생을 무심하게 훑고 지나갔다. 정이화는 작게 한숨 쉬었다.

"잠깐 같이 걷지 않으련?"

갑자기 왜? 그런 표정으로 전금희가 정이화를 보았다. 그러다 정이화의 표정에서 무언가를 읽었는지 순순히 따라나섰다. 그것이 무엇이든 아마도 마지막 제안일 거라는 걸 예감하면서.

"너 여기 있을 때 여러 번 학교를 시끄럽게 만들었었지."

함께 학교 곳곳을 둘러보다가 전금희가 묵었던 기숙사 방에 들어갔다. 정이화가 웃으며 말을 이었다.

"내 방에 숨어들기도 했었고."

"알고 있었어요?"

"벽 속의 방에 들어가기도 한 걸 내가 모를 줄 알았니?"

"아무튼 의뭉스럽기는. 다 알면서 모르는 척."

전금희가 툴툴거렸다. 정이화가 침대에 걸터앉아 손짓으로 전금희를 옆에 앉도록 했다.

"금희야."

마침내 정이화가 입을 열었다.

"나는 곧 죽어."

"누구나 죽죠. 그래도 아직 팔팔한 양반이 무슨……."

전금희가 코웃음 쳤음에도 정이화는 침묵했다. 아무 말도 없었다. 한참을 그렇게 있었다.

그러자 전금희는 알아챘다. 정말이구나. 침묵은 때로 말보다 더욱 많은 말을 전달한다.

"말해요. 왜요? 왜 죽는데?"

"죽이려들 땐 언제고 막상 죽는다니까 놀라기는."

정이화가 웃어 보였다.

"새로 건립하는 대학, 그거 너 줄게. 대신 내가 살아있는 동안 건립할 수 있게 해줘. 초대 이사장은 나야. 나랑 싸우려고 하지 마. 난 금방 죽을 거고 어차피 그건 네 거야."

전금희는 기가 막혔다.

"죽는 마당에 그깟 대학이 뭔데?"

"나는 교육자야. 교육자로 떳떳하게 존경받으면서 죽게 해줘. 그게 다야."

정이화가 고개를 들어 책상에 붙은 문구를 보았다.

하인으로 들어가 주인이 된다.

오직 일 등만 살아남는다.

세상은 거대한 골리앗이 아니라

상처받은 다윗에 의해 발전한다.

"저 문구들, 네가 모두 이뤘어. 너는 가장 사랑하는 딸이야. 하인학교의 상징이야."

정이화가 전금희의 손을 잡았다. 전금희는 내버려두었다.

"금희야, 아니, 딸아. 하인학교는 이제 다시 열리지 않을 거야."

"그게 무슨 말이에요?"

전금희가 정이화에게서 손을 빼냈다.

"이번 기수가 마지막이야. 하인학교는 흔적도 없이 사라질 거고 너의 과거도 모두 덮일 거야. 널 협박할 사람은 더 이상 아무도 없을 거야."

정이화가 힘이 드는지 잠깐 뜸을 들였다.

"이 학교가 문을 열고 지금까지 쌓아온 모든 것들, 그 정보들과 기록들을 모조리 없애겠다는 말이에요?"

"그게 맞아. 사람들이 하인학교에 대해 알게 된다면 뭐라 하겠니. 온갖 범죄의 온상이라고 짓밟고 뭉개고 침 뱉지 않겠니. 너희들, 여기 학생, 얼마나 열심히 공부하고 훈련했는지 따위는 안중에도 없고 오직 범죄 기술을 가르치고 배우는 곳이라고 매질하지 않겠니."

전금희가 입술을 물었다. 그리고 한참 침묵했다. 생각하고, 판단하고, 결정해야 했다.

정이화는 시한부다. 죽음을 목전에 둔 뒷방 늙은이가 마지막으로 스스로 이룬 모든 것을 없애겠다는 말이다. 중요한 게 무엇인지 생각해보자. 정이화는 안전한 학교 안에 앉아 평생을 보냈다. 오직 학교의 존속과 유지, 그 한 가지에만 몰두했다. 개교 이래 백 년이 넘도록 지금껏 쌓아온 그 엄청난 정보들을, 그 힘을, 학교 안에 가둬두고 있었던 것이다. 정이화를 어떻게 제거할 것인가에 몰두한 나머지 정이화가 갖고 있던 것들이 얼마나 가공할 위력을 지녔는지, 그것들로 무얼 할 수 있는지 미처 생각지 못하고 있었다.

어느 정도의 힘인지 떠올리기만 했는데도 전금희는 새삼 몸을 떨었다. 하인학교가 사라진다는 걸 알기 전엔 실감하지 못했던 것이다. 작정하고 휘두르면 이 나라의 웬만한 권력자도 갈아 치울 수 있지 않나. 그 막강한 힘을 부수고 영원히 묻어버리겠다고? 원하는 걸 다 가능하게 만드는 그것. 무소불위의 칼. 그 힘을 가지면 어떻게 되는 건데…….

전금희는 생각했고, 판단했고, 그리고 결정했다. 그 힘의 주인이 되어야 할 때가 왔다고.

"욕심내지 마라. 네가 나에게 그랬잖니. 높은 곳에 올라가려는 욕망의 대가는 죽음뿐이라고."

정이화가 통증 때문인지 미간을 찡그리며 말했다.

"내겐 이제 정말 시간이 없다. 몇 달 안 남았어. 그 안에 새로운 학교 인허가받고 초대 이사장으로 나를 올려줘. 그다음에, 내가 죽고 나면 네가 갖는 거야. 노블레스 오블리주를 보여주면서 편안하게 남은 생을 살아."

전금희는 대답하지 않았다. 그저 쓸쓸해 보이는 눈빛으로 정이화를 바라보았다.

"야심과 탐욕과 잔인함과 환상이 엉겨 덩어리진 상징, 그런 게 되지 마라, 금희야."

"그거 알아요? 지금의 나를 만든 게 바로 엄마, 당신이에요."

전금희는 방금 떠오른 생각을 뒤로 물리치며 정이화를 향해 웃어 보였다. 떠오른 건 사실 생각이라기보다 충동이었다. 지금 이 자리에서 정이화를 죽일까, 하는 충동.

정이화가 전금희의 표정을 읽었다.

"곧 죽을 거라고 해서 나의 죽음을 네 멋대로 앞당길 생각은 마. 난 내 명을 다 채우고 죽을 거다. 네가 원하는 그것, 내가 예기치 않게 죽으면 손에 넣지 못할 거야."

전금희는 그러지 않기로 했다. 지금 당장은. 정이화는 자신의 근원이고 스승이며, 엄마니까. 방금 깨달았지만 자신이 생을 통틀어 가장 원하는 그것을 회수하고 죽여야 하니까.

엘리야를 만난 뒤 한서정은 생각할 시간이 필요했다. 그래서 막연히 그 집에서 가장 좋아하는 곳으로 갔다.

텃밭.

한서정은 으리으리하고 커다란 집 안에서 가장 작고 보잘것 없는 텃밭 앞에 쪼그려 앉았다. 고추, 가지, 호박이 생기를 뽐내 며 달랑거리는 곳. 방울토마토를 한 개 땄다. 그것을 손에 쥐고 만지작거렸다.

냉정하게 생각해보자.

나는 지금 엄청난 혼란 속에 빠져들었다. 내 마음과 영혼까지 모조리 조작된 것이며 내가 하인학교의 부속품에 지나지 않는다 는 걸 깨달았으니까. 나의 모든 것이 가짜라는 걸 알았으니까. 거 짓의 바탕 위에 쌓아 올리는 것들이 언제까지 안전할 수 있을까.

온몸에 힘이 빠지고 죽은 한동식이 보고 싶었다. 눈물이 났다. 텃밭 앞에 쪼그려 앉아 방울토마토 한 알을 손에 쥐고서, 울었 다. 욱신거리는 생의 통증 같은 울음이 자꾸만 치받쳐 올라왔다. 한꺼번에 지난 모든 일들이 훅, 끼쳐 왔다.

손으로 입을 막았다. 울음소리가 새 나오지 않도록 안간힘 썼 다. 그러느라 어깨가 들썩였다. 뼛속 깊은 곳으로부터 저절로 밀 려 올라오는 것을 자꾸만 도로 안으로 밀어 넣었다.

방금 내가, 나의 모든 세계가 부서지지 않았나. 울음은, 부서진 바닥에서 먼 곳을 향해 사무치게 뻗는 손끝처럼 부질없었다.

그러나 당장 어떤 결정을 해야만 한다. 그 결정이 나의 생을 통째로 뒤바꿔놓을 것이다. 한서정은 꿀꺽, 울음을 먹었다. 눈을 부릅떴다. 이제부터 단 한순간도 방심하면 안 된다. 그러면 사방 어디서든 날카로운 비수가 날아들 것이다.

선택지는 두 가지였다. 강준석과 래시와 함께 고흥에 가든지, 아니면 이대로 대문을 열고 이 집을 나가 사라지든지.

우선 두 번째 선택지부터 생각해보았다. 여기서 나가면 어디로 갈 수 있을까. 없었다. 갈 만한 곳이 없었고 돌아갈 사람이 세상에 아무도 존재하지 않았다. 오직 죄와 체포와 감옥과 절망이 기다리고 있을 뿐이었다. 그것만큼 명확한 게 없었다.

그렇다면 고흥에 가는 건? 상상한 그대로의 과정이 이어지겠지. 단 하나, 스스로 자괴감만 외면할 수 있다면 말이다. 자괴감? 그까짓 거 얼마든지 무시할 수 있는 것 아닌가.

실컷 울고 났더니 그런 생각이 들었다. 처음 하인학교에 들어갔을 때부터 나의 유일한 목표는 생존이었다. 이제 숨 쉴 만해졌다고 그새 잊은 것인가. 단단하게 보장된 길이 눈앞에 펼쳐져 있는데 말이다. 무엇보다 분명히 사랑하고 사랑받는 감정을 느끼지 않았는가. 중요한 건 그것이 아닐까. 강준석과 서로 마주 보고 웃을 때 행복했다. 다시 혼자가 되어 외로움에 떨고 싶지 않았다.

그래, 그거면 된 거다. 서로 마주 보고 웃을 수 있는 사람. 한서정은 여태껏 손에 쥐고 있던 방울토마토를 내려다보았다. 그리고 바지에 쓱 문질러 입 안에 쏙 넣었다. 아삭, 깨물 때 톡, 터지는 식감에 쏙, 과즙을 빨아 삼켰다. 맛있었다.

뒤에서 래시가 다가와 한서정의 등에 몸을 비볐다. 한서정은 달콤하고 새콤하고 쌉싸래한 열매를 삼키고 웃었다. 나지만 내가 아닌 내가, 새로운 운명을 향해 나아갈 것이다.

"래시야, 앞으로 진짜 잘해보자."

래시와 함께 방울토마토를 나눠 먹었다. 래시가 기운찬 목소리로 짖었다. 한서정이 남은 눈물을 닦고 자리에서 일어나 바지를 털었다.

"그럼 출발해볼까요?"

언제 왔을까. 혹시 내가 펑펑 울고 있을 때 온 건 아니겠지. 그렇다면 이상하게 생각했을 텐데. 바로 강준석이 등 뒤에서, 온실 출입문에 기대 한서정과 래시를 보며 함박 웃고 있었다. 웃고 있는 걸 보니 내 눈물을 보진 못했구나.

"네."

한서정이 힘껏 밝은 목소리로 대답했다.

고흥만의 벚꽃은 흐드러졌다. 먼 데서 떨어져 흩날린 꽃잎을 푸른 파도가 받아 삼켰다. 골목마다 푸른 유자나무가 있었다. 겨울이면 노란 열매가 매달려 향기를 뿜어내겠지. 한서정은 깊이 숨을 들이마셨다. 신선한 공기와 봄꽃 향기가 마음속에 남아 있던 울음기를 가려주었다.

"고흥이 이렇게 좋은 줄 몰랐어요."

누가 들어도 한서정의 목소리는 들떠 있었다. 그럴 만도 한 것이, 얼마 만의 여행인지 몰랐다. 생각해보면 김현수와 동행해 거제도에 간 이후 처음인 셈이었다.

래시도 바닷가를 뛰어다녔다. 호젓한 바닷가는 인구밀도가 낮은 고흥다웠다. 사람이 적다는 것. 모친이 고흥을 택한 주된 이유였다.

두 사람은 우리나라 최초의 우주선이 날아간 곳으로 가보았다. 산과 바다가 만나는 아름다운 풍광이었다. 거대한 우주선 발사대가 당당하게 서 있었다. 거기서 강준석이 말을 꺼냈다.

"언젠가 우리도 우주여행을 할 수 있겠죠?"

"아마도요. 우리가 주름지고 늙은 나이가 되면 가능하겠죠?"

"같이 갑시다."

"네? 어딜요?"

"우주. 나중에 늙어서."

말해놓고 강준석은 수줍어 눈을 떨궜다. 이 남자, 참 고백은 멋없이도 하네. 한서정이 속으로 웃었다.

"우주여행 티켓은 편도만 가능하다고 해도요? 돌아오지 못하면요?"

"괜찮을 거 같아요. 한서정 씨랑 함께 있으면요."

한서정이 이번에는 정말로 웃어 보였다. 덥지도 춥지도 않은 맑은 날씨였고, 파도는 규칙적으로 찰싹댔으며, 주변엔 아무도 없었다.

강준석이 한서정의 웃음을 보았다. 방금 서로를 확인한 두 사람이었다. 강준석이 어색한 몸짓으로 한서정에게 다가와 살짝 입맞춤했다. 파도가 크게 다가와 부서졌다. 바다의 깊은 속살이 향기로웠다. 태양 빛이 하얗고 눈부시게 두 사람의 등에 달라붙었다. 멀리서 벚꽃잎이 떨어졌다. 옅은 분홍빛의 꽃잎이 사방으로 날았다.

"배고프죠? 밥 먹으러 갑시다. 여기 숨겨진 맛집이 있거든요. 나도 딱 한 번 다녀갔어요."

모친이 있는 곳을 말하는 듯했다. 강준석이 어딘가로 자연스럽게 이끌었다. 한서정은 아무것도 모르는 표정으로 따라갔다.

바닷가 끝자락, 인적이 드문 곳, 사람의 소리보다 바다의 소리가 늘상 더 큰 곳, 파도 소리도 쓸쓸해지는 곳에 식당이 있었다.

드르륵, 옆으로 문을 밀고 강준석이 먼저 들어갔다.

강준석과 한서정이 자리를 잡고 앉아 먼지 낀 창밖으로 바다를 보고 있을 때 주방에서 빼꼼, 식당 주인이 고개를 내밀어 두 사람을 보았다.

한서정은 아랑곳하지 않는 태도로 강준석에게 봄과 꽃과 고흥과 바다에 대해 얘기했다. 강준석이 주방을 신경 쓰는 걸 알았고 식당 주인이 한참이나 두 사람을 지켜보는 걸 알았지만 모르는 척했다. 그저 조잘거리며 강준석이 한참을 침묵하며 식당 주인과 눈을 맞출 수 있도록 배려했다.

"맛있게 드세요."

이윽고 식당 주인이 우거지해장국 두 그릇을 테이블 위에 올려놓았다.

"감사합니다. 맛있게 먹겠습니다."

강준석이 낮은 목소리로 말했다. 그 음성에 눈물이 섞인 것은 오직 한서정만 알아차릴 수 있었다.

"목걸이가 참 예쁘네. 이 남자가 준 거예요?"

식당 주인, 강준석의 모친이 한서정에게 물었다.

"네, 방금 요 앞 바닷가에서요. 제가 물고기자리거든요."

한서정은 묻지도 않은 말에도 친절하게 대답했다. 물고기 모양의 펜던트는 순백의 다이아 비늘로 덮여 있었다.

"잘 어울려요, 둘이."

모친이 두 사람을 번갈아 보았다.

"모자라는 거 있으면 말해요."

그리고 뒤돌아 주방으로 들어갔다. 역시나 강준석의 모친답구나. 아들을 위해 고흥으로 숨어든 모친이었다. 아들 옆에 단일 분이라도 더 있고 싶었을 간절한 욕망을 모친은 스스로 심장에 비수를 꽂는 심정으로 끊어냈을 것이다.

대체 그 마음은 무엇일까. 한서정은 마음 한쪽이 아렸다. 모친이 한서정에게 눈빛으로 아들을 잘 부탁한다고 말한 것만 같은 느낌이 들어서일까. 네, 어머니. 제가 이 남자, 잘 돌볼게요. 돌아서는 모친의 등에 대고 한서정이 속으로 말했다.

이제 먹어볼까 싶어 한서정이 숟가락을 들었다. 그리고 한 입 떠먹었다.

영화 〈올드보이〉의 군만두가 떠올랐다. 한서정에게는 우거지해장국이 그것과 다를 게 없었다. 많은 시간 훈련해 체득한, 눈 감고도 알아챌 수 있는 맛. 전통 된장의 짠맛, 그 맛을 넘치지도 않고 모자라지도 않게 구현해 구수하면서도 장맛이 진하게 느껴지는 소박한 맛. 한서정은 스스로 강준석 모친의 우거지해장국 감별사라고 자부할 수 있었다.

"맛있어요."

진심이었다. 그래, 이 맛이야. 이 맛을 내려고 얼마나 열심히 훈련하고 노력했던가. 고통스럽고 힘겨웠던 지난 시간들이 한꺼번에 훅 몰려왔다. 이제 다 끝났구나. 우거지해장국을 먹으니 비로소 실감 나는 듯했다. 그 반가움에 하마터면 왈칵 눈물이 쏟아질 뻔했다.

세상 어떤 여자가 남자에게 고백받은 날 우거지해장국을 먹을 것인가, 그것도 이 경치 좋은 바닷가에서. 그것도 모자라 그 짠 된장국을 먹으며 감격에 겨워 눈물을 글썽거릴 수 있겠는가.

"진짜 맛있어요?"

그걸 모르지 않으므로 불안했던 강준석이 물었다. 세상 어떤 남자가 방금 고백한 여자에게 싸구려 우거지해장국 따위를 먹게 한단 말인가.

"네, 정말 맛있어요. 너무 맛있어서 눈물 날 거 같아요."

백 프로 진심이었다. 한서정은 우거지해장국에 밥을 말아 한 그릇을 싹 비웠다. 강준석이 웃었다. 자기도 밥을 말아 한 그릇을 다 비웠다.

우거지해장국을 퍼먹으면서 강준석은 속으로 눈물도 함께 삼켰다. 모친 또한 주방 한쪽 구석에서 몰래 두 사람을 지켜보며 속으로 눈물을 삼켰다.

이날 고흥 바닷가 끝자락의 파도는, 벚꽃잎과 유자나무의 향기와 세 사람의 진심 어린 눈물을 한데 뭉쳐 삼켰다. 그리고 언제나 그랬듯 한낱 인간사에 무심하게 홀로 우뚝해서, 세상만사를 제 안에 쌓지도 흘려보내지도 않으면서 찰나처럼 씩씩하게 쏴아, 철썩거렸다.

영종도 하늘정원에서 바라본 허공에는 저물어가는 해가 하늘자락을 붉게 물들이고 있었다.

큰 바람이 일어 먼 데로부터 구름 같은 바람꽃이 일었다. 아직 남은 여분의 빛은 파문처럼 엷디엷게 퍼져 있었다.

거기 서 있는 두 남자의 뒷모습은 그림 같았다. 한 남자는 베이지, 다른 남자는 블랙. 훤칠한 두 남자가 각각 주머니에 손을 찌르고 하늘을 올려다보았다. 머리 위를 스치듯 지나는 비행기.

그 기계음이 붉은 하늘을 찢기라도 할 듯 압도적이었다.

바람에 두 남자의 머리칼이 흩날렸다. 둘 중 누구도 머리칼을 가지런히 매만지지 않고 내버려두었다. 그래봐야 곧 다시 바람이 불어올 걸 아니까. 끝도 보이지 않는 바다 같은 들판에서 불던 바람이 달려와 붙박인 듯 서 있는 두 남자를 자꾸만 헤집어 놓고 있었다.

"너 계속 늑대로 살 거야?"

베이지색 슈트의 백도현이 먼저 입을 열었다.

픽, 이진욱이 입가로 새는 웃음을 웃었다. 머리 위로 또 다른 비행기가 날았다.

"이름 이진욱. 가난뱅이 복권방 주인 아들. 서울대 입학. 몇 놈과 작당해서 '베텔게우스'인지 뭔지 하는 이상한 모임을 만들었지. 사냥꾼처럼 강한 어깨로 밀고 나가 최상위의 위치에 올라서자는 뜻이라며."

이진욱이 날카로운 칼을 품은 듯한 눈빛으로 백도현을 노려보았다.

"수재들이라 한들, 뭐 빠지게 공부해서 간신히 직장 들어가 봐야 몇 푼 안 되는 월급으로는 집 한 칸 사기도 힘들 걸 아니까 한 방이 필요하다고 생각했겠지. 그래서 필리핀으로 갔던 거 아냐?"

이 자식은 그걸 어떻게 알아낸 걸까……. 이진욱이 주머니에서 손을 빼냈다.

"한 방에 꼭대기로 올라가는 게 그리 쉬우면 다들 꼭대기에 살겠지. 그러면 누가 바닥에 있을까? 바닥이 넓어야 꼭대기도 높은 법이다."

먹살을 잡을 듯 이진욱이 백도현에게 다가들었다.

"어떻게 알았냐고? 네가 늑대의 왕이라면 나는 새끼 호랑이 쯤 되지 않겠냐?"

이진욱이 백도현을 노려보았다.

"너, 나랑 편먹자."

백도현이 웃으며 비행기를 올려다보았다. 이상하게도 비행기 가 날면 사람들은 누구나 비행기를 보게 된다.

"사실 난 네가 마음에 들거든. 나쁜 놈은 나쁜 놈에게, 멋진 놈은 멋진 놈에게 끌리는 법이잖아."

"말해, 이 새끼야. 어떻게 알았어?"

이진욱이 백도현의 먹살을 잡았다.

"그러니까, 이거 봐. 이렇게 내 먹살을 잡을 수 있는 놈이 이 나라에 누가 있을까. 새끼 호랑이가 늑대의 왕을 끌어들이려는 건 당연한 일 아니겠어?"

먹살 잡힌 백도현이 호탕하게 웃었다.

"말해줄 테니까 너무 흥분하지 말라고."

백도현이 한 손만 들어 먹살 잡은 이진욱의 손을 눌러 내렸 다. 그리고 슈트 핏을 가지런히 했다.

"너나 나나 간지 빼면 시체잖냐. 알았어. 말한다니까."

백도현이 이진욱의 눈을 보고 말했다.

"간단했다. 파티장, 거기서 내 친구가 너랑 내가 있는 걸 봤어. 너를 알더라고. 박동진이라고 베텔게우스 멤버였던 놈이랑도 아는 사이였다네. 필리핀 간 것까진 아는데 돌아오질 않았다면서. 너 혼자 살아 돌아온 거냐? 나머진 다 죽고? 뭐 엄청난 사연이 있겠지. 그러니까 네가 혼이고 뭐고 다 빠져나간 얼굴로 그림자 노릇하며 간신히 숨만 쉬고 사는 거겠지. 솔직히 난 그 사연엔 관심 없고."

백도현이 잠시 뜸을 들였다.

이진욱이 백도현을 한동안 뚫어져라 보았다. 내 과거를 안다. 그런데 내 과거엔 관심이 없다. 그렇다면 나를 협박할 놈은 아니겠구나. 멍청한 놈은 아니구나. 그 정도 판단까지 섰을 때 그가 용건을 꺼냈다.

"어머니를 뛰어넘어야겠어. 네가 도와주면 될 것 같은데."

그 말을 듣고 이진욱은 백도현을 떠보기로 했다.

"그 어머니 밑으로 들어가지 그래. 그러면 나중에 모든 것을 다 가질 텐데. 그편이 안전하고 확실하다는 걸 알 텐데?"

"알지. 어머니가 날 위해 다 만들어주시고 죽을 때 그걸 통째로 나에게 넘겨주실 거라는 거."

백도현이 쓸쓸한 표정을 지었다.

"그런데 말이야, 머리로는 그걸 아는데 여기로는 용납이 안 되네?"

손가락으로 자기 가슴을 찔렀다. 여전히 바람에 머리칼이 흩날렸다.

"나는 백성철의 아들이야. 아버지를 보고 배우면서 자랐어. 아버지가 수십 명의 어머니 같은 사람을 누르고 뛰어넘어 그 자리에 간 걸 알아. 그래서 나는 증명해내야 해. 내가 입 안에 떠먹여주는 걸 받아먹는 마마보이 어린애가 아니라 스스로 싸우고 짓밟고 일어서서 우뚝 서는 호랑이라는 걸 말이야."

이진욱이 인상을 찌푸렸다.

"물론 나 혼자선 다 해내기 어려워. 어머니가 숨기고 있는 것이 얼마나 커다란 힘인지 알지 못하니까. 하지만 너를 잡으면 어머니를 잡을 수 있다는 걸 알아. 너라는 막대기가 생기면 나도 어머니를 흔들어볼 수 있겠지."

사실 오늘 만남은 정이화의 지시였다. 정이화는 전금희를 제어하는 안전장치로 백도현이 필요하다고 판단했다. 전금희가 정이화의 뜻대로 움직이지 않을 걸 알기 때문이었다.

그런데 이놈의 의도는 단순히 눈앞의 계모가 눈엣가시라 치우려는 것이 아니다. 호랑이로 스스로 성장하려면 밟고 넘어서야만 한다고 생각하고 있다. 전금희도 자신이 넘어야 할 숱한 허들 중 하나일 뿐이라고 여기는 것이다.

자신의 입지와 역할을 정확하게 알고 있는 놈이다. 그 정도 규모의 그룹을 이끌어갈 만한 야망과 의지와 힘을 갖추고 있어. 전금희의 품이 가장 안전한 줄 알면서도 스스로 벌판에 나서서 거칠게 싸워 승리하려는 거야. 물어뜯고 피 흘리고 뼈가 부러져 죽음의 고통을 느끼면서 승리하고 성장하겠구나. 과연 호랑이 새끼답다. 보통 놈이 아니야.

이진욱은 본능적으로 백도현에게 끌리고 있다는 걸 느꼈다. 재벌 이세 금수저로 태어나서가 아니다. 부러워서가 아니다. 이미 그런 결핍은 오래전에, 세부섬 절벽에서 떨어지면서 벗어던졌다. 이진욱은 그때 이후 야생의 늑대로 살았다. 세상이라는 좁은 우리를 벗어나 오직 생존을 걸고 정글에서 뛰어다녔다. 그러면서 야성은 점점 더 커졌다. 이제 다시는 세상으로 돌아가지 못할 만큼.

그래서 외로웠다. 늘 테두리 밖을 떠돌았고, 밤마다 혼자 잠들지 못해 뒤척였으며, 항상 누구에게도 털어놓을 수 없는 시간들을 견뎠다. 그런데 백도현이 그 야성을 자극했다. 어머니 밑에 기어들어 안전한 길을 가려고 하지 않으니까, 초원을 같이 달려줄 수 있을 것 같달까. 그런 느낌이었다. 이진욱은 백도현에게 우정과 비슷한 어떤 감정을 느꼈다.

늑대의 왕과 새끼 호랑이. 두 남자의 야성을 벌판을 가로지르는 바람이 흔들었다. 바람에는 부추기는 힘이 있어, 어떤 감정들은 솟구치게 만든다. 마치 멈췄던 피가 다시 돌아 가슴속이 뜨거워지는 것처럼. 생의 허들을 멋지게 뛰어넘고 싶은 욕망을 자극하는 것처럼.

고흥에서 돌아온 후 두 사람은 연인이 되었다.

　비밀의 은밀함과 연애의 달콤함. 몰래 하는 사내 연애의 매력을 한껏 느꼈다.

　주요 회의 자리에서 강준석은 간혹 한서정에게 달달한 눈빛을 날려 보냈다. 오직 한서정만 해독 가능한 그 눈빛에 그녀도 그에게만 통하는 암호가 담긴 눈빛으로 대답했다. 그럴 때 세상엔 온전히 둘뿐이었다.

　두 사람만 남았을 때면 서로에게 다정했다. 좋은 세상이 과연 있는지, 있다면 어디 있는지, 언젠가 오기는 하는 건지 알 수 없으나, 서로가 있는 바로 지금이 두 사람에겐 좋은 세상이었다. 서로 마주 보는 두 사람의 눈빛이 그랬다.

　모든 말들……. 예를 들어, 내일 회의는 몇 시인가? 일곱 시엔 조찬 회의, 열 시엔 신사업 추진 회의, 오후에는 현장 방문 있습니다. 오늘 정말 힘들었어, 몸뚱이가 돌덩이가 된 것 같아. 따뜻한 카모마일차 한 잔 드릴까요? 업무상 주고받는 온갖 종류의 말들조차 두 사람 사이에서는 너랑 둘만 있고 싶어, 너랑 마주 보고 너랑 손잡고 너랑 얘기하고 너랑 함께 웃고 그리고 또 너랑…… 이렇게 번역되었다.

　한서정은 회사 내의 모든 중요한 회의와 업무에 동참했다. 오너의 수행비서로서 당연한 일이었다. 한서정은 연애는 연애대로 진행하면서 업무에 매달리는 일도 놓치지 않았다. 수행비서라는 직책은 회사 전체를 파악하고 모든 업무를 알게 되는 최적의 위치였다.

이미 강준석은 자신의 가장 은밀한 영역인 모친이 있는 고흥에서 한서정에게 고백했다. 그건 하인학교에서 알려준 졸업 이후의 계획이 착착 진행되고 있다는 뜻이었다. 머지않아 한서정은 강준석과 결혼하게 될 것이었다.

재벌들은 정략결혼을 일삼았다. 정략결혼은 기업에 득이 될 수 있는 집안을 골라 결혼으로 시너지 효과를 얻고 기업을 확장하는 효율적인 전략이다. 역사 이래 동서양을 막론하고 힘과 권력을 키우는 데 사회나 국가가 결혼을 활용해왔다는 건 상식이었다. 그랬으므로 사람들은 큰 기업의 오너라면 회사를 위해 결혼으로 스스로를 희생하는 일쯤 아무렇지 않게 감내해야 한다고 생각한다.

오너가 만약 무일푼의 일반인과 결혼하겠다고 나서면 사람들은 뒤에서 수군대고, 그 결혼이 얼마나 갈지 재미 삼아 내기하고, 직원들은 그 얼토당토않은 결혼으로 혹시 회사 주가와 입지에 흠집이 생기는 건 아닐까 불안해한다.

그러나 그건 초혼일 때 얘기다. 그런 이들은 의외로 재혼에 관대하다. 초혼과 달리 재혼의 이유는 사랑이라고 생각한다. 강준석과 한서정이 결혼한다면, 한서정의 신데렐라 스토리가 사람들의 입에 오르내릴 것이다. 누군가는 부러워하거나 질투할 것이고 누군가는 과감하게 사랑을 택한 강준석을 높이 살 것이다.

한마디로, 아무 문제가 없었다. 연애도 일도 일사천리로 진행되었고, 모든 일이 하인학교에서 숙지한 대로 전개되어갔다. 무엇보다 한서정은 강준석과의 시간들이 행복했다. 따뜻하고, 안정되었으며, 고통스러웠던 과거는 멀어지고 달콤하고 화려한 상상의 미래를 가까이 끌어당겼다.

단둘이 함께 식사할 때도 한서정은 한동식을 떠올렸다. 강준석이 생선 살을 발라주고 새우 껍질을 까주고 적당히 잘 익은 꽃등심을 잘라 밥그릇 위에 얹어줄 때 그랬다.

접었다 폈다 하는 허술한 다리 네 개 달린 플라스틱 밥상 앞에서, 한동식이 양계장에서 얻어 온 터진 달걀로 만든 프라이를 밥 위에 얹어주던 생각이 났다. 주인집 할머니에게 얻어 온 시어터진 김장 김치를 쭉쭉 찢어 올려주던 기억이 떠올랐다. 양은 냄비에 라면을 끓여 가운데 두고 함께 젓가락을 넣어 맛있게 먹던 추억이 새삼스러워졌다.

순수한 다정함이란 이런 거구나. 온통 대못이 깔려 디딜 때마다 피가 흐르는 세상에서 잊고 있던 것들을 다시 끄집어내주는 것. 오직 한 군데, 기대어 쉴 편안한 나만의 안식처가 되는 것이었다. 그 안도감과 반가움과 몽환과도 같은 희망에 울컥하는 마음이어서, 한서정은 더욱 강준석에게 마음을 쏟았다. 무엇을 포기하고 택한 길인 줄 알기 때문에 한서정은 그 보상심리로 순수한 애정에 더욱 매달렸다.

그런데 한구석에서 찜찜하고 불안하고 스멀스멀 검은 연기가 피어오르는 기분을 내내 떨칠 수 없었다. 잠이 오지 않을 때면 한서정은 골목에 나와 담에 기대 웅크리고 한숨지었다. 가냘픈 어깨가 어둠 속에서 떨렸다. 그럴 때면 다디단 꿈의 미래가 단숨에 어둠 속으로 멀어졌다. 잠들지 못하는 꿈속에서부터 무언가에 집요하게 쫓겼다. 왜일까. 알 수 없었다.

단 하나. 오직 한 가지. 한서정을 괴롭히는 누군가가 있었다. 바로 전금희였다.

하인학교 교장 정이화를 제거할 수 있도록 이진욱을 움직여 달라. 이것이 한서정에게 요구한 일이었다. 물론 한서정 또한 정이화가 교장에서 물러나는 것이 옳다고 믿었다. 정이화가 해온 것들을 똑똑히 봤으니까. 그러나 정이화를 제거하는 일은 다른 문제였다. 그거야말로 한서정이 원하지 않고 애써 거부하려 하는 하인학교의 방식이니까. 그리고 그 일이 운명을 어떤 방향으로 뒤틀어놓을지 짐작조차 할 수 없으니까.

하인학교가 만들어준 꽃방석 위에 올라앉아 달콤한 미래를 꿈꾸면서도 하인학교의 방식으로 정이화를 제거하는 데는 거부감을 느꼈다. 살인을 사주하는 것과 다름없었다. 당연하게도 이진욱을 움직일 수 없었다.

게다가 자신이 이진욱을 움직일 수 있다는 데 딱히 동의하지도 않았다. 내 말 한마디에 모시던 주인을 죽이겠다고 나선다고? 무엇 때문에? 설사 내가 이진욱에게 정이화를 죽이라고 말했다고 치자. 이진욱은 나를 빤히 쳐다보면서 픽, 코웃음 칠 것이다. 십중팔구 그렇게 될 것이다. 한서정은 그렇게 생각했다.

"그럴 리가."

전금희가 한서정의 말을 듣고 피식거렸다.

"넌 그렇게 무딘 애가 어떻게 하인학교를 졸업했니?"

이진욱이 자기 말을 들을 리 없다고 하자 전금희가 어이없어했다. 긴 고민 끝에 꺼낸 말이었다. 한서정은 거의 애원하다시피 말했다. 전금희와 정이화의 전쟁에 끼어들고 싶지 않았다. 이제 막 고통의 과거를 끝내고 따뜻한 미래의 길로 들어서고 있었다. 현재와 미래가 부풀어 오를수록 한서정은 그것이 행여 훼손되거나 부서질까, 불안했다.

"내가 강준석을 망가트리겠다면?"

"그 사람은 건드리지 말아요. 그럼 내가 당신 가만두지 않을 거예요."

전금희가 한서정 코앞까지 다가와 빤히 한서정을 보았다.

"그 사람? 너, 마음을 쏟았구나. 나랑 똑같은 애인 줄 알았더니 내 생각이 틀렸네. 예전으로 돌아갈 생각은 없는 거지? 그럼 진짜 한서정으로 살아가게 해주겠다는 말은 취소할게. 오히려 더 잘됐어."

한서정은 불안에 흔들렸고, 전금희는 재미있다는 듯 웃었다.

일은 이렇게 된 거였다.

양양의 리조트가 화근이었다. 전금희가 디디고 도약할 발판으로 야심 차게 추진하고 있는 신사업. 전금희가 그걸 강준석에게 맡겼다. 첫 삽 뜨고 이제 막 골조가 올라가고 있었다. 수행비서로서 한서정도 두어 번 강준석과 함께 양양에 다녀오기도 했다. 세계적인 건축가의 설계로 지어지는 리조트는 강준석에게도 사업 확장의 중요한 포인트였다. 사실 그 때문에 전금희가 주최하는 파티에 참석하기도 했던 것이고.

그런데 어제 강준석이 그 리조트 사업에서 배임 행위를 하고 고액을 횡령했다는 지라시가 돌았다.

정보에 의하면 누군가 검찰에 제보했고 신속하게 움직이고 있다고 했다. 입술을 깨물며 듣고 있던 강준석은 책상 위를 주먹으로 내리쳤다. 매사에 침착한 강준석이었다. 그러나 이번엔 달랐다. 그것이 진짜든 아니든 검찰이 들쑤시기 시작하면 사업에 막대한 지장이 있을 건 뻔한 일이었다. 신뢰적인 이미지로 사세를 키워온 회사였다. 회사 이미지가 추락하면 당장 따놓은 신도시의 대규모 아파트 단지 공사 건부터 막힐 거였다. 사업에는 기세가 중요하다. 한번 불붙기 시작하면 거칠 것 없이 솟아오르지만 반대로 금이 가기 시작하면 한순간에 무너질 수도 있다.

한서정은 강준석의 불같은 분노를 처음 보았다. 그리고 알았다. 그것이 자기 때문이라는 것을. 한서정은 전금희 짓이란 걸 직감했다. 전금희의 요구를 거절한 직후 터져 나온 악재였으니까. 곧장 전금희에게 달려가는 수밖에 없었다.

"강준석은 타깃이야. 네가 딛고 오를 발판이지. 그런데 넌 마음을 쏟고 있잖니. 그것이 약점이 될 줄도 모르고. 내가 강준석을 무너뜨리면 어떻게 될까. 너의 마음은 무너지고 너의 미래도 망가지겠지. 발판이 없어지니까. 모든 것이 부서지는 거야. 그 이후에도 네가 살 수 있을까?"

한서정이 전금희를 노려보았다. 처음엔 전금희가 과거를 이기고 스스로를 극복하고 미래를 쟁취한 큰 사람으로 보였다. 그러나 지금은 달랐다. 분명 그녀는 괴물이 되어가고 있었다.

"그렇게 보면 무섭잖니. 그 노인네, 하인학교가 지금껏 모아온 정보와 힘을 손아귀에 틀어쥐고 끝까지 안 내놓을 작정이야. 그 전에 가져와야 해. 그게 뭔지 아니? 무소불위의 칼이야. 누구도 대적 못 할 힘이라고. 세상을 바꿔야 해. 더 많은 변화를 가져오는 게 나의 사명이었어. 그러려면 더 큰 힘이 필요해."

전금희는 어디까지 올라가기를 욕망하는 걸까. 목적지가 이 나라의 꼭대기라도 되는 걸까? 세상을 올바른 방향으로 바꿔야 한다고? 그것이 자기의 사명이라고? 그것이 욕망의 다른 이름은 아닌가? 그 욕망을 위해 전금희는 자기를 키워준 정이화를 제거하려 했다.

"선택해. 강준석의 운명이 네 손에 달렸어."

전금희는 웃는 얼굴로, 상냥한 어조로 말했다. 마치 짜장이냐

짬뽕이냐, 탕수육 먹을 때 찍먹이냐 부먹이냐를 묻는 투였다. 저 것이 괴물의 얼굴이구나! 험상궂은 표정이나 으르렁대는 포식 자의 위협이 아니라, 다 너를 위한 것이라는 배려를 가면처럼 뒤집어쓴 얼굴. 타인의 운명을 손바닥 위에 올려두고 재미에 따 라 좌지우지할 수 있다는 섬뜩한 여유.

한서정은 입술을 떨며 한숨지었다. 그리고 생각했다. 나 또한 다르지 않다고. 나는 강준석과 내 미래를 지키기 위해 누군가를 짓밟는 선택을 해야 한다. 지키고 싶은 것이 생기니까, 미래를 빼앗기고 싶지 않은 욕망을 가지니까, 자꾸 뭔가를 선택해야 하 는 갈림길에 서게 되었다.

한서정은 이제 이진욱에게 가야 한다는 걸 알았다. 그것 외에 무슨 선택지가 있겠는가. 욕망은 힘이 셌다.

— 내가 있는 곳으로 와. 그럼 네 부탁 들어줄게.

이진욱은 한서정을 호주로 불렀다.

"호주 어디라고? 아니, 호주?"

한서정이 놀라 물었다. 핸드폰 너머 그의 목소리는 어느 때보 다 밝았다. 저 옛날 행운복권방에서 처음 만났을 때 들었던 목 소리가 떠오를 정도였다.

"거기 왜 있는 거야?"

— 한국에는 어디에도 안식처가 없으니까. 말하자면 나만의 안가지.

이진욱이 쓸쓸하게 웃었다.

— 편도로 와. 네가 돌아가는 건 내가 결정해.

이진욱이 내건 조건이었다.

한서정은 그의 말에 따를 수밖에 없었다. 강준석과 미래를 지키고 싶다는 욕망 앞에서 그녀는 약자였다. 이진욱은 정이화의 사람이다. 그는 자신의 부탁에 대해 정이화에게 말했을까. 만약 정이화가 이진욱에게 나를 죽이라고 한다면 그는 명령을 따를까? 한서정은 호주행에 자신의 목숨까지 걸려 있다고 생각했다. 그래도 갈 것인지 고민하지 않았다. 이런 선택 앞에 놓인 것은 어쩔 수 없는 운명인 듯싶었다.

번번이 극단적인 두 갈래 길이 앞에 놓였다. 어딜 가도 선택의 기로였다. 뭔가 상황이 꼬여가고 있다는 걸 직감했지만, 멈추거나 되돌아갈 곳은 어디에도 없었다. 오히려 상황이 안 좋아질수록 한서정은 오직 강준석과 자신의 미래, 그 한 가지에 매달렸다.

매달리기 시작하니까 더욱 간절해졌다. 한서정은 점점 더 자신이 살 유일한 길은 바로 강준석과의 미래라고 믿었다. 그걸 위해서라면 못할 것이 없을지도 몰랐다.

다시 가족이 생기기 직전 아닌가. 아무도 없이 사고무탁, 혈혈단신으로 살아내는 것에 이제 지쳤다. 나는 강준석과 반드시 가족이 될 것이다. 그 안온한 테두리 안에서 따뜻하게 늙어갈 것이다.

그 소망을 훼손하려들면 누구라도 물어뜯어버릴 기세로 한서정은 단단히 마음먹었다. 모든 것을 걸고 호주행 비행기에 올랐다.

다시 돌아올 수 있을까. 그러고 보니, 첫 비행이었다. 마지막이 될지 알 수 없는 첫 비행에 자신의 운명이 매달려 있었다. 한서정은 알 수 없는 낯선 운명 속으로 스스로 걸어 들어가고 있었다. 과연 호주에는 또 어떤 양 갈래 길이 기다리고 있을까.

골드코스트.

황금빛으로 빛나는 해변, 전 세계 서퍼들의 천국이자 로망. 해마다 죽기 전에 가봐야 할 명소로 손꼽히는 곳이었다.

한서정은 그곳을 지나 이진욱이 웅크리고 있는 곳을 향해 출발했다. 차창을 열고 달렸다. 뜨끈한 해풍이 뺨에 부딪혔다. 머리칼이 흩날렸지만 내버려두었다. 내가 호주 바닷가의 해변을 달리고 있다니. 사람 일 참, 알 수 없네. 이진욱은 이곳에 안가를 두었다고 했다. 과연 여기라면 누구도 쉽게 그의 시간을 방해할 수는 없을 것 같았다.

꽤 오래 레인포레스트 웨이를 달렸다. 푸른 열대우림과 쏟아지는 폭포가 저 멀리 스쳐 지나갔다. 더 먼 곳에 리치먼드산맥이 장엄하게 엎드려 있었다. 마지막 남은 햇살이 바다 표면에 머물러 있던 금빛을 거둬 가면 멀리서 새들이 낮게 날면서 어디론가 돌아갔다.

비현실. 몽환. 세상의 바깥. 스스로 운명의 고리를 끊어낼 수 있는 곳. 이런 곳에서 혼자 지내는 기분은 어떨까. 한서정은 잠깐 그곳에서 사는 스스로를 상상해보았다. 남국의 바람이 기분 좋게 얼굴을 쓸었다.

이진욱의 집은 한적한 바닷가 외진 곳에 있었다. 인적이 드물었고, 누가 살고 있는지 알 수 없도록 완전히 독립된 공간이었다. 차를 타고 그대로 출입문을 통과했다.

수백 평에 달하는 너른 대지 위에 잘 지어진 주택이 보였다. 앞마당에 차를 세운 한서정은 곧장 현관으로 갔다. 문은 열려 있었다.

안으로 들어가 이진욱을 찾았다. 집 안은 아름다웠고 안온했으며 무엇보다 밝은 느낌이었다.

생각해보니, 한국에서 이진욱은 웃지 않았다. 단 한 번도 그걸 의심해보지 않았다는 걸 이제야 깨달았다. 왜 이진욱은 더 이상 웃지 않게 된 걸까. 내가 모르는 시간 속에서 이진욱은 대체 어떻게 살아왔던 걸까. 지구의 반대편, 호주에 와서 밝은 집을 보자 역설적으로 이진욱이 그렇지 못한 시간을 살아왔으리라는 것을 직감했다.

이진욱은 뒷마당에 있었다. 셔츠 앞섶을 풀어놓은 편한 차림에, 맨발로, 잘 가꿔진 잔디 위에서, 부메랑을 던지며 놀고 있었다. 혼자서.

"왔구나!"

그가 한서정을 보며 웃었다.

"옷이나 제대로 입어."

한서정이 풀어진 이진욱의 앞섶을 피해 부메랑을 내려다보았다.

"너는 여기까지 와서 한다는 말이 고작 그거냐?"

왠지 서운하다는 투였다. 그게 사실이었으니까.

사실 이진욱은 한서정을 불러들이면서도 하루에도 몇 번씩, 와주기를 바랐다가 곧 오지 않기를 바랐다가, 또다시 그래도 오기를 원했다가, 그래도 오지 않는 편이 낫다고 생각하다가, 에이씨, 제기랄, 하면서 혼자 술을 마시곤 했다.

한서정이 와도 실망이었고 오지 않아도 실망이었으니까. 오지 않는다면 자기를 보지 않겠다는 뜻이므로 실망하는 건 당연하겠으나, 오는 것은 또 어떤 까닭으로 실망이겠는가. 바로 한서정이 오는 목적 때문이었다. 한서정은 단 하나, 딴 남자를 살리겠다고 지구 반대편까지 나를 찾아올 테니까.

"결국 왔네."

미소 짓는 이진욱의 입술이 비틀렸다. 그는 시선을 맞추지도 않고 털썩 선베드에 누워버렸다.

"사람이 이 멀리까지 왔는데 뭐 하는 거야?"

한서정이 볼멘소리를 했다.

"너도 눕든지."

이진욱이 어린애 심술부리듯 툴툴댔다. 한서정은 이진욱이 바닥에 던져놓은 부메랑을 주워 들었다. 그러고서 하는 수 없이 어정쩡하게 선베드에 엉덩이를 붙였다.

"웬 부메랑이야?"

매끈하게 잘 만들어진 부메랑을 만지작거리다가 할 말이 없어 한서정이 물었다. 이진욱이 부메랑을 보다가 한서정을 보았다.

"부메랑이 원래 호주 원주민들의 사냥도구였던 거 알아?"

"나야 모르지."

"그거 잘못 던지면 도로 날아와 스스로 다칠 수도 있어. 한번 던져볼래?"

"됐거든."

한서정이 샐쭉 입을 내밀었다. 한국을 떠나서 그런가, 이진욱도 한서정도 어느새 행운복권방 시절로 돌아간 듯했다. 공간이 바뀌면서 시간의 흐름이 달라졌다. 달라진 공간은 멀어지고 잊었던 시간을 단숨에 가까이 데려왔다.

먼 데서 노을이 내려오고 바닷가에서 옅은 물비린내가 다가왔다. 간간이 파도가 부서지는 소리가 들렸다. 평온하고 고요하고 은밀한 곳이었다. 마치 세상에 단 두 사람만 있는 기분이었다.

"만약 잘못 던지면 의도와 목적을 벗어나 오히려 너에게 나쁜 결과를 초래할 수도 있다는 뜻이야. 그게 부메랑 효과지. 무슨 말인지 알겠지?"

이진욱이 한서정을 보면서 말했다. 경고일까 아니면 협박일까? 한서정은 이진욱의 속내를 가늠할 수 없었다.

"지금부터 돌아갈 때까지 강준석, 정이화, 전금희는 입에 올리지 마. 그게 내 조건이야. 그중 하나라도 입에 올리는 순간 다 끝날 거야."

경고 맞네. 한서정이 이진욱을 향해 고개를 끄덕여 보였다.

"그럼 우선 밥부터 먹어야겠지? 스테이크 어때? 아웃백."

이진욱이 벌떡 일어나 앞장섰다.

"아웃백이 호주의 오지라는 뜻인 건 알지? 지금 있는 여기가 아무도 모르는 오지인 것도."

이진욱이 웃었다. 협박이라기보다 어린애의 짓궂음에 가까웠다.

스테이크는 육즙이 풍성했고, 레스토랑의 음악은 경쾌했으며, 이진욱은 자꾸 웃었다. 두 사람이 처한 현실 따위는 거기 없었다. 단번에 두 사람은 행운복권방에서 만난 시절로 돌아갔다. 서로의 첫인상이 어땠는지 기억을 떠올렸고 매주 이진욱이 로또 번호를 보내주던 일을 얘기하며 떠들어댔고, 한동식이 죽었을 때 이진욱이 밤새 곁에 있어주었던 일을 끄집어냈다.

한동식이 죽고 한서정이 조폭들에게 쫓기다 도망가던 날, 스쿠터에 올라타 그의 허리를 부둥켜안고 떠나던 그날, 한서정의 생이 완전히 부서져 마치 절벽을 향해 달리는 기분이었던 그날에 대해서 오래 이야기했다.

모든 위기의 순간에 이진욱이 있었다. 조폭에 쫓기다 도망칠 때, 김현수가 피 흘리고 쓰러졌을 때, 하인학교에서 집단 구타를

당할 때, 하인학교의 마지막 테스트에서 실컷 두들겨 맞고 기절했을 때. 이진욱으로 나는 그 모든 위기의 순간을 벗어날 수 있었다.

"여긴 아무도 몰라."

집으로 돌아오면서 이진욱이 말했다. 주위에 한국인은 전혀 없는 것 같았다. 인적 자체가 드물었다. 이진욱은 집 안 곳곳을 한서정에게 보여주었다. 잘 꾸며진 안식처였다.

"네가 원하면 다 내려두고 여기서 살 수도 있어."

그것이 사실상 이진욱의 마지막 제안이라는 것을 그때 한서정은 알지 못했다. 다만 이진욱이 외롭고 숨 막히도록 적막한 이곳에서 남은 생을 천천히 지워가려 한다는 걸 알아차렸을 뿐이었다. 생의 흔적을 남기지 않고 스스로 존재를 지우려는 까닭이 뭘까. 무엇이 그토록 이진욱의 생을 쓸쓸하게 만든 걸까. 대체 뭘 감당하고 살아왔던 걸까. 대충 그런 생각을 하고 있었다.

이진욱이 뒷마당에 모닥불을 피웠다. 먼 바다에서 물비린내가 풍겼고, 별은 하늘에 박힌 듯 선명했다. 신선한 밤공기가 폐를 정화해주기라도 할 것처럼 한서정은 깊숙하게 숨을 들이마셨다. 이런 곳에 살면 좋긴 하겠네. 모든 것이 새로운 기분이었다. 처음으로 한국 땅을 벗어났으니 당연했다. 그 처음이 이렇게 좋은 곳이라니.

타닥타닥, 마른 나무가 타는 소리. 가끔씩 까만 어둠의 공중으로 붉게 튀어 오르는 불똥. 나뭇가지 위에 앉아 우는, 아니 웃는,

웃음물총새 소리. 정말이지, 그렇게 웃는 소리로 우는 새는 처음 보았다. 웃음물총새의 소리에 한서정과 이진욱 둘 다 함께 웃었다. 거기다 규칙적으로 파도가 밀려들었다가 빠져나가는 소리. 무심하고, 우뚝한, 그래서 더 빠져드는 자연의 소리들.

한서정은 그저 모닥불을 가만히 보았다. 별이 떨어지는 것도 들을 수 있을 듯 적막한 가운데 퍼지는 소리들은 한서정의 몸 안 깊숙한 곳까지 흔들어댔다. 둥근 모양의 낯선 감정이 명치끝을 두드렸다. 게다가 일단은 큰 문제에서 벗어나 있으니 안심이 됐다. 모닥불 앞에서 한서정은 무언가 다른 쪽의 마음이 열리는 걸 느꼈다.

등을 둥글게 말고 두 팔로 무릎을 감싸 안은 채 타오르는 불을 계속해서 바라보았다.

"말해봐."

"뭘?"

"네 얘기."

명치끝에 걸린 낯선 감정이 그런 질문을 하도록 만들었을 것이다. 한서정의 물음에 이진욱이 가만히 그녀를 보았다.

"듣고 싶어?"

한서정이 고개를 끄덕였다. 그러자 이진욱이 자리에서 일어나 집 안으로 들어갔다. 다시 나오는 그의 손에 유리컵과 소주병이 들려 있었다.

"딱 세 잔만 마실 거야."

그러더니 소주 한 병을 따서 유리컵에 부었다. 꼭 한 병이 그 한 잔에 모두 들어갔다.

"그게 한 잔이야?"

"응."

이진욱이 픽 웃으며 말하고는 단숨에 마셔서 잔을 비웠다. 이상한 게, 갑자기 옛날 생각이 났다. 양계장 닭똥 냄새를 풍기며 피곤에 절어 돌아온 아빠가 밥상머리에서 맥주잔 가득 소주를 따라 마시던 일. 그럴 때면 한서정은 아빠의 하루가 얼마나 고단했는지 듣지 않아도 알 수 있었다. 출구 없는 생은 매일 하루치의 바닥없는 추락을 하는 것이었다. 그 추락의 고통을 이겨내려고, 혹은 잊으려고, 아빠는 맥주잔에 소주를 따라 마시곤 했다.

희한하게 맥주잔에 가득 따라 마시는 소주는 그런 걸 상기시키는 힘이 있었다. 이진욱의 생이 참 많이도 고단했겠구나. 아빠 때문에 그런 생각까지 연결되었는지는 모르지만, 아무튼 한서정은 그렇게 느꼈다. 왠지 안쓰러웠고, 왠지 외로워 보였으며, 왠지 모르게 가여웠다.

"나도 줘봐."

그래서 그런 말을 했을 것이다.

이진욱이 한서정을 물끄러미 보고는 빈 잔에 소주를 조금 따라서 건넸다. 한서정은 그걸 받아 단숨에 마셨다. 그러고는 빈 잔을 내밀었다.

"뭐? 더 마시게?"

"아니. 너 마시라고. 세 잔 마셔야 한다며."

소주 한 병을 단숨에 나발 부는 자신을 말리기는커녕, 오히려 잔을 건네주는 한서정을 그는 한참 보았다. 그리고 새로 딴 소주 한 병을 빈 잔에 따라 원샷 했다. 그리고 마침내 이야기를 시작했다.

아무에게도 하지 못한 이야기. 늘 한서정에게 털어놓고 싶은 충동을 느꼈던 모든 이야기.

밤마다 악몽으로 다시 찾아와 심장을 움켜쥐고 숨 쉴 수 없도록 짓누르는 지나온 시간들. 잘못된 선택. 그 잘못된 선택으로 그의 삶은 모든 퍼즐이 전혀 다른 것으로 변했다. 그건 도미노처럼 연속적이고 끝이 없었고 결국 인생 전체를 망가트렸다.

친구들과 베텔게우스 모임과 필리핀과 세부섬의 푸른 바다. 바닷가 절벽 위, 커다란 인피니티 풀을 끼고 있는 스파, 골드문.

하루 중 가장 화창한 때, 먼 바다에서 불어온 느슨한 바람에 잘 익은 햇빛 냄새가 담겨 있었던 그때. 꽃들이 향기로웠고, 온 데를 알지 못하는 꽃잎이 사방으로 난분분 흩날리던 곳. 전도유망한 다섯 청춘의 생이 끝장나는 고통의 순간. 각자의 손에 쥐어진 총. 서로를 향한 총구. 그리고 이어진 총성. 옆구리에 날아와 박히는 총알. 절벽에서 뛰어내릴 때 포기했던 생.

"나는…… 친구를 쐈어. 이 손으로…… 이 저주스러운 손으로…… 내가 살려고 친구를 죽였어. 내가 죽고 친구가 살았어야 했어. 내가…… 죽었어."

한서정이 가만히 다가가 이진욱을 감싸 안았다. 한서정의 눈가로 눈물이 조금 흘렀다.

　"왜 너인 줄 알아?"

　이진욱이 한서정에게 물었다. 그건, 나에겐 너밖에 없으며, 나에겐 네가 아니면 안 되며, 나에겐 네가 있어서 그래도 살 수 있었어, 하는 모든 말들이 한데 뒤섞인 물음이었다. 한서정은 아무 대답도 하지 못했다.

　"내가 만난 너는 이상한 애였어. 새벽부터 밤중까지 식당이며 편의점이며 알바를 전전하면서도 불평 한번 하지 않았어. 힘들지 않냐고 물을 때면, 너는 이렇게 대답했잖아. 힘들다고 생각하면 계속 힘들어. 그냥 사는 거야. 그냥, 하루만 사는 거야. 오늘만."

　이진욱이 한서정의 눈가를 닦아주었다.

　"그렇게 말하면서 너는, 웃었어. 맑은 하늘을 올려다보면서, 혹은 먼 허공을 쳐다보면서 아무것도 생각하지 않는 웃음을 웃었어. 그게 다야. 그 웃음이 내게는 뭔가 다시 디디고 설 수 있는 바닥이었어. 아주 작은 실마리 하나. 너는 알지 못했던 가느다란 끈."

　이진욱이 한서정을 물끄러미 바라보았다.

　그랬구나. 내가 너에게 작은 위로였구나. 포기하고 싶은 생을 그래도 지탱하게 해준 실마리였구나. 그래서 너는, 내가 위험에 처할 때마다 내 옆에 있었던 거구나……

한서정은 무릎을 모으고 그 무릎에 머리를 잠깐 기댔다. 그리고 계속 타오르는 모닥불을 보았다. 조금 마신 소주의 취기가 불기운에 더해져 올라왔다. 올려다보니 잔별이 깜박이고 있었다. 새벽이 오고 있었다.

그냥 여기서 살면 어떨까……. 아무도 모르는 이곳, 아름답고 조용하고 멀리 떨어진 이곳이라면 또 다른 시간들을 살 수 있지 않을까. 여기서, 이진욱과 함께, 새로운 시간을 살 수 있을까. 한서정은 잠깐 흔들렸다.

"그 절벽에서 떨어졌을 때, 나를 구한 게 바로 하인학교 교장이야."

잠시 주저하던 이진욱이 다시 입을 열었다.

"네가 원하는 그것, 하인학교가 축적해왔고 교장이 숨겨놓은 그것, 그걸 빼내 오려면 나는 교장을 죽여야겠지. 네가 원하는 게 그거야. 그래도 원해?"

이진욱이 한서정을 쏘아보았다. 한서정도 고개를 들어 이진욱을 보았다. 서로 한참을 침묵했다. 둘 다 아무 말이 없었다. 한서정은 대답하지 못했고 이진욱은 재촉하지 않았다.

모닥불이 어느새 사그라들고 있었다. 한서정은 대답해야만 했다. 그것이 두 사람의 운명을 가르고 이진욱의 생을 망가뜨리고, 어쩌면 한서정이 감당 못 할 무게의 짐이 되더라도, 그렇더라도 그때 한서정은 대답할 수밖에 없었다.

"원해."

대답을 들은 이진욱은 또 한참 말이 없었다.

"안 죽이고 가져오는 방법도 있지 않을까?"

한서정이 한숨과 함께 읊조렸다. 비겁한 말이었다. 살인 사주를 피하면서 욕망은 채우려 했으니까. 그러기 어려울 거라는 걸 알면서도 그렇게 말하는 수밖에 없었다.

여기는 세상의 바깥이다. 내겐 두고 온 나의 세상이 있지 않은가. 다시 나의 세상으로 돌아가야만 한다. 가족과 미래가 보장된 나의 세상으로 말이다. 한서정은 이진욱의 시선을 외면했다. 마음이 결박된 듯 아프게 조였다. 나는 어떻게 이 남자에게 이토록 잔인할 수 있는 걸까.

이진욱이 세 번째 잔을 채웠다. 그걸 단숨에 마셨다. 그리고 일어섰다. 이제 발치에는 세 개의 빈 소주병이 나뒹굴었다. 이진욱의 발에 빈 소주병이 차여 유리 부딪치는 소리가 밤공기를 찢었다.

"그래, 네가 원하는 거 줄게. 넌 한국으로 돌아가."

그리고 이진욱은 한서정을 내버려두고 어디론가, 희부윰한 공기 속으로 사라졌다.

한서정은 이진욱을 잡지 못했다. 그럴 수 없었다. 이제 모닥불은 꺼졌다. 길었던 밤이 지나가고 있었다. 멀리서부터 새벽안개가 밀려오고 있었다. 한서정은 더 이상 이곳에 있을 수 없다는 걸 알았다. 이슬이 말랐을 무렵에 한서정은 자리에서 일어섰다.

이진욱은 새 소주병을 까 병째 들고 바닷가를 걸었다. 아무도 없었다. 흐를수록 넓고 깊어 아득한 큰 물을 보았다. 해가 떠올라 새벽 물안개가 걷히자 붉은 금빛 가루가 물 위에서 반짝였다. 물고기 등뼈 같은 배가 수평선을 따라 나아가면서 물을 두 갈래로 갈라 양옆으로 둥글게 휜 갈비뼈 모양으로 물결이 출렁거렸다.

모든 기억을 지우고 소멸 또한 섭리가 되는 물은, 언제나 흐르고 흘러 마침내 아득하게 멀어졌다. 그렇게 흘러 물이 어디에 닿는지 알 수 없었다. 이진욱은 다만 물처럼, 나아가고 싶었다. 흘러도 부서져도 굽이쳐도 출렁거려도 여울져도 물은, 멈춤이 없었다.

알고 있었다. 한서정이 오지 않았어도, 또 제 입으로 원한다고 말하지 않았어도 결국 스스로 그 길로 나아가리라는 것을.

전금희 때문이었다. 한서정이 이진욱을 움직일 키라는 것을 전금희는 알고 있었다.

전금희는 이미 이진욱에게 정이화가 숨겨놓은 데이터를 가져오지 않으면 한서정이 무사하지 못하리라고 경고했다. 그렇게 이진욱과 한서정을 전방위로 포위하고 위협했다. 스스로 완벽하게 빠져나갈 구멍은 없다고 믿었겠지.

이진욱은 데이터 따위엔 아무 관심 없었다. 이진욱의 생은 사실상 간단했다. 정이화와는 계약 관계였다. '나 죽으면 너도 쉬어'라고 정이화는 말했었다. 그러므로 이진욱은 정이화가 죽으면 한국 땅을 떠나 이곳으로 와 남은 시간들을 살 작정이었다.

아마도 정이화는 이진욱의 배신을 끝까지 모를 것이다. 자신의 턱밑에 칼끝이 육박해 올 때라야 비로소 얼마 남지 않은 목숨이 그 얼마조차 채우지 못하고 끝장나는 것을 알 것이다. 이진욱은 망설이지 않을 것이다. 주저하지 않을 것이다. 그렇게 사랑하는 여자의 부탁을 들어주고 완전히 투명해질 것이다. 아무것도 남지 않은 빈 껍데기가 되어 쓸쓸한 뒷모습으로 이곳으로 숨어들 것이다.

다만 한 번은 한서정과 함께 이곳에 있고 싶었다. 단 하룻밤이라도. 그거면 됐다. 혹여 한서정이 이곳에 와서 눈으로 직접 보면 마음이 달라지지 않을까, 잠시 기대도 했지만 후회하지 않기로 했다. 이곳에서 온전히 둘이 함께 웃고 떠들고 서로 바라보았으며 마침내 자신의 모든 이야기를 한서정에게 들려주었다. 그거면 됐다.

한서정이 원하는 것이 무엇인지 알았으므로, 이진욱에게 남은 건 아무것도 없었다. 한서정의 대답으로 이진욱은 두 번 죽은 것과 다름없었다. 생에 기댈 곳이라고는 아무 데도 없다는 걸 확인했으니까. 이진욱은 이제 마음의 동요 없이 정이화를 제거할 수 있으리라는 것을 알았다. 아무것도 남은 게 없으니까.

이진욱이 한서정의 부탁을 들어주면서, 그러니까 이진욱이 정이화를 제거하면서 모든 일의 파국이 본격적으로 시작된다는 걸, 그때 두 사람은 알지 못했다.

한서정이 한국으로 돌아오고 나서 얼마 되지 않아 이진욱에게서 물건이 하나 배달됐다.

작은 상자 안에는 집 열쇠인 듯 보이는 키가 들어 있었다. 요즘은 카드키를 쓰거나 번호를 입력하는 디지털 도어락을 쓰는 탓에 그런 열쇠를 보는 건 오랜만이었다.

이런 키를 쓴다는 건 집에 열쇠 구멍이 있다는 말이겠지. 아파트나 빌라 같은 현대식 주택이 아니라는 뜻일 거다. 한서정은 열쇠를 만지작거렸다. 차가운 쇠의 느낌. 열쇠는 낡아 보이는 키링에 매달려 있었다. 이진욱이 쓰던 건가? 잠시 생각했을 뿐 더는 키링 따위에 집중하지 않았다.

다만 열쇠를 보면서 상상했다. 정이화가 죽었겠구나. 마침내, 이진욱이 정이화를 죽였겠구나. 내가 그렇게 만들었다. 나를 위해서 이진욱은 그 일을 했다. 가슴 깊은 곳, 어딘지 모를 안쪽에서 깊은 통증이 느껴졌다. 기도하는 마음이 되었다. 이진욱이 제발, 상처받지 않았기를. 아무 데도 맘 붙일 곳 없는 저 가여운 남자가 절망의 깊은 수렁 속으로 떨어지지 않았기를. 한서정의 기도는 간절했다. 이루어지지 않을 걸 아는 까닭으로 기도의 말이 깊은 것인지도 몰랐다. 그래도 할 수 있는 것이 그것뿐이어서 한서정은 울음 대신 기도했다.

이진욱은 어떻게 정이화를 죽였을까. 상상하지 않으려고 애

썼다. 그걸 상상해버린다면 나는 어찌해야 한단 말인가. 그랬어도 자꾸만 머릿속에 맴돌았다. 정이화는 가장 믿었던 사람 손에 죽었으니까.

누구에게도 속하지 않아서 믿을 수 있다고 말했던 바로 그 이진욱. 그것은 정이화의 오판이었다. 아무리 생이 허무한 자라도 하나의 끈은 가지길 욕망하는 것이 사람이다. 그게 산목숨의 이치였다. 그 단 하나의 끈 때문에 죽는다는 것을 정이화는 몰랐다.

"그래, 몰랐어."

정이화가 이진욱에게 말했다. 숨이 모자라 자꾸만 말이 끊겼다. 껄껄, 숨을 몰아쉬다가 급하게 피를 토했다.

"지켜야 할 사람이 있습니다."

피를 뱉으며 정이화가 앞에 놓인 잔을 노려보았다. 방금 마신 차. 이진욱이 통증에 좋은 차라며 권한 차. 아직 온기가 남아 있었다. 정이화가 거듭 피를 토했다.

"기다릴 순 없었니……."

어차피 몇 달 남지 않은 목숨이었다. 정이화가 토한 피가 앞섶을 적셨다.

"너에게도 지키고 싶은 것이 있다는 걸 몰랐다. 지키고 싶은 것이 있는 사람은 믿으면 안 된다는 걸 몰랐어."

고통으로 일그러진 얼굴로 정이화가 간신히 말했다. 이진욱이 쓰러지는 정이화를 부축해 품에 안았다. 이진욱은 입술을 물었다. 뺨으로 눈물이 흘렀다. 정이화가 천천히 손을 들어 이진욱의 눈물을 닦아주었다.

"울지 마. 난 어차피 죽을 거였어."

희미하게, 정이화가 웃어 보였다.

"널 아들로 여겼다. 죽기 전에 네가 자유로워지는 걸 보고 싶었는데……."

이진욱은 아무 말도 할 수 없었다.

"네가 지키고 싶은 것, 반드시 지켜. 그래야 후회 안 해."

정이화가 이진욱의 손을 잡았다.

"그리고 전금희를 막아라. 금희가 더는 망가지지 않도록 네가 막아. 하인학교는 문 닫아야 하고 그 정보들은 밖으로 나가선 안 돼."

정이화는 눈물을 흘리며 죽어갔다. 하인학교의 마지막 교장이었다. 지하에 숨어 살면서 오직 학생들 교육에만 평생을 쏟은 교육자였다. 죽기 전에 마지막으로 존경받는 교육자가 되고 싶어 했던 가여운 삶이었다. 그것조차 전금희로 인해 이루지 못했다. 그렇게 정이화는 아무도 모르는 곳에서 초라하게 죽음을 맞았다.

이진욱은 숨이 멎은 정이화의 앞섶을 열었다. 거기에 걸려 있었다. 어디 있는 줄 알았고 무엇인지 알았지만 단 한 번도 만져보지 못했던 그것. 그저 평범한 집 열쇠. 이진욱은 마치 목을 베

듯, 정이화의 목에 걸린 열쇠를 뜯어냈다. 정이화의 체온이 느껴지는 열쇠의 감촉. 엄지손가락만 한 열쇠에서 풍기는 광물의 비릿한 쇠 냄새.

이 쇳덩이 때문에 내가…… 죽였다. 죽음에서 나를 건져 올려 다시 살게 한 사람을, 죽음을 목전에 두고 다만 교육자로 죽기를 원했던 사람을 내가…… 죽였구나.

그날 이진욱은 많이 울었다. 죽은 정이화 앞에 엎드려 입을 검게 열고 돌덩이 밑에 눌려 있던 울음을 토했다. 하염없이 울었다. 지나온 세월만큼 슬픔과 한이 쌓여온 것을 한꺼번에 토해냈다. 생의 끝장 앞에서 스스로의 손을 저주스럽게 내려다보며 울고 또 울었다. 자신의 목숨을 구하고 자신을 알아준 유일한 사람을 죽인 손이었다. 이제, 나의 생은 모든 것이 끝났다. 이진욱은 그걸 알아차렸다.

"아무도 믿어선 안 돼. 결국 가장 믿었던 사람 손에 죽게 되잖니."

전금희가 한숨을 내쉬면서 한서정에게 말했다. 말끝에 축축한 것이 섞여 있었다. 정이화는 전금희의 근원이고 스승이었으며, 엄마였으니까.

북한산 자락이 멀리 보이는 외곽 동네의 한적한 골목 끝, 어떤 집 앞에서였다. 외진 곳이었고 인적이 없었다. 붉은 벽돌로 높은 담을 두른 탓에 안은 전혀 보이지 않았다.

"그 노인네가 가장 안전한 하인학교 안에 앉아 평생을 보내서 무엇이 중요한지 몰랐던 거지. 개교 이래 백 년이 넘도록 쌓아온 그 엄청난 정보들을, 그 힘을, 없애겠다니."

마치 정이화가 스스로 죽음을 초래한 것이라는 투였다.

전금희도 고통스러운 것이라고 한서정은 생각했다. 자신의 죄책감이 스스로를 찌르는 칼날이라는 것을 아는 것이다. 나처럼. 나 또한 죄책감에 이진욱을 위해 기도하였으니까. 우리는 공범이다. 전금희가 나에게 원한 것이 바로 이것이다. 공범으로 엮여 끊을 수 없는 한통속이 되는 것.

"이진욱이 바보는 아니구나. 그걸 나에게 보내지 않고 너에게 준 걸 보니."

한서정이 들고 있는 열쇠를 내려다보았다.

"복사본 만들었을 거 다 알아. 그래야 내가 너를 건드리지 못한다는 걸 알겠지. 근데 이진욱이 모르는 게 있어. 난 너를 어찌할 생각이 없거든. 넌 이제 나와 공범이고 나와 함께 미래의 세상을 만들어나갈 거잖니."

전금희가 한서정 손에 들린 열쇠를 가져다 현관문의 열쇠 구멍에 꽂았다. 철커덕, 잠긴 문이 열렸다. 철문은 끼익, 소리와 함께 육중하게 벌어졌다. 전금희와 한서정은 인적이 없는 것을 확인한 뒤 안으로 들어섰다.

지상의 집 한 채. 하인학교 개교 이래 축적되어온 모든 정보들이 이런 지상의 집에 숨겨져 있을 거라곤 누구도 상상하지 못했다. 두 사람은 넓게 깔린 잔디 정원을 지나 집 안으로 들어섰다. 은근하고 조도가 낮은 조명이 분위기를 압도했다. 오래된 마룻바닥은 두 사람이 걸음을 뗄 때마다 삐걱삐걱, 축적된 시간을 청각으로 일깨워주었다. 사람이 살지 않는 집은 어디에도 '집'이라는 공간에서 느껴지는 온기가 없었다. 방들을 구분했을 벽들은 모두 제거되었고, 그 공간 안에 오래되어 반들거리는 나무 책장이 가득 들어차 있었다. 집 안엔 사람이 사는 데 필요한 가구들 대신 온통 수기로 무언가가 적힌 서류들로 빼곡했다. 연대기로, 인물별로, 잘 구분된 정보들은 각각 책처럼 고급스러운 가죽 장정으로 묶여 가지런히 배열되어 있었다. 서류의 집이자, 기괴하고 아름다운 정보의 도서관이자, 가죽 장정으로 만들어져 보관되어온 긴 역사였다. 그것은 고급스럽고 품격 있는 무소불위의 칼이었다.

"아직도 이렇게 아날로그 방식 그대로 보관해놨을 줄은 정말 몰랐네. 노인네다워."

전금희가 탄성을 뱉으면서 말했다.

"이거면 못 할 게 없지."

그중 한 권을 빼 들고 살펴보더니 전금희는 만족스러운 듯 웃었다.

대체 이걸로 뭘 하려는 걸까. 전금희의 욕망의 끝은 어디인 걸까. 한서정은 전금희에게서 괴물의 얼굴을 본 것만 같았다. 욕망이란 것의 실체가 원래 점점 더 부풀어 오르다 결국에는 제어

하지 못하고 폭주해 터져버리는 속성을 가진 것일까. 스스로뿐 아니라 주위의 모두에게 해를 끼치는 칼날처럼 말이다. 혹여 미래에 나도 그렇게 되는 것은 아닐까.

한서정은 공포감에 몸을 부르르 떨었다. 저절로 손아귀가 오므라들었다. 그러다 손에 쥐고 있던 열쇠를 보았다.

아, 이것……. 이게 어떻게 여기에…….

한서정이 깜짝 놀라 쥐고 있던 열쇠를, 아니 정확히는 열쇠가 매달린 키링을 보았다.

낡고 오래되어 보이는 키링에는 달걀 모양의 장식이 매달려 있었다. 손때 묻은 달걀 장식은 반쯤 금이 가 있었다.

어째서…… 이걸 이제야 알아보았을까.

그것이 무엇인지 깨닫자마자 왈칵 눈물이 솟구쳤다.

그건 한동식이 죽기 전 양계장에서 일할 때 양계장에서 얻었다며 가져다준 것이었다. 그걸 한서정은 가방에 매달고 다녔다. 한서정이 어둔 새벽에 일어나 알바 갈 때, 피곤한 몸으로 학교로 들어설 때, 물먹은 솜뭉치 같은 몸뚱이를 끌고 밤에 또다시 알바 갈 때, 그 모든 생의 시간에 아빠가 준 달걀 모양 키링은 한서정의 가방에 매달려 달랑거렸다.

그때는 온전한 달걀 모양이었다. 조폭에게 쫓기다 도망갔을 때, 아무것도 챙기지 못했기 때문에 그 키링은 한동식의 유일한 유품이 되고 말았다. 그런데 멀리 도망쳐 이진욱과 헤어지고 난 뒤에는 아무리 찾아도 사라지고 없었다. 스쿠터를 타고 달리는 와중에 잃어버린 줄 알았다. 아빠의 유일한 유품조차 잃어버리고 한서정은 길바닥에서 울었다. 낯선 곳, 아무도 기댈 곳 없는 차가운 길바닥에서 울면서 도무지 헤쳐나갈 방법이 생각나지 않아 무섭고 서러웠다.

그걸 이진욱이 갖고 있었던가. 한서정은 금이 간 달걀 모양의 키링을 손에 꼭 쥐고 울음을 터트렸다. 안에서 무언가 깨져버린 걸 깨달았다.

그리고 문득 한 가지를 더 깨달았다. 그때 이 키링에는 두 개의 달걀 모양 장식이 매달려 있었다. 지금은 하나만 돌아왔다. 그렇다면 그중 한 개는 이진욱이 여전히 갖고 있을 것이다.

이걸 여태 간직하고 있었다니. 죽음의 고비를 넘기고 정이화의 수하에 들어와 그 숱한 일을 겪으면서도 이게 뭐라고, 아무것도 아닌 이 사소한 걸 소중히 품에 지니고 있었던 것인가.

한서정은 깨진 달걀을 하염없이 바라보았다. 그리고 마침내 스스로 알을 깨고 나오듯 가슴 깊은 곳에서 무언가를 깨달아 각성했다. 이런 사소한 것이 가장 소중한 것이 될 수도 있다는 생의 역설 앞에서 한서정은 새롭게 각성한 영혼을 발견했다.

당장 이진욱에게 가야 했다. 이진욱을 만나서 무엇을 깨달았는지 말해야 했다. 그러면, 어쩌면, 많은 것이 바뀔 수도 있었다.

한서정은 여전히 정보들 앞에서 떠나지 못하고 있는 전금희를 내버려두고 뛰쳐나왔다. 이진욱에게 전화를 걸었다.

"어디야?"

— 공항 가는 길.

"왜?"

— 호주 가려고.

그 말을 듣자마자 한서정은 길을 뛰어 내려와 택시를 잡았다.
아저씨, 공항이요, 하면서 서둘러 달라고 부탁했다.

"언제 올 건데?"

— 안 와.

"안 온다고?"

— 응. 이제 내가 여기 있을 이유가 없으니까.

전금희 때문이었다.

전금희가 이진욱과 백도현이 만난 사실을 알고 말았다. 그 둘
이 연합하려 한다는 것을 눈치챈 것이었다. 전금희는 이제 원하
는 것을 손에 넣었다. 하인학교의 모든 정보와 힘을 독점하게
된 것이다. 그리고 이진욱은 이제 전금희의 과거를 알고 위협할
수 있는 유일한 사람이 되었다.

한 사람, 한서정이 더 있었으나 전금희는 그녀를 의심하지 않
았다. 강준석이 있었으니까. 강준석이라는 약점 때문에 한서정
은 입 다물 것이다. 강준석에게 자신의 미래가 달려 있다는 걸
무시할 만큼 어리석진 않을 테니까.

그렇다면 전금희의 다음 행보는 마지막 처리일 터였다. 이진
욱만 제거하면 되는 것이었다. 그 뻔한 수순을 짐작하고 있었기
에 이진욱은 이곳을 영영 떠나기로 작정한 것이었다.

단지 그게 떠나는 이유의 전부였을까. 아니었다. 이진욱은 이곳에서 한서정이 다른 남자와 결혼하고 그 남자의 아이를 낳고 희미하게 자기를 잊어가는 모습을 볼 수 없었다. 한서정의 생이 눈부시게 빛날수록 자신의 시간은 지독하게 외롭고 슬퍼질 것을 알았기 때문이었다. 그래서 차라리 외면하고 싶었다. 호주로 떠나 아무도 모르는 곳에서 남은 생을 낭비하고 싶었다.

나는 증발해버려야겠다. 한서정을 볼 수 없는 곳으로, 한서정의 소식이 들리지 않는 곳으로, 사라져야겠다……

"만나서 꼭 할 말이 있어."

전화를 끊지 않고 부여잡고 있던 한서정이 말했다.

— 영종도 하늘정원으로 와.

이진욱의 대답을 듣는데, 무언가가 한서정의 가슴속에서 갑자기 솟구치듯이 툭 튀어나왔다. 마음의 결을 들추고 들추어도 쉽게 드러나지 않는 깊숙한 곳에 도사린 그것.

강준석을 택하겠다고 마음먹었을 때, 애써 외면했던 그것.

화려한 미래를 향해 나아가면서도 검은 연기가 피어오르는 기분을 떨치지 못한 이유인 그것.

잠이 오지 않는 밤에 골목에 나와 담에 기대 웅크리고 한숨짓게 만들었던 바로 그것.

그것은 한서정의 마음속 후미진 어느 곳에 웅크려 있다가 때가 되자 한순간에 고스란히 살아나서 한서정의 마음을 온통 장악했다.

가짜라는 것!

나는 가짜다. 모조리 싹 다 거짓말로 휘감았다. 출신과 부모와 학력과 경력, 모두 위조되었다.

잊으려고 노력했으나 강준석에 대한 마음 또한 하인학교가 새겨놓은 착각이라는 사실이 칼이 되어 심장을 찔렀다. 강준석 또한 내가 아니어도 된다. 강준석의 마음마저 위조된 것이므로 내가 아닌 누구라도 그 자리는 채울 수 있지 않겠는가.

한서정은 택시를 타고 이진욱을 향해 달려가면서 달걀 모양 장식을 뚫어져라 보았다. 어쩌면 이것은 나 자신으로 돌아갈 마지막 기회가 될지 모른다. 그렇게 직감했다.

이진욱을 생각했다. 호주에서의 하룻밤이 모든 걸 바꿔놓았음을 알아차렸다. 그것은 전염과도 같았다. 이진욱의 생각과 마음이 내게 고스란히 전해졌고, 그가 느끼는 모든 감정이 오롯이 내게로 옮겨 왔다. 이전의 이진욱은 내가 모르는 사람이었다. 지금 이진욱은 내가 가장 정확하고 깊게 알게 된 사람이다. 비로소 그의 영혼을 알게 된 것이었다.

한동식이 남긴 키링에 매달린 한 쌍의 달걀 모양 장식을 한 개씩 서로 나눠 가진 사람. 내가 잊고 있던 긴 시간, 그걸 소중하게 간직해온 사람. 자신을 모조리 알고 있는 단 한 사람.

한서정은 바로 그 사람을 향해 달렸다. 지금껏 내내 곁에 있어온 사람이 바로 이진욱이었다는 사실을 이제야 비로소 깨달은 것이었다.

문득 전금희가 했던 말이 떠올랐다.

'내가 탄광촌 재투성이 소녀로 그대로 살았더라면, 그저 이름 없는 하나의 점처럼 살았더라면 나는, 나를 지킬 수 있었을까? 지금의 불안과 위험은 없었을까? 매일 밤 불면으로 시달리는 대신 낡고 초라한 이불 속에서 두 다리 쭉 뻗고 깊이 잠들 수 있었을까? 여전히 이런 생각을 해. 나 스스로 괴물이 되어간다고 느끼니까.'

화려한 삶을 누리는 전금희도 스스로를 잃었다는 상실감에 쓸쓸한 표정을 짓지 않았던가. 그렇다면 나는 이제 어떤 선택을 해야 하는 걸까.

택시는 해가 지는 서쪽을 향해 달려가고 있었다. 창밖을 바라보았다. 하루의 햇살이 잦아들고 먼 하늘에서 붉디붉은 노을이 번져 왔다.

한서정은 이진욱을 만나러 달려가는 내내 깨진 달걀 모양의 키링 장식을 만지작거렸다. 처음에 매끈하고 완전한 모양이었던 장식은 이제 금이 가 천천히 부서지고 있었다.

아직 결정된 건 없었다. 이제 막 알을 깨고 각성했으므로 얼떨떨한 상태였다. 난 아직 아무런 선택도 하지 않았다. 전금희도 말하지 않았는가. 한번 이 길로 들어서면 다시는 유턴할 수 없다고, 이 아찔하고 화려한 삶을 누가 포기할 수 있겠냐고.

아찔하고 화려한 삶이라. 한서정에게는 강준석이 그런 삶의 길잡이가 되어주겠지. 강준석을 만나 한서정은 행복하다고 느껐다. 그것이 가짜일지언정 아빠가 죽은 후 처음 느끼는 안정감이었다. 그렇다면 나만, 오직 나 한 사람만 스스로를 외면하면 되지 않을까. 그러면 나는 강준석과 함께 아름답게 빛나는 미래를 손아귀에 틀어쥘 수 있지 않을까. 그러면 이진욱은? 이진욱과 함께 버려질 진짜 한서정은?

한서정은 일단은 그를 만나야 한다고 거듭 스스로를 다독였다. 만나서 얘기해야 한다. 한서정의 전체와 이진욱의 전부를 앞에 놓아두고 서로를 마주 보며 얘기해야 한다. 정이화를 죽이는 선택을 한 까닭에 대해 들어야 한다. 무엇이 어디부터 어긋나기 시작한 건지, 어디부터 다시 바로잡아야 하는 건지, 아니, 바로잡을 수 있겠는지 물어야 한다.

무엇을 버리고 무엇을 택할 것인지 아직 알 수 없지만, 또 어느 쪽을 선택하든 버려지는 선택지에 대해 사는 내내 미련이 남을 걸 알지만, 그래도 선택해야 하리라.

하늘정원 쪽을 향해 갈수록 도로엔 차량이 드물었다. 이제 천천히 어둠이 몰려오고 있었다. 한서정은 이진욱을 떠나지 못하게 붙잡아야 하는지 고민했다. 붙잡지 않는다면 어떻게 하면 좋을까.

우선은 전금희에 대한 대비책을 마련해야 할 것이다. 전금희가 자신과 이진욱, 둘 다 건드리지 못할 방법을 찾아야 할 것이다. 한서정은 밀려드는 어둠을 내다보며 골똘하게 생각에 잠겼다.

쾅.

무시무시한 소리였다. 무언가와 무언가가 거세게 부딪치는 소리. 날카롭고 거세고 하늘의 어둠을 찢을 만큼 커다란, 심장을 부수는 듯한 파열음. 어디선가 사고가 난 게 틀림없었다.

"어디지? 이 정도면 최소한 사망인데?"

택시기사가 다급한 소리로 말했다. 한서정이 차창을 내리고 앞쪽을 살폈다. 어느새 어두워진 도로는 차 한 대 없이 텅 비어 있었다. 직진하다 왼쪽의 커브 길로 들어서자 마주 오는 방향에서 거대한 덤프트럭이 지나갔다. 혹시 저 차? 분명 앞쪽에 사고가 났고 소리의 데시벨로 봐서는 저 정도 덤프트럭에 부딪힌 소리였는데. 한서정이 멀어져가는 그 트럭을 뚫어져라 바라보았다. 그리고 막 커브를 돌아 나아갔을 때, 보았다. 길가에 거꾸로 뒤집힌 차 한 대를. 택시기사가 놀라 차를 세웠다.

예감일까. 아니면 직감일까. 한서정은 택시에서 내려 뒤집힌 차를 향해 뛰었다.

손에서 달걀 모양 장식이 달린 키링이 떨어졌다. 다급한 발걸음에 그 장식이 밟혔다. 이미 금이 가 있는 장식은 쉽게 부서져 깨져버렸다.

보았다. 오직 단 한 사람, 한서정이 내게로 뛰어오는 것이 보였다.

이진욱은 자꾸만 흐려지는 의식 사이로 한서정이 환하게 웃는 모습을 보았다.

젠장, 살아있을 때 그렇게 웃어달랄 때는 외면하더니 이제야 웃는구나. 한서정의 미소를 보니까 모든 일들이 바로 어제 일 같았다.

처음 행운복권방 문을 밀치고 들어오던 한서정, 힘들지 않냐는 물음에 그저 환하게 웃던 한서정, 조폭에게 쫓겨 도망가던 한서정, 거제 앞바다 요트 위에서 떨고 있던 한서정. 그리고…… 파티장에서 아름다운 모습으로 강준석을 향해 웃던 한서정. 그때 한서정은 정말이지, 너무 아름다웠다.

모든 게 오래전 꿈 같았다. 뛰어오는 한서정을 보면서 점점 의식이 흐려졌다.

딱 하나 후회되었다. 한서정이 조폭에게 쫓겨 도망갔을 때, 스쿠터 뒤에 태우고 함께 어둠 속을 달리던 그때, 한서정 혼자 보내지 않고 끝까지 함께 도망갔더라면, 헤어지지 않고 내내 함께 있었더라면, 그랬더라면 나의 생은 어땠을까.

죽어가면서 이진욱은 가보지 않은 길을 내내 후회했다.

"눈 떠. 눈 뜨라고. 꼭 해야 할 말이 있단 말이야."

어느새 다가와 이진욱 앞에 주저앉은 한서정이 소리쳤다. 한서정이 울었다. 한서정이 쓰러진 이진욱을 부둥켜안았다. 한서정이 이진욱을 안고 울었다. 한서정이 비명을 질렀다. 어둠을 찢을 듯, 먼 데 있는 어둠을 더욱 끌어당기듯, 혹은 어둔 하늘을 쪼갤 듯, 비명과 울음은 한데 뒤섞여 사방에 퍼졌다.

"할 말이 있어. 이제야 간신히 말하려는데, 이제 겨우 깨달았는데……."

한서정이 이진욱을 흔들었다. 흔들어도 대답이 없어서 더욱 흔들었다. 그래도 답이 없어서 이진욱의 얼굴에 뺨을 대고 부볐다. 아직 따뜻한 그의 체온이 고스란히 전해졌다.

이진욱의 손을 잡았다. 힘없이 늘어진 그 손, 한서정이 위기에 처했을 때마다 길을 찾아준 그 손, 한서정이 없는 모든 시간 내내 깨진 달걀 모양의 키링을 쥐고 있던 그 손.

그 손을 쥐고서 한서정은 깨달았다. 나의 영혼은 파괴되었구나. 이진욱이 진짜 사랑이었구나. 그리고 나의 진짜 사랑은 시작도 못 해보고 이렇게 짓밟혔구나. 생은, 이토록이나 내게 잔인하구나. 야속한 운명은 나를 밟고, 나를 찢어놓았구나……. 마음에 분노와 슬픔이 들어차 한서정의 세상은 검정으로 캄캄해지고 딱딱해졌다.

한서정은 하늘을 부르며 울었다. 고개를 쳐들고 아빠가 죽었을 때처럼 울었다. 이진욱이 유일한 생의 증명 아니었던가. 그조차 죽어버려 한서정은 이제 영혼의 고아가 되었다.

가여운 이진욱의 생과 사가 날카로운 칼날이 되어 명치를 찔렀다. 입 속에 든 말들과 가슴속의 슬픔이 부서졌다. 하늘길에는 무심하게, 비행기가 날고 있었다. 비행기의 궤적이 어둠 속에서 희고 가늘게 선을 그었다. 뒤집힌 차 안에는 주인 잃은 여행 가방이 쏟아져 있었다.

무르익은 봄이 자꾸만 다가왔다. 따가워지는 햇살을 손으로 가리며 한서정은 혼자, 창밖을 보았다. 한서정은 아직 안가에서 지내고 있었다. 평범한 일상을 보내고 있었다. 주중에는 회사에 출근해 웃는 얼굴로 강준석의 수행비서로서 차질 없이 일했고 주말을 맞아 자신의 빨래를 스스로 했고 방을 청소한 다음, 갓 내린 커피를 마셨다.

커피는 쌉싸름하고 향기로웠다. 한서정은 그 조화로움을 천천히, 충분하게 즐기듯 한 모금씩 커피를 마시며 음미했다. 창가에 가져다 둔 소파에 앉아, 창으로 가로막혔어도 무람하게 방 안과 밖을 넘나드는 햇살에 대해 생각에 잠겼다.

경계를 아우르는 그 빛은 스스로 다짐하지 않고도 온 세상천지 만물을 키우고, 일으켰다. 기어이 자라나 강한 생명력을 가질 수 있도록 하지 않는가. 경이롭고 아름다운 일이다. 그러나 저 빛은, 저토록 따뜻하고 공평한 햇살은, 점점 더 뜨거워지겠지. 이미 유럽과 아메리카는 여름 온도가 오십 도에 육박하지 않는가. 인간의 비틀린 욕망 때문에 생명을 키우던 햇살은 자신이 키우던 모든 생명을 죽음으로 몰아넣는 심판자가 되어가고 있지 않은가.

비틀린 욕망이라. 욕망의 끝은 언제나 파멸을 끌어당기는 것인가.

한서정은 커피 잔을 들고 자리에서 일어나 창가로 더욱 다가갔다. 햇살이 눈부셔 눈을 찡그렸다. 한서정은 햇살을 등지고 섰다. 그리고 테이블 위에 커피 잔을 내려놓은 다음 핸드폰을 집어 들었다.

자기의 그림자를 등에 업고 한서정은 백도현에게 전화를 걸었다.

"부탁이 있어요."

— 네, 뭐든지요.

지금은 자신의 부탁을 들어줄 사람이 백도현밖에 없다는 걸 한서정은 알고 있었다.

백도현은 이진욱이 죽고 나서 한서정을 찾아왔다. 찾아와서 이진욱이 죽기 전에 한 말을 전했다. 이진욱은 백도현에게 뒷일을 부탁했다. 만약 자기에게 무슨 일이 생긴다면 한서정을 잘 챙겨달라고 다짐을 받았다.

한서정의 부탁을 들은 백도현이 어디서 만나면 좋겠냐며 약속 장소를 물었다. 한서정은 잠시 생각하다가 이윽고 말했다.

"하늘정원에서 만나요."

한서정은 백도현을 하늘정원으로 불렀다.

이진욱을 마지막으로 만나기로 했던 곳. 생의 가장 소중한 것이 무엇인지 깨달았지만 그걸 손에 쥐어보지도 못하고 영영 잃었던 곳. 모든 것이 부서져버려 영원히 영혼의 고아가 되었던 곳. 사무친 그리움이 남은 생을 사슬처럼 묶어버리겠구나, 깨달왔던 그곳으로.

"여기서 이진욱을 만났었습니다."

하늘정원 전망대에 서서 백도현이 말했다. 한서정은 말이 없었다.

"그러고 보면 그 친구는 항상 떠나고 싶었던 모양입니다."

머리 위로 비행기가 낮게 날아 어디론가 가고 있었다. 혹시 호주행은 아닐까, 한서정은 고개를 들어 비행기를 올려다보았다. 온 데를 모르는 바람이 머리칼을 흩날렸다. 백도현이 입은 슈트의 옷깃이 바람에 들썩였다.

"확인해보세요."

백도현이 사진을 한 장 내밀었다.

한서정은 쉽게 그 사진을 받아 들지 못했다. 망설이고, 주저하고, 저어했다. 혹시 짐작이 맞을까 봐, 혹여 생각하는 바로 그것일까 봐.

사실 마음속으로는 그렇다는 것을 알고 있지만 인정하고 싶지 않은 마음이어서, 한서정은 잠깐 더 떠가는 비행기를 보고 있었다.

"이 사람의 사진을 원한다고 해서 저도 놀랐습니다."

자신이 원해서 백도현이 가져온 그 사진을 한서정은 천천히 받아 들었다. 그리고 봉투를 열었다. 깊은 한숨이 이어졌다. 온 데를 모르는 바람이 하늘정원의 들판 위로 쓸려 다니다가 한서정에게 와 닿았다. 자신의 몸에 닿은 봄바람에도 한서정은 몸을 떨었다. 마치 동지섣달 칼바람이라도 되는 듯, 바람은 온 몸뚱이 여기저기를 마구 찔러댔다.

한서정은 오그라트리는 심정으로 주먹을 움켜쥐었다. 손에 들려 있던 사진이 함부로 구겨졌다. 이제 어찌해야 하는가. 마침 내 진실을 알아버렸으니 무엇을 해야 하는가. 대체 나는 무엇을 할 수 있을까.

말해줘. 내가 무얼 하면 되는지 말해줘, 이진욱. 제발.

"맞습니까?"

백도현이 물었다.

"네."

한서정이 대답했다.

"역시 그렇군요."

사진 속 남자는 이십 대 후반쯤 되어 보였다. 잘 빗어 넘긴 머리에, 표정이 드러나지 않는 무심한 얼굴, 날카로워 보이는 눈빛. 이 사람이었다. 보자마자 알 수 있었다. 물론 그때는 다른 모습이었다. 검은 옷에 검은 모자를 쓰고 있었다. 그래도 알 수 있었다. 결코 잊을 수 없었다.

한서정이 이진욱을 만나기 위해 하늘정원으로 달려가던 그때, 이제 막 왼쪽 커브를 돌면 이진욱을 만나게 되는 바로 그때, 커브의 안쪽에서 막 돌아 나오던 덤프트럭, 그 트럭의 운전사였다. 그때는 몰랐다. 세상을 부수는 듯한 파열음이 들린 직후에

유유히 빠져나가던 그 트럭의 운전사를 택시 안에서 잠깐 보았을 뿐이었고, 금세 잊고 말았다. 그 얼굴을 선명히 떠올린 건 며칠이 지난 뒤였다.

　이진욱이 죽고 한서정은 며칠째 잠을 이루지 못했다. 어느 날은 큰 맥주잔과 소주를 꺼내 왔다. 그리고 잔에 소주 한 병을 모두 따랐다.

　"나는 딱 한 잔만 마실게."

　어딘지 모를 곳을 향해 한서정은 말했다. 잔을 높이 들었다가 이내 잔에 든 소주를 다 마셨다.

　큰 잔에 따라 마시는 깡소주란 이런 거구나. 이진욱은 이런 마음으로 소주를 마셨던 거구나. 오롯이 혼자라는 게 뼛속 깊이 아플 때, 며칠 동안이나 잠을 자지 못할 때, 아무도 말을 주고받을 사람이 없을 때 마셨겠구나.

　한서정의 눈가로 눈물이 흘렀다. 그녀는 비스듬히 바닥에 쓰러져 까무룩 잠이 들었다.

　웃어봐.

　꿈속에서 이진욱이 그렇게 말했다.

　넌 내가 자동인출기라도 되는 줄 아냐? 네가 웃으라면 내가 뭐, 시도 때도 없이 헤벌레, 웃을 줄 알고?

　한서정은 괜히 툴툴거렸다. 그러면서 동시에, 웃었다. 환하게. 햇살처럼 따뜻하게. 이진욱을 바라보면서.

두 사람은 서로를 바라보면서 걸었다. 손을 잡고 걸었다. 행운 복권방 앞이었다. 두 사람이 지날 때마다 동네 사람들이 쳐다보며 함께 웃어주었다. 햇살이 따뜻했고 가벼운 웃음소리는 공기를 타고 올라갔다.

원주시 외곽 소도시의 오래 묵어 낡은 거리는 정겹게 두 사람의 발걸음을 받아주었다. 소풍 길이라도 되듯 발걸음이 가벼웠다. 거의 총총거린다고 말할 수 있을 정도였다. 그렇게 꿈속에서 한서정은 진짜인 자기 모습으로 이진욱과 행복을 느꼈다.

소풍 길의 저 끝에서 흙먼지가 일어났다. 두 사람은 서로를 바라보며 급하게 일어서느라 소용돌이치는 흙먼지를 보지 못했다. 이어 구르릉, 육중한 바퀴가 구르는 소리가 바닥을 울렸다. 바닥에 균열을 일으키며 덤프트럭의 바퀴가 구르고 굴러 두 사람에게 육박했을 때, 이진욱은 손을 들어 한서정의 뺨을 쓸어내렸다.

그 손을, 언제나 한서정에게로 향해 있던 그 손을, 한서정은 공중에서 놓쳐버렸다. 이진욱의 몸뚱이가 공중으로 날고, 곧 바닥으로 추락했다.

"아악!"

비명과 함께 잠에서 깨었다. 그리고 알아차렸다. 꿈속에서 다시 한번 보았다. 이진욱을 덮친 덤프트럭, 그 트럭의 운전석에 앉아 있던 이의 얼굴을.

한서정이 백도현에게 부탁을 한 것은 그즈음이었다. 전금희의 운전기사 사진을 가져다 달라는 부탁이었다.

한서정은 사진을 들여다보면서 입술을 물었다.

"이제 어쩔 겁니까?"

잠자코 기다리던 백도현이 물었다.

한서정은 대답하지 않았다. 할 수가 없었다. 어떡해야 하는지 몰랐으니까. 그저 영혼이 빠져나간 듯 텅 빈 얼굴로 하늘을 보았다. 이진욱은 쓸쓸할 때 이곳에 와서 이렇게 비행기를 올려다보았을까.

"만약의 경우 전해달라고 하더군요."

백도현이 깜빡했다는 듯, 서류 봉투 하나를 더 꺼내 한서정에게 내밀었다.

"이게 뭐죠?"

한서정의 물음에 백도현이 말없이 서류 봉투를 내려다보았다. 직접 열어보라는 뜻이었다.

한서정은 그것을 천천히 열어보았다. 이윽고, 눈물이 흘렀다. 눈물은 멈추지 않았다.

백도현은 한서정에게서 거리를 두고 하늘을 올려다보고 있었다. 한서정이 충분히 울 수 있도록 배려했다.

'진작 함께 떠났어야지.'

마치 자신의 죽음을 예견이라도 한 듯, 저에게 이런 부탁을 남긴 이진욱을 속으로 원망했다.

벌판을 가로지르는 바람이 머리칼을 흔들었다. 바람에는 부추기는 힘이 있어, 어떤 감정들은 솟구치게 만든다. 좋은 친구가 될 줄 알았는데. 백도현의 눈가로 습기가 맺혔다.

이진욱은 서둘러 호주행을 결정하고 그 서류들을 백도현에게 보냈었다. 최대한 빨리 떠날 참이었지만 전금희가 어찌 나올지 알 수 없었다.

"이걸 왜 나한테 떠넘기는 건데? 직접 주던가, 아니면 아예 함께 떠나던가."

서류를 확인한 백도현이 볼멘소리를 했다.

"적어도 너라면 그걸 갖지는 않을 거잖아."

이진욱의 대답에 백도현이 웃었다.

"그렇지. 내가 가질 필요는 없지."

가질 필요가 없는 사람이기에 백도현은 그 서류들을 떠맡게 됐다. 재산이라면 이미 차고 넘치게 많으니까. 바로 호주 집의 등기 문서였다. 그 집은 한서정 명의로 되어 있었다.

봉투 안에는 집 등기 문서 말고도 서류들이 더 있었다. 안전한 스위스 은행에 마련된 계좌와 비밀번호. 마찬가지로 계좌는 한서정 이름으로 되어 있었다.

그러니까 그것은 이진욱이 남긴 전부였다. 이진욱은 그걸 모조리 한서정 이름으로 해두었다.

자신이 언젠가 죽을 걸 알기라도 했던 것일까.

한서정은 흐느낌을 멈출 수 없었다. 그가 그림자로 어둠 속에 살면서 남긴 결과였다. 이진욱의 고통과 슬픔과 외로움 그리고 오직 단 한 사람, 한서정에 대한 마음이 집약된 것이었다.

대체 그런 삶이란 어떤 것이었을까. 내가 모르던 시간 속에서 이진욱은 무엇을 견디며 살아왔던 걸까. 아마도 견디지 못할 것들을 견디며 살았을 것이다. 날마다 깡소주를 들이마셔야 삼켜 낼 수 있던 날들이었을 것이다. 그러고도, 제대로 살아지지 않는 시간들이었을 것이다…….

그 서류들을 들고 한서정은 내내 눈물을 흘렸다. 대체 언제부터 이것들을 모두 내 이름으로 해두었던 걸까. 순식간에 부자가 되어버린 한서정의 부서진 가슴 속으로 붉은 눈물이 타고 흘렀다.

한서정은 서류 봉투를 가슴에 안고 하늘을 보았다. 속으로 이진욱을 불러보았다. 그리고 알았다. 저절로 알 수 있었다. 앞으로 무엇을 어떻게 해야 하는지를.

판단은 빨랐고, 결정은 주저 없었다. 한서정은 자신이 거침없이 실행할 수 있으리라는 걸 자연스럽게 느꼈다.

텅 비어버린 듯한 얼굴에 천천히 단 하나의 의지가 떠올랐다. 초점은 점차 한곳으로 모였고, 입술은 굳게 맞물렸으며 슬픔으로 둥글게 굽었던 등허리는 스스로를 지탱하는 기둥처럼 똑바로 솟아올랐다. 그래, 바로 그것이 자신이 마지막으로 해야 할 일이었다.

한서정은 떨어져 서 있는 백도현의 뒷모습을 보았다. 혼자서는 어렵다. 누군가의 도움이 필요하다. 백도현의 뒷모습은 당당하고 자신감 넘쳐 보였다. 금수저로 태어난 새끼 호랑이. 내가 백도현에게 도움을 청한다면 그는 뭐든지 돕겠다고 할 것이다. 그것이 무엇이든 자신에게 도움이 될 거라는 걸 본능적으로 알테니까.

백도현은 한서정에게도 유용할 것이다. 그러나 결과적으로 놓고 보자면, 재벌 세습을 원하는 주인 백도현을 위해 일하는 하인 한서정이 될 뿐일 것이다. 백도현의 일은 백도현이 알아서 할 일이다. 내가 그의 영역으로 들어갈 필요는 없다. 그렇다면…….

이번에도 잠시 고민했고, 빠르게 판단했고, 또 주저 없이 결정했다. 이윽고 거침없이 행동을 시작했다.

"저예요."

한서정은 누군가에게 전화를 걸었다.

— 말씀하십시오.

누군가 대답했다.

"부탁이 있어요."

한서정은 낮고 담담한 어투로 부탁의 말을 전했다.

— 알겠습니다. 준비하겠습니다.

상대방 또한 감정이 느껴지지 않는 톤으로 대답했다.

하인학교의 사감이었다.

표정 없는 얼굴에 어디서 잔뼈가 굵은 것인지 짐작할 수 없는 사람. 언제나 주어진 일에만 집중할 뿐 그 외 어떤 것에도 관심을 보이지 않던 사람. 생에 하인학교 외에는 아무것도 남지 않은 건 아닐까, 생각하게 만드는 사람.

처음에는 학생들을 수감자 다루듯 한다고 느꼈으나, 알고 보니 엄격한 방식으로 하인학교에 잘 적응할 수 있도록 돕고 있던 사람. 이제는 한서정과 서열이 바뀌어서 한서정의 하인이 된 바로 그 사감. 한서정은 하인학교의 폐교와 정이화와 이진욱의 죽음이 사감을 움직일 것이라는 걸 알았다.

이제 마지막을 향해 가야 한다. 그것이 내가 해야 할 일이다. 한서정은 눈물을 닦았다. 서류 봉투를 가슴에 안았다. 그리고 천천히 앞을 향해 걸어갔다.

백도현은 말없이 멀어지는 한서정을 바라보았다. 각자의 길로 갈라지는 것이다. 백도현도 한서정과 반대 방향으로 걸어갔다. 나의 일은 오롯이 내가 헤쳐나갈 것이다. 내가 어떤 자리에 있어야 한다고 생각한다면, 나 스스로 그걸 증명해 보일 것이다.

각자의 운명을 향해 걸어나가는 두 사람의 뒷모습을 지나는 바람이 쓸어주었다. 어둠이 깔리고 있어서 바람은 낮고, 쓸쓸했다. 멀리 머리 위로 비행기가 하늘에 하얀 선을 그으며 지나갔다.

백성철이 이끄는 그룹의 본사에 있는 광장처럼 너른 강당은 행사 준비로 바빴다. 내빈을 위한 의자들과 테이블이 세팅되었고 테이블 위에는 플로리스트가 오늘 아침에 작업한 꽃들이 품격 있게 장식되어 있었다. 그 옆으로 각종 음료와 와인들이 올려져 있었다. 적당한 조도의 조명이 행사장을 은은하게 비췄고 강당 입구와 연단이 있는 앞자리까지는 폭신한 카펫이 깔렸다.

"호텔의 그랜드볼룸을 빌리면 간단할 걸 왜 사서 고생이야?"

"무려 창사 삼십 주년 기념행사예요. 돈 주고 남의 손에 다 맡기는 것보다 내가 직접 준비하면 더 의미가 있지 않겠어요? 우리 회장님, 내가 정말 축하드리는 뜻으로요."

백성철의 물음에 전금희가 웃으며 대답했다.

"그렇게 말하니까 또 그러네. 집안 잔칫날 안주인이 직접 준비하면 나야 물론 좋지만 당신이 힘들까 봐 그러지."

"걱정 마세요. 행사 끝나고 내 수고비는 우리 회장님에게 톡톡히 청구할 테니까."

전금희의 농담에 백성철이 유쾌하게 웃었다.

"정말 기대되는걸."

"두고 보세요. 정말 멋진 기념일이 될 거예요."

전금희는 자신감 넘치는 표정으로 백성철에게 대답했다. 전금희는 스스로 기대에 부풀었다. 행사를 잘 치르고 양양 리조트 사업을 성공적으로 끝내고 나면 그룹 내 입지는 확실히 백성철 다음이 될 것이었다.

"준비는 차질 없이 되어가죠?"

전금희가 미소 짓는 표정으로 물었다.

"네, 사모님."

"회사 내에서는 그렇게 부르지 말라니까."

"아, 네. 이사장님."

직원이 작게 고개를 꾸벅이며 인사했다.

"어느 때보다 중요한 날이니까 더욱 세심하게 준비 부탁해요."

전금희는 손수 의자에 내빈의 명찰을 붙이면서 행사장을 세팅하는 직원들의 일손을 도왔다.

"저희가 해도 되는데……."

직원들이 직접 허드렛일을 하는 전금희를 보며 안절부절못했다.

"바쁜 날 네 일, 내 일이 어디 있겠어요. 내 손도 놀고 있으면 뭐 해. 이런 일이라도 도와야지."

농담 같은 너스레에 직원들이 웃었다.

전금희는 직원들의 웃음을 보는 것이 좋았다. 내 회사의 직원들은 좀 더 안정되고 좋은 환경에서 일하게 하고 싶은 의지가 더욱 솟았다. 곧 그렇게 될 것이다. 내가 그렇게 만들 거니까.

하인학교의 모든 정보와 힘을 고스란히 손에 넣지 않았나. 그 힘을 어떻게 사용해야 하는지 전금희는 누구보다 잘 알았다. 위를 통제하고 조절하여 아래를 탄탄하게 만들 것이다. 모든 것들이 한곳, 위로만 향해 가던 흐름을 바꿀 것이다. 힘 있고 돈이 있는, 위에 있는 사람들이 부당하게 힘을 축적하지 못하도록 막아서 그 돈과 힘이 아래로 순하게 흐를 수 있도록 만들 것이다.

전금희는 사세 확장과 신사업 추진에 거침이 없었다. 원하는 일을 하기 위해서는 더 큰 힘이 필요했으니까. 자신의 행보에 걸림돌이 되는 사람들의 약점을 이용해 그들의 숨통을 틀어쥐었다. 그들의 내연관계와 횡령과 분식회계를 비롯해서 세상에 떳떳하게 내놓지 못하는 비밀들을 이용했다.

그렇게 힘을 키워 새로운 기업문화를 만들어나갈 것이다. 전금희로부터 시작된 새로운 모델은 커다란 성공을 동반하여 세계로 퍼져나갈 것이다. 그리하여 모든 일하는 자들이 꿈꾸는 곳이 될 것이다. 올바른 방향으로 나아가는 지표가 될 것임을 전금희는 의심하지 않았다. 그 어느 때보다 자신감이 넘쳤고 더욱 고개 숙여 아래를 굽어보았다. 혹여 부당한 일을 당하고도 말하지 못하는 경우가 없도록 사내 제도 또한 정비했다. 자유로운 조직문화를 혁신하기 위해 여러 가지 개선 방안을 마련 중이었다. 동시에 더 세심하게 직원들 개개인에게 신경 썼다.

그러느라 매일 정신없이 바빴다. 잠을 줄여가며 해야 할 일들을 해도 다음 날이면 더 많은 일들이 전금희의 책상 위에 쌓였다.

"요즘 회사 일은 당신 혼자 다 하는 것 같아. 그러다 당신 건

강 망가지면 난 어쩌라고."

백성철이 웃으며 말하곤 했다.

"천천히 해. 누가 쫓아오는 줄 알겠어."

오죽하면 백성철이 전금희의 건강을 염려했다.

전금희는 안 그래도 오늘 창사기념일 행사를 치르고 나면 백성철과 백도현, 백도희와 함께 어디 가족여행이라도 다녀오자고 할 참이었다. 이제 막 첫 삽을 뜬 양양 리조트 부지가 내려다보이는 동해안도 좋을 것이고, 아니면 몰디브나 프랑스 남부 쪽도 좋겠지. 그리스 해변에 앉아 지중해의 석양을 바라보아도 좋을 것이다.

백성철과 결혼할 때, 사별 후 재혼이라 최대한 조용히 치르는 편이 낫겠다는 전금희의 의견으로 제대로 신혼여행도 다녀오지 못했다. 다 함께 가족여행을 가면 더 좋겠지. 얼마나 뿌듯할까. 생각만으로도 전금희는 이미 그 행복한 풍경 안에 들어가 있는 것만 같았다.

우선은 오늘 행사를 완벽하게 치러야겠지. 전금희는 가슴이 부풀었다. 내일부터 우리 회사의 모든 직원들은 언제 쫓겨날까 전전긍긍하며 불안에 떨지 않을 것이다. 안정적인 수입에 주말에는 가족과 함께 미래를 꿈꾸는 시간을 보낼 것이다. 바로 오늘, 모든 계약직 직원들의 정규직 전환을 발표할 거니까.

전금희의 모든 행보를 적극 지지하는 백성철이었지만, 이번만큼은 그도 크게 우려했다. 아직 그럴 때가 아니라고 판단했다. 그러나 전금희는 강하게 주장했다. 곧 리조트도 오픈하는데다, 그 외 계열사들도 사세가 크게 확장될 거라고 설득했다. 전금희는 백성철을 설득하기 위해 우리 직원들이 해고 걱정 없이 안정된 삶을 사는 것이 보고 싶지 않냐며 눈시울을 붉히기까지 했다.

계약직의 정규직 전환은 직원들의 애사심과 사기를 끌어올릴 것이다. 그 아드레날린이 생산성과 효율성을 수직으로 상승시킬 것이다. 거기서 빚어지는 다른 부작용들은 성과급 제도 등 새롭게 정비되는 회사 내규로 커버할 것이다.

전금희는 자신감이 넘쳤다. 자기가 가진 힘이라면 충분히 가능한 일이었으니까. 전금희는 목에 걸린 차가운 열쇠의 촉감을 느꼈다. 이 무소불위의 칼이 마법처럼 새로운 세상을 열어줄 것이다. 누구도 가보지 않은 길의 이정표가 되어줄 것이다. 나는, 새로운 미래를 열어나갈 개척자가 될 것이다.

"그래, 알았어. 당신이 그렇게까지 확신하는 데는 다 이유가 있겠지. 나도 평생 원했지만 못했던 거, 당신 덕분에 한번 해보자고."

백성철이 고개를 주억거렸다. 전금희의 말처럼 그렇게만 된다면 추후 그룹 전체를 맡겨보는 건 어떨까 생각했다. 백성철은 새삼스럽게 소녀처럼 발갛게 상기된 전금희를 보았다.

저런 패기와 의지라면 한동안 하는 대로 두고 보는 것도 나쁘지 않겠지. 모든 일에는 기세가 있는 법이다. 기세를 탔을 때 달려가는 것은 당연한 일 아니겠나. 전금희는 지금 바로 그 기세 위에 올라타 있다. 고속열차처럼 질주하는 전금희를 두고 백성철은 그녀에 대한 평가를 당분간 유보하기로 했다.

"아얏."

직원이 아픈 소리를 냈다. 전금희가 달려갔다.

"저런. 조심하지 않고."

직원이 실수로 유리컵을 떨어트리고는 당황한 나머지 맨손으로 집어 들다 상처를 입은 거였다. 황급히 구급상자를 가져오라 시킨 뒤 전금희는 손수 직원의 상처를 돌봐주었다.

"감사합니다, 이사장님."

"감사는 무슨, 김금희 씨. 어머, 나랑 이름이 똑같네."

전금희가 김금희의 가슴에 붙어 있는 '대리 김금희' 명찰을 보고 반갑게 말했다.

"네, 이사장님."

"승진이 빠르네. 아직 앳돼 보이는데 능력이 좋은가 보다, 우리 김금희 씨는."

'우리 김금희 씨'라고 불린 김금희가 수줍게 얼굴을 붉혔다.

"평소 이사장님을 존경하고 있습니다."

"아우, 존경은 무슨. 우리, 금희라는 이름을 가진 사람들끼리 언제 한번 뭉쳐요."

"정말요?"

"내가 맛있는 피자 쏠게. 진짜 숨은 맛집을 내가 알거든."

"네, 이사장님. 연락 기다리겠습니다."

"거참, 씩씩하게도 대답하네. 마음에 쏙 들어."

전금희가 환하게 웃으며 칭찬했다.

전금희는 김금희 섭외에 진심이었다. 마침 이름이 같지 않은가. 사람들은 이상한 게, 그런 우연의 일치를 무슨 운명처럼 받아들이지 않는가. 생일이 같다든가, 출신지가 같다든가, 하다못해 혈액형이 같다든가. 전금희는 그런 식으로 많은 이들과 공감대를 만들어 연결해두었다. 이유는 단 하나였다. 내 사람을 만들기 위해서였다. 위에 있는 사람들도 필요하지만 정말 중요한 일에는 아랫사람들이 더 유용하게 쓰인다. 하인학교에서 그걸 뼈저리게 배웠다.

그래서 이미 각계각층의 집안에서 일하는 하인들을 매수해두었다. 주인들의 약점이 되는 정보들을 그들이 내게 물어다 줄 것이다. 그들의 사생활과 몰래 앓고 있는 병과 대외비인 기밀들을.

그들은 가장 낮은 곳에 있는 까닭에 가장 은밀한 곳까지 파고들 수 있다. 무릎을 굽히고 바닥에 엎드려 일하는 사람들이 무엇을 할 수 있는지 주인들은 다 알지 못하는 법이다.

지금까지의 정보는 이미 손에 넣었다. 전금희는 지금부터의 정보까지 손에 넣을 작정이었다. 사회 곳곳의 모든 정보를 수집하고 장악할 것이다. 그들의 약점을 손아귀에 틀어쥐고 나의 무기로 만들 것이다. 가능한 많은 정보를 모아서 그 집에 축적할 것이다. 그 집은, 계속 부풀어 오를 것이다. 그 집의 천장이 높아

질수록 나의 힘은 강해질 것이다.

전금희는 거대한 정보의 집에 둘러싸인 환상에 젖어 들었다. 그렇게 자신만의 성을 지을 작정이었다. 야심과 탐욕과 잔인함과 환상이 엉겨 덩어리진 상징. 전금희는 그게 되어가고 있었다.

창사 삼십 주년 기념행사는 물 흐르듯 진행되었다. 그룹 내부의 고위직들과 외부의 초청 인사들이 한자리에 모여 서로 축하했다.

우수사원을 선발해 표창하고, 즉석에서 전 사원에게 특별 보너스를 지급했다. 여기저기서 입금을 알리는 딩동, 소리가 울리자 직원들이 환호했다.

분위기는 무르익었고 전금희는 상기되었다.

"당신 오늘 유난히 예뻐 보이는데?"

기분이 좋은 백성철이 전금희에게 농담 섞인 칭찬을 했다. 그 말은 사실이었다. 전금희는 어느 때보다 품위 있었고 위압적이지 않은 모습으로 직원들과 스스럼없이 어울리면서 그들의 존경 어린 시선을 한 몸에 받고 있었다. 전금희는 오늘, 가장 빛났다.

"그럼 행사 끝나고 내 부탁 하나 들어주세요."

"뭐든지."

전금희의 말에 백성철이 미소를 지으며 답했고, 전금희도 빛나는 미소로 화답했다. 그룹의 하반기 경영 전략도 짜야 하고 유럽과 남미 쪽 영업 라인도 키워야 하고 그룹의 이미지 제고를 통한 브랜드 가치 상승도 중요했고 양양의 리조트도 하루가 다르게 올라가고 있어서 정신없이 바빴다. 전금희는 그룹의 전략 기획실장 자리를 요구할 작정이었다. 그룹 전체를 파악하고 장악해나갈 때가 되었다.

행사는 막바지로 향해 갔다. 이제 그룹의 미래 비전을 담은 영상과 양양의 리조트 홍보 영상을 다 함께 시청하고 뒤풀이 파티장으로 가면 끝이었다.

전금희가 실무자에게 고개를 끄덕여 사인을 보냈다. 영상을 틀라는 신호였다. 장내에 불이 꺼지고 음악이 흐르기 시작했다. 장내 아나운서 멘트에 따라 모든 사람들이 그룹의 화려한 미래에 대해 감탄할 준비를 하고 있었다. 이윽고 전면을 다 차지하는 스크린에 영상이 들어왔다.

— 알죠, 전금희. 그 여자 때문에 내 인생이 이 모양이 됐는데 어떻게 잊겠습니까?

영상 속에서 한 남자가 기가 막힌다는 듯 혀를 찼다. 영상을 보던 사람들이 당황해 웅성거리는 사이 남자의 말은 이어졌다.

— 나도 한때는 은행원으로 잘나갔어요. 옛날에는 은행원이 참 촉망받는 직업이었거든요. 능력을 인정받아 막 다른 은행에 스카우트되었으니까요. 그런데 그런 일이 생길 줄 누가 알았겠습니까? 아니라니까요, 절대 아니에요. 그 여자가 먼저 꼬리 쳤다니까요. 내가 마지막으로 짐 챙기러 지점에 갔는데 그 여자 혼자 있더라고요. 다 퇴근한 밤에 뭘 하고 있던 건지는 모르겠

지만 나를 보고 어찌나 간들거리면서 옆에 찰싹 붙던지. 새로 이직한 은행으로 자기도 불러달라면서 그랬다니까요. 물론 그걸 제지하지 못한 것이 잘못이라면 잘못이지만, 그 밤에 아무도 없는 곳에서 젊은 여자가 그렇게 들러붙는데 어떤 남자가 뿌리치겠어요?

전금희가 자리에서 벌떡 일어났다. 영상을 튼 직원을 쏘아보았다. 직원이 당황해 어쩔 줄 몰라 했다.

그룹의 미래 비전을 제시하고 직원들의 사기와 자부심을 북돋워줄 자료가 상영되기로 되어 있지 않았는가. 그런데 대체 이게 뭐란 말인가. 영상은 화려한 이미지 대신 추레하고 늙은 남자 하나가 화면 전체를 차지하고 있었다. 남자의 눈 주위는 모자이크되어 있었다. 남자는 화가 난다는 듯 공중을 향해 주먹을 휘둘렀다.

— 그래놓고 성폭행당했다면서 나를 이쪽저쪽에 다 찔렀어요. 이쪽에선 이미 사표 처리 된 상태고 저쪽에서는 문제 될 사안을 가진 나를 군이 무리해서 데려갈 필요가 없다고 판단한 거죠. 그 때문에 집에서도 알게 돼서 결국 이혼당하고. 내 인생 망했어요. 그년을 잡으려고 전국 안 돌아다닌 데가 없어요. 지금이라도 그년이 앞에 있으면 가만두지 않을 겁니다. 그년을 죽이고 나도 죽을 겁니다…….

남자는 화면 속에서 울고 있었다.

장내가 웅성거렸다. 어떤 상황인지 몰라 모두 당황했다. 장내

아나운서가 영상을 끄라는 신호를 보냈지만 어쩐 일인지 영상은 멈추지 않았다. 영상 담당자에게 전화를 걸어도 받지 않았다. 무슨 까닭인지 영상실 직원들이 모두 잠들어 있었다. 그걸 알리 없는 행사장 내 다른 직원들이 영상실을 향해 뛰었다.

그사이에도 영상은 계속 화면에 흐르며 장내를 장악하고 있었다. 어느새 화면에는 더 늙어 꼬부라진 노인이 나왔다.

— 안 돼. 나를 숨겨줘. 그년이 오면 나도 죽일 거야!

뼈만 남은 앙상한 노인이 소리를 지르며 몸을 떨었다. 그러더니 이내 일어나 주변의 물건들을 집어 던지고 부수기 시작했다.

— 네년이 나를 죽이러 온 줄 내가 모를 줄 알아? 나쁜 년. 제 어미를 잡아먹고 이제 제 애비도 죽이러 온 무서운 년!

노인은 눈앞에 누가 있기라도 한 듯 허공을 노려보았다. 두 손은 벌벌 떨리고 눈은 초점이 흐려져 있었다. 허공에다 대고 아무렇게나 주먹을 휘둘렀다.

— 딸년 먹여 살리겠다고 날마다 갱도에 들어가 석탄 캐다 바쳤더니, 배은망덕한 년. 감히 어디서 나를 욕해? 술 가져와. 술 가져오라고.

노인은 소리를 질렀다. 환청도 듣는 것 같았다. 알코올성 치매였다.

— 전금희, 네년은 내 딸도 아니야. 나를 죽이러 왔겠지만 어림도 없다. 난 안 죽는다. 난 끝까지 살 거야.

모두가 전금희를 쳐다보았다.

그룹의 안주인이자 재단 이사장이자 양양 리조트 총책임자인 전금희를.

어릴 때 사고로 부모를 모두 잃고 국비장학생으로 예일대에 다녔다고 알려져 있는 전금희를.

홀로 힘들 때면 예일대의 웅장하고 고풍스러운 석조건물 앞 잔디밭에 누워서 혼자 울곤 했다던 그 전금희를.

전금희는 부들부들 떨었다. 영상은 분명 자신에 대한 증언이었다. 고졸 은행원으로 직장 상사에게 꼬리친 것도 모자라 그의 인생을 파탄 낸 파렴치한 년. 탄광촌에서 시커먼 재를 뒤집어써 가며 석탄 캐 먹여 살리던 아버지를 배신하고 제 어미를 죽게 만든 데다 늙은 아비를 정신병원에 처넣은 년.

그래놓고 뻔뻔하게 고상한 척, 품위 있는 척, 수많은 사람들에게 사기를 치고 있는 년. 겁도 없이 재계 순위권의 재벌에게 접근해서 지금의 자리를 차지한 꽃뱀. 그것이 영상 속 전금희였다.

'정신 차려!'

전금희는 속으로 스스로에게 소리 질렀다. 사태를 냉정하게 판단해야 한다. 어찌해야 할 것인가. 어떻게 해야 살아남을 것인가.

문득 생각나는 이름이 있었다.

이혜신. 하인학교 출신 재계 십 위권 기업의 안주인이었던 그녀의 죽음이 반사적으로 떠올랐다. 이혜신이 운영하는 장학재단의 파티. 그 파티장에서 떠오른 영상이 그녀를 집어삼켰다는 것도.

이혜신의 집에서 일하는 청소부가 나와서 말했었다. 그룹 안 주인이 소망보육원 출신임을. 강남의 한 지하 룸살롱에서 접대부로 일했음을. 이어 그때 만났던 남자들이 증언을 했었다. 이혜신이 얼마나 웃음이 헤프고 꼬리를 잘 쳤는지……. 그날 밤, 이혜신은 스스로 목을 맸다.

이제 알았다. 전금희는 순식간에 모든 걸 알아차렸다.

하인학교가 꾸민 짓이다.

이건 하인학교가 졸업생을 제거하는 방식이었다. 하인학교의 졸업생들은 모두 자신의 근원과 뿌리를 감춘 채 가짜 신분으로 그 자리까지 올라갔다. 하인학교의 힘으로 불행한 과거는 지우고 사람들의 연민과 사랑을 끌어올 수 있는 새 프로필을 받아 인간 승리의 드라마를 완성해낸 입지전적 인물이 된 것이다. 그러므로 하인학교는 졸업생을 제거할 때, 그것을 이용한다.

지금이 꼭 이혜신의 자살 때와 같지 않은가. 되돌릴 수 없도록 만천하에 과거를 까발려 사회적으로 살인하기. 스스로 목숨을 거두도록.

나는…… 이혜신처럼 자살하지 않을 것이다.

죽지 않을 것이다. 살아남을 것이다. 나의 모든 욕망과 행동은 오직 단 하나, 살아남기 위한 과정일 뿐이다. 어차피 산다는 것은 끝없이 시련을 감내하는 일이다.

나는…… 파멸하지 않을 것이다.

나는 다르다. 내겐 힘이 있다. 무슨 수를 쓰든, 어떤 힘을 동원하든 이 상황을 바꾸고 다시 내 자리로 돌아올 것이다. 이대로 다 빼앗기고 죽진 않을 것이다. 누굴까. 설마…… 정이화가 살아 있나? 그렇다면 그 집은 지금…….

없애기 전에 가야 한다. 전금희는 자리를 박차고 일어났다.

백성철이 붙잡았다. 어찌 된 일인지 물었다. 전금희는 백성철을 돌아보지 않았다. 매몰차게 그의 손을 뿌리쳤다.

혼이 빠진 듯한 표정으로 정신없이 뛰었다. 어서 가야 한다. 정이화, 이 늙은이가 또 어떤 수작을 부리기 전에 가야 한다. 가서, 그 집을 지켜야 한다. 나의 모든 것을 거기서부터 바로잡을 것이다. 그 집 안에 있는 정보가, 사람들의 약점이, 나의 힘이 될 것이다.

정이화가 살아있다면 이번에는 내 손으로 죽일 것이다. 확실하게 끝장낼 것이다. 내 인생을 해코지하려 든 대가를 치르게 할 것이다.

전금희는 이를 악물었다. 직접 차를 몰았다. 액셀을 밟은 발끝에 자꾸 힘이 들어갔다. 어서, 빨리, 가야 한다. 시간이 없다. 전금희는 조급해졌다. 목에 걸린 것을 확인했다. 그것은 여전히 그 자리에 차가운 쇠의 감촉을 전하며 걸려 있었다. 그 집의 열쇠. 이것만 있으면 난 곧 다시 돌아올 거야. 전금희는 앞쪽 어딘가를 노려보았다.

"하······."

그제야 전금희는 안도의 한숨을 내쉬었다.

인적 드문 골목길 끝 집. 높은 벽돌 담장을 올려다보다 굳게 닫힌 철문을 바라보았다. 늦지 않았구나.

전금희는 목에서 열쇠를 꺼내 철문을 열었다.

끼익. 쇳소리의 파열음이 들렸다. 전금희는 돌계단을 따라 올라갔다.

우선 영상을 처리해야 할 것이다. 영상 속 남자가 허위 증언을 했다는 사실과 치매 노인이 전금희의 아비가 아니라는 사실을 증명해야 할 것이다. 전금희에게서 돈을 뜯어내려는 수작이었다는 것을 만천하에 보여줘야 한다. 영상 속 등장인물을 배후에서 조정한 이가 따로 설정되어야 하겠지. 전금희는 그렇게 시나리오를 짰다. 검찰총장. 그래, 그쯤이면 되겠지. 이제 집에 들어가서 약점을 파악한 뒤, 곧바로 그를 만날 것이다. 이후 과정은 자신의 시나리오대로 검찰총장이 매끄럽게 수습할 것이다.

현관문 앞에서 비로소 전금희는 다시 미소 지을 수 있었다. 그렇게 해결될 일이다. 별것도 아닌 해프닝으로 끝날 것이다. 전금희는 사기 사건의 피해자가 될 것이다. 백성철과 모든 사람들 앞에서 눈물을 흘릴 것이다. 그렇게 하면 끝까지 믿어준 사람과 의심한 사람을 구분 지을 수 있을 것이다. 그러면 진짜 내 사람을 가려낼 수 있겠지.

드디어 웃음이 나왔다. 그러면 오히려 전화위복이 되지 않겠는

가. 사람을 얻는 것만큼 든든한 힘이 어디 있겠는가. 자, 이제 집 안으로 들어가 검찰총장을 움직일 정보만 확인하면 그만이다.

전금희는 현관문 손잡이에 손을 얹었다.

그러나, 전금희의 입가에 새겨진 미소와 달리 손잡이를 잡은 손은 떨리고 있었다. 강원도 탄광촌 출신인 전금희. 재투성이 소녀에서 갖은 불행과 고난을 거쳐 마침내 한 그룹의 안주인 자리를 꿰찬 신데렐라. 이제 새로운 시대를 열고 미래를 향해 솟아오르려는 찰나에 눈앞에 뻥 뚫린 낭떠러지 앞에 선 전금희.

나는, 이따위 운명의 폭풍 앞에서 쓰러지지 않을 것이다. 나는, 반드시 살아남을 것이다. 나는, 보란 듯이 우뚝 설 것이다.

오래된 현관문은 끼익, 쇠가 긁히는 소리를 내며 열렸다. 녹이 슨 경첩이 미세하게 쓸리면서 먼지처럼 공중에 쇳가루가 흩어졌다. 막 노을이 지기 시작하는 바깥보다 조명이 꺼진 실내는 더 어두웠다. 전금희가 안으로 들어서자 철컥, 하는 소리를 내며 등 뒤에서 현관문이 닫혔다. 본능적으로 흡, 숨을 들이쉬었다.

전금희가 실내로 한 발짝 내딛자 무겁게 가라앉았던 공기가 단번에 일어나 먼지들이 공중에서 맴돌았다. 전금희는 숨을 참는 기분으로 천천히 현관을 지나 거실로 들어섰다. 거기에, 누군가 있을 줄은 상상도 하지 못했다. 전금희의 얼굴이 천천히 일그러졌다.

"네가 왜 여기 있어?"

전금희의 음성은 날카롭고 높았다.

"알려드려야 할 게 있어서요."

바로 한서정이었다. 양계장 막노동자 한동식의 딸로 살다가 치유되지 않을 상처를 안고 하인학교에 들어왔고 꺾이지 않는 의지의 단단함으로 마침내 하인학교를 졸업했고 결국 이진욱의 의미를 각성했으나 바로 눈앞에서 이진욱의 죽음을 보아야만 했던 한서정은, 그 집의 거실에서 전금희가 오기를 기다리고 있었다. 전금희가 그리로 달려올 걸 알고 있었으니까. 전금희에 대한 모든 것을 아는 단 한 사람은 한서정, 자신이라는 걸 잘 알고 있으니까. 한서정은 전금희를 쏘아보았다.

"알려주다니, 뭘?"

한서정의 가라앉은 표정, 차가운 말투. 전금희는 일이 생각지 못한 방향으로 흘러가고 있음을 직감했다.

"앉으세요."

한서정이 소파를 가리켰다. 전금희가 한서정의 손짓을 따라갔다. 거기, 테이블 위에 핏빛의 와인 두 잔과 아름다운 장식이 된 촛대에서 타오르고 있는 촛불을 보았다.

"이게 다 뭐 하는 수작이야?"

전금희가 자리에 앉는 대신 매서운 눈초리로 한서정을 쏘아보았다. 잠깐의 침묵에 이어지는 한서정의 낮은 한숨이 깊었다.

"아쉽네요. 함께 오늘을 기념하고 싶었는데."

"대체 뭘?"

"당신의 오만과 헛된 욕망이 끝나는 날. 그리고…… 내가 다시 나로 돌아가는 날."

"끝나? 누가? 내가? 네까짓 게 날 끝장낸다고?"

전금희가 코웃음 쳤다.

한서정이 물끄러미 전금희를 보았다. 욕망으로 일그러져 번들거리는 눈과 탐욕에 빠져 추한 모습을 보았다. 높은 곳에 우뚝 서 있던, 당당하고 멋진 모습의 전금희는 순식간에 사라져버렸다.

"죽일 필요는 없었잖아요."

이윽고 한서정의 눈가로 눈물이 흘렀다. 그리고 추모의 마음으로 잔을 들어 한 모금 마셨다.

"너…… 설마…… 이진욱 때문에 이러는 거야?"

전금희는 그제야 이진욱에 대한 한서정의 마음을 오판했음을 깨달았다. 만약 전금희가 한서정의 마음을 알았더라면…… 아마도 한서정은 멀쩡하게 제 눈앞에 살아있지 못했겠지.

전금희는 한서정에게 연민을 느꼈던 스스로를 탓했다. 꼭 자신의 과거를 보는 듯한 마음이 들었다. 한낱 연민 따위로 발목이 잡힌 것이었다. 한서정에 대한 오판은 바로, 스스로에 대한 연민에서 비롯된 것이었다.

"대체 네가 날 어떻게 막겠다는 거지?"

한서정이 천천히 눈을 들어 현관문 쪽을 바라보았다. 전금희도 시선을 따라 옮겼다. 현관문 앞엔 인기척도 없이 누군가 들어와 있었다. 하인학교의 사감이었다.

"모셔 가세요."

한서정이 거실 소파에 앉은 채 사감에게 말했다.

사감이 말없이 다가왔다. 전금희의 팔을 붙잡았다.

"놔! 이거 놓지 못해? 너 따위는 당장이라도 죽일 수 있다는 거 몰라?"

전금희가 소리 질렀다.

"곧 따라갈게요."

전금희를 끌고 밖으로 나가는 사감을 향해 한서정이 말했다. 사감이 작게 고개를 끄덕였다. 끌려 나가는 전금희는 계속해서 소리를 질러댔다.

"끝까지 품위를 지키셨어야 해요."

한서정이 혼잣말하며 깊은 한숨을 내쉬었다.

이윽고 자리에서 일어났다. 그리고 집 안을 두루 둘러보았다. 서류의 집. 기괴하고 아름다운 정보의 도서관. 가죽 장정으로 만들어진 역사. 고급스럽고 품격 있는 무소불위의 칼. 하인학교 개교 이래 백 년이 넘도록 지금껏 쌓아온 그 엄청난 정보들, 그 힘을.

"이제 나도 나가야겠지."

한서정은 마치 그 집에게 작별인사를 고하듯 말했다. 그리고 테이블 위에 놓여 있던 촛대를 집어 들었다. 마치 제의를 치르 듯, 촛대를 든 손을 높이 들어 올렸다. 이내, 촛대를 그러쥐었던 손을 놓았다.

손에서 빠져나간 촛대가 바닥으로 떨어졌다. 바닥과 촛대가 부딪치는 소리. 곧이어 솟아오르는 불길. 촛대에서 떨어진 촛불이 마치 제 길을 따라가듯 한 길로 나아갔다.

불은, 그 집의 더 깊은 안쪽과 구석구석으로 빠짐없이, 순식간에, 찰나의 속도로 번져나갔다. 집 안 곳곳에 휘발유를 부어 미리 불이 지나갈 길을 만들어놓은 거였다.

한서정은 집을 나가기 전에 무너지기 시작한 집 안을 보았다. 양초에 갇혀 있던 불은 제 길을 찾아 금세 살아나 빠르게 성장했다. 촛대 위에서 흔들릴 때 아름답고 영롱하며 손톱만 하던 불꽃은 바닥으로 추락하자마자 거대하게 몸집을 키웠다. 그 뜨겁고 붉은 손으로 온 집 안을 태우기 시작했다. 불이 지나간 자리에는 시커먼 재만 남을 것이다.

"결국 이 집도 재투성이가 되겠구나."

한서정이 슬픈 음성으로 혼잣말했다. 악. 악. 집 밖으로 끌려가는 전금희의 비명이 들려왔다. 밝게 빛나는 불꽃처럼 아름다웠던 전금희는 이제 모조리 타들어가고 재처럼 거꾸러지겠지. 핏빛 술이 담긴 와인 잔에 붉은 불의 색깔이 비쳐 보였다.

'크고 영화로운 날이 이르기 전에 달이 변하여 피가 되리라.'

문득 어디선가 보았던 구절이 생각났다. 한서정은 눈물 흘렸다. 이진욱이 죽던 날이 기억났다. 흐릿한 눈으로 마지막까지 한서정을 보고 있었던 이진욱. 힘없는 손을 들어 한서정의 뺨을 쓸어내리던 이진욱.

그가 죽어서, 그로부터 온 것만 같은 상실감과 박탈감을 동력 삼아 여기까지 온 걸까. 어쩌면 그 반대일 것이다. 그의 죽음은 상실감과 박탈감으로 가득 찬 세상에 대한 유일한 해답이었을지도.

한서정은 그 물음에 대한 대답을 쉬이 꺼내놓을 수 없었다.

바닥을 먹어치운 불은 커져가던 제 몸의 일부를 여기저기 쏟아냈다. 소파와 바닥을 훑었고 가구들과 벽을 타고 올랐으며 주저 없이 아름다운 가죽 장정의 책들로 옮겨붙었다. 불이 닿는 곳마다 사물들은 살갗이 벗겨지는 것처럼 녹아내렸고 애초에 자신의 몸속에 불을 간직하고 있기라도 했던 것처럼 금방 불이 되어 다른 사물들을 향해 뻗어나갔다.

타닥타닥.

불꽃은 소리를 내며 신음했다. 불은, 점점 더 커졌다. 순식간에 집 안을 집어삼켰다. 모든 것을 태우며 살아남으려는 강렬하고 타협 불가능한 의지 같았다. 더욱 비대해진 불의 몸집은 천장까지 타고 올라가 그 거센 혓바닥을 날름거렸다. 온몸이 혓바닥이 된 불은 닿는 모든 것을 핥아대며 까만 재만을 남겼다.

"그만둬. 그만두라고. 제발…… 제발……."

사감에게 붙잡힌 채 전금희는 소리를 지르다 이내 울먹였다. 불은 이제, 창밖으로 손길을 뻗고 있었다. 곧 사람들이 몰려들 것이다. 서둘러야 했다. 집 뒤쪽에서 기다리던 차 한 대가 앞으로 조용하게 다가왔다. '마음정신병원'이라고 적힌 봉고차였다.

차의 문이 열리고 한 여자가 그 차에서 내렸다.

"당신은……."

전금희가 말을 끝내지 못했다. 그녀는 하인학교의 양호교사 이정심이었다. 이로써 하인학교가 졸업생을 제거하는 것이라는 사실이 분명해졌다. 전금희는 아직도 알 수 없었다. 정이화가 살아있는 건가? 아니라면, 한서정이 꾸민 짓인가? 저들이, 하인학교에서 하인 노릇이나 하던 저들이 왜 한서정 따위의 말을 듣고 나를 제거하려 드는 것인가.

"제가 잘 모실게요. 이제 곧 편안해지실 거예요."

이정심이 말했다. 악악, 전금희가 비명을 질렀다. 하는 수 없이 이정심이 전금희에게 약물을 주사했다. 곧 전금희는 몸에 힘이 빠지고 스르르, 눈이 감겼다. 축 늘어지는 전금희를 사감과 이정심이 부축해 차에 태웠다.

"출발하세요. 마무리는 제가 할게요."

두 사람은 고개를 끄덕인 뒤 곧 출발했다.

한서정은 멀어져가는 봉고차와 불타고 있는 집을 번갈아 바라보았다.

어쩐지, 하나의 시대가 끝났다는 기분이 들었다.

한서정은 스스로를 꼭 끌어안듯 팔짱을 꼈다. 불은 이제 지붕까지 치솟고 있었다. 멀리서 소방차의 사이렌 소리가 들려왔다. 이제 가야 했다. 그럼에도 발길이 떨어지지 않는 기분이었다.

하인학교의 흔적은 지상 어디에도 남지 않을 것이다. 한편으로는 이렇게 허무하게 없애도 되는 걸까, 나 따위가 뭐라고 내가 이렇게 끝내도 되는 걸까, 누군가에게 물어보고 싶었다. 그런데 아무도 없었다. 누구에게도 물어볼 수 없었다.

또다시 혼자가 되었다. 혼자가 된 채 어둠이 내리고 있는 골목길을 걸어 내려갔다. 길모퉁이엔 고양이 한 마리가 웅크리고 있었다.

그냥 지나가려다 멈칫 고양이 앞에 섰다. 그리고 말 한마디를 건네 보았다.

"너는 아니? 산다는 게 뭔지?"

그러자 고양이가 한서정을 향해 하악, 했다.

6장
에필로그

하나의 시대가 끝나도 세상과 사람과 사람의 생과 그리고 이야기는 계속되는 법이다.

한서정이 그 집을 불태우고 전금희를 정신병원에 가두고 난 뒤, 얼마나 시간이 흘렀을까…….

형사 마종식은 영장도 증거도 뭣도 없는 이상한 실종 사건에 매달렸다. 김희연과 오윤주를 비롯해 비슷한 시기에 실종되었다가 갑자기 비슷한 시기에 돌아온 몇몇을 수소문해서 지켜보았다. 그들은 하나같이 머릿속 기억 회로가 뒤엉킨 듯 고통스러워하며 혼란에 빠져 있었다. 차츰 안정되어가는 경우도 있었으나 더욱 증세가 심해지는 경우도 있었다.

한 가지 공통점은 그들 모두 실종되었던 시기에 같은 기억을 공유하고 있다는 것이었다. 워킹 홀리데이로 외국에 나가 농장에서 일했다는 것. 아름다운 넓은 들판, 소와 돼지와 양, 똥 냄새, 물안개, 새벽, 술에 취해 부인을 때리는 마이클까지. 모두의 진술이 한결같았다.

그런데, 그중 한 명이 농장 이야기를 하다가 문득 '학교'라는 말을 했다. '사감'이라든가, '수치심의 기둥'이라든가 하는 알 수 없는 말을 했다.

마종식은 뭐가 뭔지 혼란스러웠다. 여러 명의 동시 실종과 그들이 말하는 워킹 홀리데이의 기억, 오윤주 입에서 나왔던 솔라즈 그리고 학교라는 진술까지. 대체 뭘까. 그들은 대체 어디서 무얼 했던 걸까. 혹시…… 솔라즈 리조트 어딘가에 '학교'라고 불리는 어떤 곳이 존재하는 것일까.

뒷골이 땅겼다. 확실한 건 학교인지 농장인지 뭔지 모를 곳에서 자신의 접근을 막고 있다는 것이었다. 가까이 접근할라치면 어김없이 아들 기영의 신변에 문제가 생기곤 하지 않았나. 그건 분명 경고였다. 더 이상 다가오지 말라는 칼날 같은 협박장이었다.

뭔가 더 해보려고 해도 증거가 없었다. 몇몇 사람들이 사라졌다가 다시 돌아왔다는 사실이 범죄의 증거가 되는 건 아니니까. 수색이든, 체포든 영장도 받을 근거가 없었다. 마치 안개 속처럼 모든 것이 다 뿌연 가운데 더 깊이 들어갔다가는 자신에게 어떤 불행이 닥칠지 모르는 일이지 않은가. 그깟 이상한 일 때문에 만약 기영에게 변이라도 생긴다면 어쩔 것인가.

그래, 그만두자. 어찌 되었든 사라졌던 사람들 모두 무사히 돌아오지 않았나. 그러니 나도 그따위 이상한 일은 다 잊자. 당장 내 코가 석 자 아닌가. 기영은 날마다 커가는데 아들을 잘 키우려면 박봉이나마 받으며 자리를 지키고 있어야 하지 않는가. 만약 내게, 혹은 아들에게 무슨 일이라도 생긴다면 내 인생 박살나는 것 아니겠는가. 마종식은 그렇게 마음먹었다. 다 잊고 자신의 반복되는 일상으로 돌아가려고 했다.

그런데 자꾸 꿈을 꾸었다. 아마 뭔가 더 있다는 강한 의심이 지워지지 않은 탓이었을 것이다.

꿈에 그 농장이 나왔다. 뉴질랜드 촌구석의 솔라즈라는 이름의 농장. 어렵게 수소문해서 잘 모르는 친구한테 갔다 와달라고 부탁했던 그곳. 왜 자신이 그곳에서 헤매고 있는 건지 꿈속에서도 마종식은 고개를 갸웃거렸다.

꿈속에서 마종식은 솔라즈 농장을 염탐하고 있었다. 그 안에 어떤 비밀이라도 숨겨져 있는 듯, 형사의 노련한 움직임으로 몰래 숨어들어 이곳저곳을 살폈다. 그러다 주인에게 들켰다. 헉. 놀란 마종식이 뒤돌아 무작정 뛰었다. 꿈속에서조차 들키면 아들 기영에게 무슨 일이 생길지도 모른다는 불안이 덮쳐 왔다. 마종식이 커다란 덩치로 뛰어 도망가는데 농장 주인이 욕을 하며 쫓아와서는 마종식의 뒤통수에 타조 똥을 한 바가지 퍼부었다. 솔라즈에는 적어도 천여 마리는 되어 보이는 타조들이 꽥꽥거리며 이리저리 뛰어다니고 똥을 싸고 있었다.

"허, 거참."

꿈속에서 타조 똥 세례를 받고 마종식은 깜짝 놀라 깼다. 같은 꿈이 여러 차례 반복되었다. 뭔가 구리고 냄새나는 사건을 나 몰라라 하려니 아무래도 꿈속까지 들이닥쳐서 똥을 퍼붓는 것이 아닌가. 뭔가 있다는 강한 의심. 매번 문턱에서 자꾸만 발목이 잡히는 느낌. 거기엔 분명, 몇 사람이 잠깐 실종되었다 돌아온 것과는 비교가 안 되는 덩치 큰 사건이 있다. 형사로서의 오랜 직감이었다.

하는 수 없지.

마종식은 이불을 걷어차고 일어났다. 한 번만. 딱 한 번만 더 해보자. 그렇게 마음먹었다.

이번에는 누구에게도 알리지 않았고 아무에게도 행선지를 밝히지 않았다. 혼자 조용히, 용문으로 향했다. 모든 실마리가 거기 있을 거라는 걸 확신했다. 이번에야말로 반드시 증거를 잡겠다든지, 뭔가 큰 건을 해결해보겠다든지 그런 마음은 아니었다. 다만 스스로를 설득할 명분이 필요했다. 이만하면 할 만큼 하지 않았는가, 나로서는 최선을 다한 것 아니겠는가 하는 스스로에 대한 위로가 필요했다.

육성급 리조트 솔라즈에 갔다. 그리고 곧장 골프장으로 들어섰다.

마종식은 골프장 끝 쪽, 측백나무 숲으로 들어갔다. 빽빽한 나무 사이를 비집고 억지로 들어갔다. 지난번처럼 커다란 덩치 때문에 몸이 끼여 끙끙거렸다. 축축하고 이끼 낀 벽. 측백나무와 벽 사이 공간은 간신히 사람 하나가 들어갈 수 있는 정도였다. 마종식은 그 좁고 비밀스러운 공간을 유심히 살펴보았다.

그리고 벽 위쪽에서 무언가를 발견했다. 지금까진 몰랐는데 거기, CCTV가 설치되어 있는 게 보였다. 마종식은 CCTV가 비추고 있는 방향으로 갔다. 용문산을 낀 벽 쪽, 그 끝에 분명 문이 있었다.

이윽고, 문 앞에 섰다. 한참 그냥 서 있었다. 핸드폰이 울리는지 확인하려고 내내 손에 핸드폰을 들고 있었다. 이번에는 울리지 않았다.

다시 무겁고 단단해 보이는 철문을 노려보았다. 그 문 너머에 무엇이 기다리고 있는지 알 수 없었다. 열고 안으로 들어서기 전까지는.

문에는 지문인식장치가 달려 있었다. 쩝. 어떡하지. 마종식은 결정하지 못했다. 그러다 그냥, 정말 아무 생각 없이 거기에 손을 대보았다. 아무 반응이 없었다. 지문인식장치라면, 입력된 사람의 지문 말고 다른 지문을 갖다 대면 빨간 불이 들어오거나 엑스 표시가 뜨는 거 아닌가? 혹시 몰라 살짝 당겨보았다. 어라? 문이 움직였다.

문이, 그냥 열렸다.

흐릿하고 긴 복도. 조도 낮은 조명. 보이는 것은 그게 다였다. 마종식은 복도를 걸었다. 걸음마다 자기 발소리에 놀라 흠칫했다. 벽은 차갑고 공기는 밀도가 높았다.

복도 끝에 보이는 엘리베이터. 오직 하강 버튼만 있었다. 혼자 들어가도 되는 걸까. 하지만 상황을 알 수 없어 지원 요청을 할 수도 없었다. 마종식은 일단 더 가보기로 했다.

엘리베이터는 지하 삼 층 정도라고 짐작되는 정도에서 멈춰 섰다. 그리고 문이 열렸다. 문 너머에는 또 다른 공간이 나왔다. 본 공간의 전실인 듯 보였다.

전면에 고급스럽고 완강하고 고풍스러운 문 위에 궁서체로 쓰인 글자가 보였다. '하인학교'.

"하인학교?"

놀라 뱉은 스스로의 말소리에 마종식은 더욱 놀랐다. 문득 실종자 중 한 명이 '학교'라고 했던 말이 떠올랐다. 그렇다면 그들 모두 이곳에 있었단 말인가. 화려하고 고급스러운 솔라즈 리조트 안의 은밀하고 비밀스러운 지하 공간에? '하인학교'라고 쓰인 현판은 먼지가 앉아 있었고 천천히 금이 가고 있었다. 벽과 바닥은 고급스러운 나무 재질이었는데 군데군데 옹이 지고 모서리가 마모되어 마치 옛날 학교의 복도 같았다.

마종식이 발을 내딛자 바닥이 삐그덕, 소리를 냈다. 오래 묵은 시간의 소리였다. 순식간에 한 세기 전쯤으로 시공간을 동시 이

동한 느낌이랄까.

"뭐야? 여긴 대체 뭐지?"

마종식이 다시 문을 열고 들어갔다.

왼쪽에 수위실, 오른쪽에 양호실 팻말이 붙어 있고, 전면엔 양쪽으로 열리는 문이 닫혀 있었다. 점점 더 미궁 속으로 빠져드는 기분이었다. 어디에도 인기척 없이 텅 비어 있었다.

양호실 안쪽에는 또다시 예진실, 검진실, 수술실의 팻말이 붙은 방이 따로 구분되어 있었다. 이곳, 지하의 은밀한 공간에 수술실이 있다는 사실만으로 머리가 쭈뼛 섰다.

손잡이를 양손으로 동시에 잡아 양쪽으로 열리는 문. 마종식은 손잡이를 잡은 손에 떨림을 느꼈다. 그리고 문을 열었다.

"흡!"

저절로 숨이 멈췄다. 예상치 못한 광경에 마종식은 입을 다물지 못했다. 눈앞의 광경에 압도되었다. 문을 열고 들어갈 때마다 모든 것이 난생처음 보는 것들이었다. 지하 깊은 곳에 이런 공간이 있으리라고 상상이나 할 수 있을까. 최고 재벌의 집이라면 이런 모습일까. 층고가 어마어마하게 높았다. 엘리베이터를 타고 내려온 그 높이만큼 천장은 높은 곳에 있었다. 으리으리한 샹들리에도 걸려 있었다. 순식간에 그 공간 속으로 빨려 들어갔다.

중앙의 응접실 공간을 둘러싸고 그 바깥쪽으로 다양한 공간이 파노라마처럼 펼쳐졌다. 고급스러운 바에 그 옆에 놓인 그랜드 피아노, 높고 넓은 책장들 그리고 한쪽 공간을 거의 다 차지하고 있는 분수. 분수 중앙엔 조각상이 있었다. 손목 부분을 맞대고 양손을 오목하게 펼쳐 마치 무언가를 받치고 있는 모양 위에 활짝 핀 꽃잎이 조각된 것이었다.

그 옆으로 거대하고 둥근 기둥들이 있었는데, 바로 그곳! 문 앞에서 정면으로 보이는 거기 문장(紋章)이 붙어 있었다. 원형 테두리 안에 손목 부분을 맞대고 양손을 오목하게 펼쳐 마치 무언가를 받치고 있는 모양 위에 활짝 핀 꽃잎.

마종식은 그 밑에 걸려 있는 교훈을 보았다.

하인으로 들어가 주인이 된다.
오직 일 등만 살아남는다.

"이것, 참."

뭐라 말해야 할지 몰랐다. 너무나도 생경하고 굉장한 풍경이었다. 하인학교라니.

저 교훈은 또 뭐란 말인가. 마종식은 뭐가 뭔지 알 수 없는 기분이었다. 그 엄청난 공간은 쥐죽은 듯 고요했고, 개미 새끼 한 마리 보이지 않았다. 바닥에는 휴지 조각들이 뒹굴고 있었고, 분수는 멈춘 채 먼지를 뒤집어쓰고 있었다. 흡사 버려진 공간 같았다.

엄청난 비밀이 이곳에 있었던 게 분명했다. 마종식은 이제 쇠락한 듯한 그곳을 좀 더 둘러보기 위해 안쪽으로 들어갔다. 중앙의 분수를 중심으로 좌우로 복도가 갈렸고 왼쪽이 기숙사동, 오른쪽이 교사동으로 구분되어 있었다. 마종식은 우선 기숙사동으로 가 가장 먼저 보이는 방에 들어갔다. 방엔 이런 글귀가 붙어 있었다.

세상은 거대한 골리앗이 아니라
상처받은 다윗에 의해 발전한다.
천재라도 만 시간을 쏟아부어야 비로소 업적을 이룬다.
천재도 아닌 너는 지금 잠이 오는가.

허, 어이없는 탄식이 나왔다. 무슨 스파르타식 교육기관이었나. 마종식은 누군가 이곳에 있었으며 지상에서 상상하기 어려운 어떤 일들이 벌어졌음을 직감했다. '상처받은 다윗'들이 모여 무언가 세상을 바꾸려는 시도를 했다는 건데.

문득 실종되었다 돌아온 이십 대 남녀들이 기억났다. 모두 금전 관계, 인간관계에서 실패하고 절망에 빠졌던 사람들 아니던가. 그들 모두 여기에 있었던 걸까. 그들은 하나같이 고통스러워했다. 굶고, 맞고, 울던 기억들로 괴로워하지 않았나. 이곳에 그들이 머물렀다면 대체 무슨 일이 있었던 건가.

마종식은 이상한 학교 같은 곳을 계속 둘러보았다. 여기저기 쓰레기가 뒹굴었고 먼지가 뭉쳐 발에 차였다. 강의실, 실습실, 조리실, 식당, 매점 등등을 둘러보고 교무실을 거쳐 교장실에 이르렀다. 마종식은 교장실을 천천히 둘러보았다.

우아하고, 화려하고, 그러면서도 기품 있고, 고풍스러우면서도 세련되었다……. 좀 있어 보인다는 수식어는 다 갖다 붙일 수 있을 만한 방이었다. 마종식은 벽 쪽을 향해 걸었다. 작은 바가 있는 방향이었다. 각종 음료와 고급스러운 술 몇 가지가 아직 그대로 남아 있었다.

마종식은 아무도 없는데도 누가 보고 있는 건 아니겠지, 하는 느낌으로 주위를 둘러보고는 먼지 낀 잔을 대충 소매로 쓱쓱 닦고 잔에 싱글몰트위스키를 한 잔 따랐다. 금세 향기로운 술 냄새가 방 안에 은은히 퍼졌다.

잔을 들고 천천히 교장실을 둘러보았다. 이것저것 만져보기도 하고 벽을 두들겨보기도 하고 손으로 쓸어보기도 했다. 그러면서 여유롭게 고급스러운 위스키를 즐겼다.

이곳에 누가 있었든, 여기서 무슨 일이 벌어졌든 이제 버려진 것은 확실하다. 여기 있던 모두가 떠났고 계획했던 일도 모두 끝난 것이겠지. 그 비밀이 영원한 수수께끼로 남을지, 아니면 언젠가 만천하에 드러날지는 마종식도 알 수 없었다.

어떻게 할까. 이 은밀하고 고요하고 아무도 모르고 고급스러운 이 공간을 어떻게 하면 좋을까. 마종식은 교장실의 안락한 소파에 등을 기대고 위스키를 즐기면서 생각에 잠겼다. 고급진 술이라면 중앙 분수광장의 바에도 가득했었지 않나.

여기를 나만의 공간으로 만들면 어떻게 될까. 마종식은 픽, 웃었다. 그건 좀 더 고민해볼 문제다. 아니면 이곳을 까발리고 본격적으로 수사를 시작할까. 일단 오늘은 아무 결정도 하지 않기로 했다.

잔에 남아 있던 술을 입에 탁 털어 넣고 마종식은 자리에서 일어났다. 마지막으로 한 번 더 훑어본 뒤 이곳을 빠져나갈 생각이었다. 마종식은 천천히 걸어 교장실 밖으로 향했다.

복도를 따라 마종식의 걸음 소리가 커다랗게 울렸다. 그리고 점점 더 멀어졌다.

"하아……."

누군가 숨죽이고 있다가 비로소 안도의 한숨을 길게 내쉬었다. 그리고 아기의 입을 막았던 손도 치우고 안쓰럽다는 듯 어린 아기를 꼭 품에 안았다. 아기는 아까부터 새근새근 잠들어 있었다.

"아가야, 고마워."

목소리는 하인학교 교장실의 벽 속 방에서 흘러나왔다. 소리 없이 스르륵, 벽 속 방의 문이 열렸다. 그리고 그 안에서 손보미가 나왔다. 품 안에 잠든 아기를 안은 채. 손보미의 등 뒤로 소리 없이 문이 닫혔다. 문은, 다시 벽이 되었다.

손보미는 아기의 얼굴에 뺨을 갖다 대고 비볐다. 그러고는 탁자 위에 마종식이 남기고 간 빈 잔을 내려다보았다.

"하마터면 들킬 뻔했네."

손보미가 작은 소리로 웃었다. 엄마의 웃음소리에 잠에서 깬 아기가 이내 울기 시작했다.

"아가야, 배고프지?"

아기는 점점 더 크게 울었다. 손보미가 소파에 아기를 내려놓고 천천히 바 쪽으로 갔다. 거기 구석에 놓인 크리스털 위스키 잔을 들었다. 그러자 스르르, 벽이 열리면서 다시 문이 되었다. 그 방 안엔 손보미와 아기의 보금자리가 마련되어 있었다. 손보미는 벽 속 방에서 아까 만들어두었던 아기의 분유병을 꺼내 왔다.

바깥세상에 나가도 갈 데가 없던 손보미였다. 탈출했다가 들켜 아기 아빠가 끌려간 뒤, 혼자 바깥세상을 헤맸었다. 더 이상 세상에 대해 헛된 희망 같은 건 품지 않을 것이다. 손보미는 현실을 뼈저리게 깨닫고 결심했다. 바깥에서 상처받고 하인학교에 들어와 작은 희망을 품고 연애를 했지만, 그 또한 이런 결과를 낳고 말았다. 다시 나가본 바깥세상에 내 자리는 어디에도 없었다.

희망은 세상에서 가장 잔인하다. 희망은 심장을 뛰게 만들었다가 여지없이 부스러트린다. 마치 절벽을 오르다 정상에 이르지 못하고 떨어지는 듯한 상황만 끝없이 반복될 뿐이었다. 쉼 없는 나락으로의 반복되는 추락. 희망이란 그런 것이다.

손보미는 다시 하인학교로 돌아왔고 이 안에서 아기를 낳고 키우고 있었다. 여기보다 안전한 곳은 없었다. 돈이라면 교장실

벽 속 방에 이미 충분하고도 남을 만큼 있었다. 손보미는 여기를 떠나지 않을 작정이었다. 골치 아픈 불청객이 하나 숨어들었으니 이제 그를 처리해야 할 뿐이었다.

엘리베이터를 타고 올라와 바깥으로 향하는 철문 앞에 서서 손보미는 망설였다. 안에서 굳게 닫아걸까, 하다가 그러지 않기로 했다.

오늘의 침입자는 언젠가 다시 올 것이다. 그때 닫아야 한다. 그땐 이곳에 들어온 뒤 다시 나갈 수 없을 것이다.

아기를 지키기 위해서라면 못 할 게 없다. 이 아기가 나의 유일한 가족이고 삶의 이유가 되는 끈이다. 손보미는 그렇게 마음먹으며 아기에게 조용하게 자장가를 불러주었다.

"잘 자라, 우리 아가."

엄마의 손길에 아기가 잠결에 생긋, 웃었다. 이제는 아무도 없어 텅 비었고 바닥에 휴지 조각과 먼지가 한데 뭉쳐 굴러다니는 이 쇠락한 곳에서, 소멸과 파국의 상징이 되어버린 이곳에서 새로운 생명이 태어나 자라나고 있었다.

이런 말이 있다. 파국은 언제나 끝이면서 시작인, 절망이면서 희망인, 디스토피아면서 유토피아라고. 손보미는 이곳을 아기의 유토피아로 만들 작정이었다. 소멸을 지나면 새로운 가능성의 미래가 나타나는 법이니까.

마음정신병원 301호실. 전금희가 무릎을 꿇고 쪼그린 자세로 바닥을 닦고 있었다. 하, 하. 고개를 바닥으로 처박고 입김을 불어 바닥이 축축해지면 소맷부리를 잡아당겨 그 뿌연 김을 닦아냈다. 마룻바닥은 이미 깨끗했지만 전금희는 닦는 일을 멈추지 않았다. 오직 닦는 일에 열중해서 이마에 땀방울이 맺혔다.

"아침에 깨끗하게 청소했는데 바닥은 뭐 하러 또 닦아요?"

이정심이 문을 열고 들어왔다. 전금희는 돌아보지 않은 채 닦는 일에 열중했다.

"저년은 학교에 있을 때부터 뭐가 맘에 안 들면 그렇게 뭘 닦아댔어."

이정심의 뒤를 따라 들어온 누군가가 웃으며 말했다.

"어이, 친구. 그만 닦고 이리 와봐."

친구……. 전금희를 친구라고 부른 이는 하인학교 재학 시절, 함께 훈련받던 동료였다. 하인학교를 졸업하지 못하고 탈락한 학생들은 제멋대로 뒤엉켜버린 뇌의 회로 때문에 고통받았다. 간신히 그 착란을 이겨내고 자신의 자리로 돌아간 학생들도 있지만 그중 몇몇은 결국 마음정신병원으로 들어왔다. 그 친구들이 이제야 들어온 전금희를 반갑게 맞아들인 것이었다.

이정심이 전금희를 부축해 침대에 앉혔다.

"생일 축하해요."

이정심과 친구들이 잘 포장된 박스를 내밀었다. 그 안에는 고급스러운 옷이 들어 있었다.

그러고 보니 친구들도 모두 평소 입던 환자복이 아니라 저마다 드레스를 입고 있었다. 박스 안에 들어 있는 옷을 본 전금희가 그제야 환하게 웃었다. 스스로 환자복을 벗고 드레스로 갈아입었다.

"네 덕분에 우리도 오랜만에 기분 내니까 좋긴 좋네."

좁은 병실 안에서 저마다 화려한 드레스를 입은 사람들이 모여 함께 웃었다. 한 친구가 잠깐 병실 밖으로 나갔다가 들어왔다. 손에 케이크를 들고 있었다. 이정심과 친구들이 손뼉을 쳤다.

"불 꺼, 친구야."

"옛 친구들이 이렇게 찾아와 축하를 해주니 얼마나 좋아요?"

이정심이 말하자 전금희가 뚫어져라 케이크 위에서 흔들리는 촛불을 보았다. 그러더니 갑자기 소리를 지르기 시작했다.

"아악, 불 꺼. 불 끄라고."

전금희는 두려운 듯 벌벌 떨면서 눈을 희번덕거렸다. 손에 잡히는 것을 닥치는 대로 집어 던졌다.

"생일 축하해준대도 왜 지랄이야?"

친구들이 투덜거렸다. 전금희는 침대와 벽 사이의 좁은 공간으로 숨어 들어가 몸을 잔뜩 웅크렸다. 이정심이 서둘러 초의 불을 껐다. 전금희에게 불은, 파멸의 트라우마가 되었다.

"괜찮아요. 이제 불 껐어요. 그러니 이리 나와요."

이정심이 조심스레 전금희를 일으켰다. 친구들이 투덜거리며 각자 방으로 돌아갔다. 전금희는 온몸에 잔뜩 힘을 준 채 연신 떨고 있었다.

이정심이 전금희에게 주사를 놓았다.

"이제 안심해요. 곧 편안해질 거예요."

아기를 달래듯 전금희의 등을 토닥거렸다. 그리고 침대에 눕혔다. 약 기운이 도는지 전금희는 스르르, 눈을 감았다.

"누가 왔는지 보지 않을래요?"

이정심이 물었지만 전금희는 눈을 뜨지 않았다. 잠든 것처럼 보였다.

"괜찮아요. 깨우지 마세요."

침대맡에서 전금희를 내려다보고 있는 사람은 한서정이었다.

드레스와 생일 케이크도 한서정이 준비한 것이었다. 이정심이 고개를 끄덕여 보이고 방을 나갔다.

한서정은 전금희를 내려다보았다. 값비싸고 아름다운 옷을 입고 환자 침대에 잠들어 있는 전금희를.

머뭇거리다 손을 들어 전금희의 머리를 쓰다듬었다. 어느새 흰머리가 많아져 검은 머리와 섞인 머리칼은 마치 재가 내려앉은 듯 지저분하고 푸석해 보였다.

"재투성이 시절로 돌아가버렸네요."

한때 신데렐라였던 전금희는 이제는 윤기도 의지도 희망도 욕망도 모두 사라져 잿빛 껍데기로 누워 있었다.

간혹 그런 상상을 하곤 했다. 만약 내가 전금희를 막지 않았더라면 어땠을까. 전금희가 크고 센 힘을 손아귀에 넣었더라면, 그래서 그녀가 말했던 것처럼 그 힘을 세상을 좀 더 나은 곳으로 변화시키기 위해 썼더라면…….

그 선한 욕망의 세계에서 전금희는 행복하고 세상도 조금은 나아졌을까. 그럴 수 있었던 거라면 수단이 잘못되었다 하더라도 전금희를 막지 말았어야 했던 걸까.

전금희의 인생을 자신만큼 깊이 알고 이해하는 사람이 또 누가 있을까. 그런 까닭으로 한서정은 마음 한쪽이 늘 아팠다.

"부디 밥 잘 챙겨 먹고 친구들과 함께 즐겁게 생활하세요."

한서정은 전금희에게 당부의 말을 남기고 손으로 눈가를 훔쳤다. 그러고는 301호실을 나와 오 층으로 올라갔다.

마음정신병원 503호실. 여기, 오윤주가 있었다.

"나 왔어. 잘 있었지, 주인공?"

한서정은 오윤주를 주인공이라고 불렀다.

"왔어? 마이 스탶."

오윤주가 밝게 웃으며 한서정을 맞았다.

"야, 오늘 날씨 죽이는데 산책도 좀 하고 볕도 좀 쪼이고 그러지. 방구석에 처박혀서 뭐 해?"

"쉿. 말소리 좀 낮춰. 아기 깨겠다. 금방 잠들었는데 재우느라 힘들었단 말야."

오윤주가 손가락을 들어 입술에 갖다 댔다.

"아. 미안."

오윤주의 말에 한서정이 기어드는 목소리로 말했다. 오윤주가 사랑스럽다는 듯 품에 안은 것을 쓰다듬었다.

"우리 아기 예쁘지?"

"응, 너 안 닮아서 정말 예쁘다."

한서정이 농담을 하면서 오윤주가 안고 있는 것을 내려다보았다. 봉제 인형이었다.

오윤주는 인형 아기를 밤낮으로 품에 끼고 살았다. 오윤주는 이제 단 하나, 자신이 잃고 싶지 않았으나 잃어버렸던 아기, 하인학교에 들어와 이정심이 지워버린 그 아기만을 기억했다.

"아기 목욕시킬 때 된 거 같은데? 내가 아기 목욕용품 되게 비싼 거 사 왔어."

봉제 인형은 새까맣게 때가 탔고 군데군데 너덜거리고 냄새가 났다. 그런 걸 오윤주는 손에서 놓지 않았다. 다른 인형으로 바꿀라치면 비명을 지르고 울고불고 난리 쳐서 아무도 손대지 못했다. 그래서 병원에서 한서정에게 도움을 청한 것이었다. 한서정이 오윤주의 유일한 친구였으니까.

"냄새 맡아봐. 향이 엄청 좋아."

한서정은 우선 천연 아로마 향기로 오윤주가 마음을 놓도록 배려했다.

"그럴까? 안 그래도 아기 목욕시킬 때가 된 거 같기는 해."

오윤주가 순순히 동의했다. 한서정이 꾸준히 찾아와 신뢰를 쌓아온 결과였다. 한서정은 작은 아기 목욕 욕조에 따뜻한 물을 채우고 향기 나는 목욕 거품을 풀었다. 오윤주가 미소를 지으며 물속에 더럽고 너덜거리는 봉제 인형을 넣었다.

"우리 아기, 예쁜 아기. 엄마가 깨끗하게 씻겨줄게요."

오윤주는 거품을 인형에 끼얹었다. 한서정이 그런 오윤주를 도왔다. 따뜻하고 향기로운 물이 마음을 풀어지게 했다.

"자, 다 됐다. 여기 수건."

한서정이 커다란 배스 타월을 꺼내 인형을 감싸 안았다. 오윤 주가 순순히 내버려두었다.

"아기가 감기 안 걸리게 잘 닦아야지."

한서정이 인형을 닦는 시늉을 하다가 오윤주의 눈치를 보며 가져온 것들을 풀어놓았다.

"아기 장난감 새로 사 온 거 구경해봐."

"와, 장난감을 이렇게 많이 사 왔어?"

오윤주가 장난감에 눈을 주는 사이, 한서정이 몰래 인형을 바꿔치기했다. 한서정이 인형 제작업체를 수소문해서 새로 만든 인형이었다. 더럽고 냄새나고 여기저기 찢어진 인형과 똑같은 모양으로 고가를 주고 만든 것이었다.

"목욕했더니 네 아기 정말 깨끗하고 예뻐졌는데?"

한서정이 과장되고 밝은 목소리로 크게 호들갑 떨며 말했다.

"당연하지. 내 아기인데."

오윤주가 밝게 웃으며 한서정이 건네는 인형 아기를 받아 안

왔다.

"그러네. 정말 우리 아기가 더 예뻐졌네."

오윤주는 받아 안은 인형 아기를 토닥거리며 재웠다. 낮고 따뜻한 음성으로 아기에게 자장가를 불러주었다.

한서정은 오윤주를 물끄러미 바라보았다. 뭐랄까, 금이 간 유리창을 닦는 기분이었다.

깨끗하게 만들려고 유리창을 닦는데, 계속 닦지만 금은 사라지지 않아. 그 유리창을 통해 바깥세상을 보면, 그 세상에도 금이 가 있겠지. 아무리 애를 써도 한번 금이 가버린 그것은 다시 돌아오지 못하겠지.

한서정은 속으로 낮게 한숨 쉬었다. 오윤주와 오윤주의 아기를 보면서 미소 지었다.

한서정은 바쁘게 지냈다. 아침에 업무 회의를 시작으로 오전에는 주로 외부 협력업체들과 통화하면서 이전 일정 점검과 다음 일정 진행을 동시에 했다. 간신히 샌드위치나 햄버거 따위로 점심을 때우고 나면 현장 점검을 위해 양양으로 향했다. 내리 두 시간 반을 달려 커피 한잔할 시간도 없이 도착하자마자 현장 곳곳을 꼼꼼하게 체크했고 현장에서 일하는 사람들을 만나 무슨 고충은 없는지 현장 분위기는 어떤지 등등을 체크했다. 가끔은 현장 노동자들과 함께 저녁을 먹으면서 그들의 이야기를 들었다. 가장 낮은 곳에서 일하는 사람들이 제 몫을 다해주어야 무슨 일이든 기초가 탄탄해지는 법 아닌가. 건축 공사 현장은 더욱 그렇다. 그들이 시멘트를 바르고 골조를 올리고 벽돌을 붙이면서 건물의 바닥을 단단하게 잡아주어야 하니까.

하루는 곱창이나 닭똥집이나 돼지껍데기 따위를 파는 식당에서 가운데 연탄불을 넣은 동그란 테이블 앞에 앉아 그들과 소주를 마셨다. 그들은 맥주잔에 소주를 따라 마셨다. 그러고는 그 빈 잔에 소주를 다시 따라서 한서정에게 건넸다. 모든 이들의 눈이 한서정에게로 모여들었다. 한서정이 잔을 높이 들고 큰 소리로 외쳤다.

"성공적인 공사 완공을 위해, 다 같이 건배!"

그러고는 먼저 원샷을 때렸다. 오호! 와! 감탄사를 내뱉으며 사람들이 파도타기로 다들 원샷을 했다.

"거친 공사 현장에 여자가 들락거려 어떨까 싶었는데 남자 두셋은 그냥 찜쪄먹겠어?"

"제가 이래 봬도 어릴 때부터 단련된 주당이거든요."

한서정이 능쳤다. 사실이지 않은가. 어릴 때부터 양계장에서 일하는 아빠가 막노동 뒤에 마시는 소주를 보았고 이진욱에게 소주 한 병을 한꺼번에 따라 마시는 법도 배우지 않았던가. 한서정은 그들과 스스럼없이 어울리며 술 마시고 노래 부르고 이야기를 나눴다. 파김치가 된 몸뚱이로 서울로 돌아와 잠깐 눈을 붙이고 나면 다음 날 새벽에 어김없이 일어나 이른 출근을 했다. 그러느라 그야말로 눈코 뜰 새가 없었다.

그날도 전쟁 같은 업무를 소화하고 있었다. 간신히 점심으로 김밥 한 조각을 입에 넣었을 때 한서정에게 전화가 한 통 걸려 왔다. 영상통화였다.

— 바쁘니?

무지하게 바빴다. 그러나 아무리 바빠도 꼭 받아야 할 전화였다. 무엇보다, 반가웠다. 한서정은 먹고 있던 김밥이 영상통화 화면 너머로 보이지 않도록 책상 구석으로 밀쳐놓았다. 입에 든 김밥은 고개를 돌려 뱉어냈다. 점심으로 김밥 따위를 먹고 있는 걸 보여주면 걱정의 말들을 한 바가지는 들어야 할 거였다.

"하나도 안 바빠요. 거기 좋아요?"

— 여기가 천국이지 싶다. 네 덕분에 내가 이렇게 말년에 호강하고 살 줄 누가 알았겠니?

김복희였다. 핸드폰 화면 속에서 김복희는 젖은 머리칼에 수영복 차림으로 물속에 들어가 있었다.

— 집 안에 수영장이 있다니. 내가 그 집에 살고 있다니. 꿈만 같다.

"샘나네. 우리 아줌마가 너무 좋아 보여서."

농담을 건네며 한서정이 웃었다. 김복희가 행복해 보여서 한서정도 행복했다.

— 아줌마, 여기 와인.

김복희의 뒤쪽으로 한 사람이 다가와 김복희에게 와인 잔을 건넸다. 그 사람도 따라 물속으로 들어왔다. 곧이어 김복희에게서 핸드폰을 건네받았다.

"아주 살맛이 나는가 보네? 나는 여기서 매일 일에 찌들어 사는데?"

한서정이 밝은 톤으로 말했다.

— 살맛 나지. 너라면 이런 데 사는데 살맛이 안 나겠냐?

되받아치는 사람은 바로 엘리야였다. 엘리야는 김복희와 함께 건배를 외쳤다.

— 나도. 나도.

누가 또 다급한 목소리로 끼어들었다. 아이의 목소리였다.

— 자, 너는 이 포도주스.

핸드폰 너머 영상 속에서 엘리야가 포도주스가 담긴 잔을 건넸다. 아이가 고마워요, 하며 받아 들었다.

— 이제, 건배.

세 사람이 잔을 부딪쳤다.

"넌 인사도 안 하니?"

한서정이 짐짓 나무라는 투로 아이에게 다정하게 말했다.

— 아줌마, 안녕? 잘 지내요?

"어허, 아줌마라니. 이모라니까."

— 헤헤, 알았어요, 이모. 그런데 아줌마라고 하면 왜 싫어요?

아이가 말하자 김복희와 엘리야가 함께 웃었다.

— 우리 서현이는 누굴 닮아 이렇게 뻔뻔한가 몰라.

엘리야가 아이의 등을 토닥이며 말했다.

하인학교에서 한서정과 친해지고 단짝이 되어 바깥에 두고 온 딸에 대해 얘기했던 강유진. 그녀의 숨겨진 딸 서현. 이제는 한서정이 서현이를 책임지기로 했다.

서현이의 웃는 얼굴과 목소리를 들을 때마다 한서정은 마음으로 울었다. 강유진은 하인학교에서 나가서도 서현이를 만나지 못했고, 한서정은 아직도 강유진을 찾지 못했다. 여전히 강유진이 살아있을 거란 쪽에 무게를 둘 수 없었지만 한서정은 포기하지 않았다. 다만 그렇게 생각했다. 강유진을 찾을 때까지만, 강유진이 제 딸 곁으로 돌아올 때까지만, 서현이를 책임지겠다고. 그렇게 한서정은 강유진의 딸 서현이를 호주에 보냈다. 그것이 김복희, 엘리야, 서현 이 세 사람이 호주에서 한 가족이 되어 살고 있는 이유였다.

세 사람은 남국의 밝은 햇살 아래서 깔깔거리며 웃고 있었다. 엘리야가 핸드폰 화면을 끌어당겨 한서정에게 말했다.

— 부러우면 너도 와. 네 방은 항상 열려 있어.

"딱 기다려. 지금 바쁜 것만 끝내면 당장 날아갈 테니까. 셋이서 한번 코가 삐뚤어지게 마시고 놀아보자고."

— 나는 왜 빼?

서현이가 토라진 말투로 말했다.

"알았어. 너도 함께 넷이서."

— 좋지. 빨리 와라. 너 정도는 내가 코를 납작하게 만들어줄 테니까.

세 사람이 깔깔대며 웃었다. 그들은 행복해 보였다. 이곳에 아무 미련도 남지 않은 세 사람은 호주에서 서로를 의지하며 행복을 누리고 있었다.

'잘한 일이야.'

통화를 끝내고 한서정이 속으로 스스로에게 말했다. 깊은 안도의 한숨을 내쉬었다. 그러고는 책상 구석에 밀쳐두었던 김밥을 보았다. 점심시간이라 사무실에는 한서정 외에 아무도 없었다.

"다른 사람들은 점심으로 무얼 먹으려나? 돈까스? 찜닭? 낙지볶음? 아, 맛있겠다. 나도 내일은 꼭 사람들하고 맛집에 가서 맛있는 거 먹어야지."

혼잣말하면서 한서정이 웃었다. 제대로 밥 먹을 시간조차 없는 하루하루여도 한서정은 행복했다. 한서정은 텅 빈 사무실을 둘러보며 오랜만에 상념에 빠져들었다. 이런 삶을 선택하기를 잘했다고 다시 한번 스스로를 다독였다.

이진욱이 죽고 나서 한서정에게는 세 가지 선택지가 놓였다.

모든 일이 마무리된 뒤, 그녀는 자신의 삶에 대해 신중하게 고민했다. 어떤 선택을 해야 후회하지 않는 삶을 이어갈 것인가. 산 사람은 또 살아가야 하는 것 아닌가. 넘어진 자리에서 일어나지 못하고 내내 망연자실한 모습을 보이는 것은 이진욱 또한 원치 않을 테니까. 그래, 다시 일어나자. 다시 해보는 거야. 어쨌거나 살아야지. 그것이 가장 중요한 것일 테니까.

첫 번째 선택지는 이진욱이 한서정에게 남겨놓은 집이 있는 호주로 가는 것이었다.

이곳에서의 불행과 미래와 진실과 모든 삶의 시간들을 뒤로하고 홀쩍 떠나 그곳에서 남은 생을 보내는 것. 황금빛으로 빛나는 해변. 뜨끈한 해풍이 뺨에 부딪히던 곳. 푸른 열대우림과 쏟아지는 폭포. 저물녘, 마지막 남은 햇살이 바다 표면에 머물러 있던 금빛을 거둬 가면 멀리서 새들이 낮게 날면서 어디론가 돌아가는 곳. 비현실. 몽환. 세상의 바깥. 스스로 운명의 고리를 끊어낼 수 있는 곳.

한서정은 호주에서 이진욱과 보냈던 시간을 떠올렸다. 뒷마당에 모닥불을 피워놓고 소주를 마시던 기억. 타닥타닥, 마른 나무가 타는 소리. 가끔씩 까만 어둠의 공중으로 붉게 튀어 오르던 불똥. 나뭇가지 위에 앉아 우는, 아니 웃는, 웃음물총새 소리.

그때의 웃음물총새 소리가 다시 생각나 소리 내어 웃었다. 정말이지, 그렇게 웃는 소리로 우는 새는 처음 보았다. 웃음물총새의 소리에 한서정과 이진욱이 함께 웃었다. 웃음소리에 규칙적으로 파도가 밀려들었다가 빠져나가는 소리가 더해졌다. 무심하고, 우뚝한, 그래서 더 빠져드는 자연의 소리들이. 호주에서 이진욱은 많이 웃었다. 한국에서는 단 한 번도 그의 웃음소리를 들어본 적 없었다.

그곳에서 한서정은 이진욱의 모든 것을 들었다. 밤마다 악몽으로 다시 찾아와 이진욱의 심장을 움켜쥐고 숨 쉴 수 없도록 짓누르는 지나온 시간들을.

나는…… 친구를 쐈어. 이 손으로…… 이 저주스러운 손으로…… 내가 살려고 친구를 죽였어…….

울먹이며 말하는 이진욱의 목소리가 들리는 듯했다. 포기하고 싶은 생을 지탱하게 해준 실마리가 바로 한서정이었다는 말. 한서정의 밝은 미소가 위로였다던 고백…….

호주로 간다면 내내 이진욱의 망령에 사로잡혀 살게 되지 않을까. 후회와 그리움과 회한과 미련 속에서 밤마다 뒤척일 것이다. 내가 호주로 간다면 그건, 남은 생을 그런 감정을 소모하며 낭비하고자 하는 것이다.

한서정은 고개를 저었다. 남은 생은 길고, 그곳에서도 과거를 떨쳐버릴 수는 없을 것이다. 무엇보다 현실적으로 생각해보자. 그곳은 아주 나중에, 나이가 들고 과거를 추억하면서 남은 시간들이 차츰 앞당겨질 때, 그때 가도 된다. 은퇴한 뒤에 가면 될 것 아닌가. 호주가 어디 가는 것도 아니고. 그때는 그곳에서 마음껏 이진욱과 나의 과거를 되새김질하면서 매일을 보내도 좋을 것이다. 지금은 아니다. 한서정은 첫 번째 선택지를 제외했다.

두 번째 선택지는 강준석과의 결혼이었다. 모든 진실을 알게 되었고 이진욱에 대한 마음을 깨달았지만, 여전히 선택 가능한 길이었다. 강준석은 아무것도 모르니까. 한서정을 향한 마음이 순수한 자기감정이라고 알고 있으니까.

만약 강준석과 결혼한다면 화려한 미래는 보장되는 것이 아닌가. 단 하나, 오직 스스로의 마음만 속이면 되는 것 아닌가. 눈을 질끈 감고 강준석을 택하면 앞길은 탄탄대로일 것이다. 현실적으로 따져보자면 강준석을 포기한다는 것은 거의 미친 짓이나 다름없었다.

마지막으로 세 번째 선택지. 바로 그 미친 짓을 하는 것. 강준석을 포기하고 다시 혼자가 되어 살아가는 것.

한서정은 하인학교 출신이다. 하인학교에서 쌓은 실력만으로도 어딜 가서도 능력을 발휘하면서 제 길을 개척해나갈 수 있다는 뜻이다. 게다가 하인학교를 졸업하면서 이미 한서정의 모든 과거가 리셋되었다.

모든 불행한 과거는 지워졌다. 프로필은 이미 다시 만들어지지 않았나. 미국에서 나고 자란 컬럼비아대학 출신. 이만한 프로필이라면 원하는 곳 어디라도 취직할 수 있을 것이다.

그래, 그렇게 평범하게 살아가는 거야. 하나의 점처럼, 남들처럼, 아등바등하면서, 월급 받아서 월세 내면서, 생각나는 사람이 있으면 가끔 혼자 소주를 마시면서, 열심히 일해서 승진도 꿈꾸면서, 가끔 울 때도 있겠지만 또 많이 웃으면서, 그렇게……

한서정은 마음을 정했다. 진실을 외면하지 않고 미래를 포기하지 않으면서 스스로에게 가장 당당한 선택지. 나는 이미 실력을 갖췄다. 내 능력으로 오롯이 어디까지 갈 수 있는지 알고 싶다. 처음부터 다시 시작하는 거야. 누가 알겠어. 바닥부터 시작해서 꼭대기까지 올라갈 수 있을지. 지금은 알 수 없지만 살면서 차차 스스로 주인이 될 방법을 모색해보자. 다시 취직자리를 알아봐야겠다고 생각했다.

가장 먼저 해야 할 일은 강준석과 이별하는 것이었다.

그래서 한서정은 강준석에게로 갔다. 이별을 얘기하려고.

한서정은 강준석의 집으로 찾아갔다. 강준석은 집 안에 있지 않았다. 한서정은 바로 집 뒤쪽의 온실로 향했다. 요즘 들어 강준석이 주말이면 노상 온실에서 살다시피 하는 걸 알기 때문이었다.

"왔어요? 잠깐만 있어요. 이것만 금방 끝내고."

강준석은 텃밭에 있었다. 손에는 목장갑을 끼고 호미를 들고 대중목욕탕에서 볼 수 있는 낮은 의자에 앉아 흙 속에 무언가를 심고 있었다.

"거기 앉아요."

뒤돌아보지 않은 채 강준석이 말했다. 가까운 곳에 똑같은 낮은 의자가 놓여 있었다. 한서정은 거기에 앉아 편한 차림으로 흙밭에 있는 재계 순위권의 회사 오너인 강준석의 뒷모습을 바라보았다.

세 가지 선택지 중 세 번째를 택하겠다고 마음먹은 뒤, 그냥 사라질까도 생각했었다. 그러나 그럴 수는 없었다. 순수한 마음을 나눈 사이가 아닌가. 모든 것을 고백하고 용서를 구해야 한다. 내가 가짜임을 밝히고 강준석의 마음 또한 조작된 것임을 알리고 사죄해야 한다. 그것이 진짜 나로 돌아가는 첫걸음이자 완성일 테니까.

한서정은 다시 한번 마음을 단단하게 하고 숨을 깊숙이 들이마셨다.

"드릴 말씀이 있어요."

마침내 한서정을 향해 돌아앉은 강준석에게 한서정이 입을 뗐다. 두 사람은 텃밭 앞에서 목욕탕 의자에 앉아 마주 보았다.

"무슨 얘길 하려고 그렇게 정색인 얼굴일까?"

강준석이 웃으며 물었다. 한서정은 웃을 수 없었다. 지금 하려는 이야기들이 강준석에게는 기만이고 사기이며 배신일 테니. 모멸감을 폭발시키고 증오와 분노를 솟구치게 할 것이다. 그래도, 해야만 한다. 나의 새로운 시작은 거기서부터니까. 잘못된 모든 것들을 바로 잡고 무릎을 조아려 죄를 빌어야 하니까.

"내 조부모는 피난민 출신이었어요. 부산 자갈치시장 바닥에서 생선 난전으로 생업을 시작했지요. 밥상 위에 반찬을 세 가지 이상 올리지 않았고, 양말은 구멍 날 때까지 신었고, 구멍이 나면 그걸 밤마다 직접 기웠어요……."

한서정의 음성은 낮고 차분했다. 마치 읊조리듯, 나지막한 목소리로 이야기를 이어나갔다. 커다란 저택은 도로의 소음이나 여타 소리가 들리지 않아 더없이 조용했고, 텃밭이 있는 온실 안은 습도가 높아 공기가 축축했다.

호흡이 모자란 것처럼 간헐적으로 한숨을 내쉬었다. 마치 안개를 헤치며 천천히 한 발 한 발 내딛듯, 조심스럽게 이야기했다. 막연하고도 어렴풋한 불안이 자꾸만 그 발걸음의 뒤축을 잡아당겼다. 어느 때보다 용기를 내야만 했다.

그리하여 모든 것을 털어놓았다. 한동식과 전국을 떠돌던 것과 한동식의 죽음 뒤에 도망갔던 일과 김현수가 피를 흘리며 쓰러지던 날, 김현수의 머리에서 시작된 피가 어깨를 지나 배의 바닥으로 스며들 때, 울음처럼 껵껵, 급한 숨이 목 안에서 엉겼던 일.

그리고 하인학교에 들어가던 날, 흐릿하고 긴 복도, 조도 낮은 조명, 자기 발소리에 놀라 몸을 떨며 하인학교로 향하던 일. 불안이 칼날처럼 섬뜩하게 조여 오고, 벽은 차갑고 공기는 밀도가 높아 저절로 숨이 차오르던 경험. 어쩔 수 없는 힘에 밀려 들어가면서 온 존재가 하나의 점처럼 쪼그라드는 것 같았던 두려움. 굶고, 맞고, 잠을 자지 못하면서 공부하고, 누군가는 끌려가고, 또 누군가는 난동을 부리고, 혹은 탈출하다 잡혀 와 다시 끌려가고…….

그 안에서 강준석에 대한 모든 것을 파악하고 속속들이 파헤쳤던 일. 천신만고 끝에 하인학교를 졸업하고 마침내 강준석 앞에 서게 되었던 첫날에 대해, 고흥 바닷가에서 고백을 받고 우거지해장국을 먹으며 모친을 만났을 때, 그리고 래시에 대해 미리 숙지하고 대비했던 일까지. 한서정은 모든 것을 다 이야기했다.

이진욱과 그의 죽음과 전금희가 왜 갑자기 사라졌는지, 지금 한서정에 대한 강준석의 마음이 어떤 과정으로 형성된 것인지까지.

이제 다 끝났다. 나는 비로소 진짜 나로 돌아가는 것이다. 아빠가 죽고 정이화가 죽고 이진욱이 죽고 전금희를 그 자리에서 내가 끌어내릴 때까지, 그 길고도 힘겨웠던 시간의 여정을 끝내고, 지금 이 자리에서 모든 것을 내려놓았다. 이제, 나는, 가벼워질 것이다. 생의 무게를 놓아두고 나의 의지로 걸어나갈 것이다.

강준석은 한 마디도 없었다. 그는 처음부터 끝까지, 하나도 빼놓지 않고 마치 머릿속에 새겨 넣으려는 듯, 귀 기울여 들었다.

온실에 너무 오래 머무른 탓일까. 한서정은 점점 더 숨이 막히고 목이 조이는 기분이었다. 이야기가 끝났는데도 강준석은 미동도 하지 않았다. 인생의 우여곡절을 충분히 지나온 자의 무심한 차분함인 걸까. 수없이 많은 고난과 허들을 넘어온 자의 단단함인가. 목욕탕 의자에 쪼그려 앉아, 목장갑 낀 손에 호미를 들고서, 굳어버린 듯 움직임이 없었다. 그저 한서정을 바라보았다.

이제 처분을 기다렸다. 네까짓 것, 꼴도 보기 싫으니 당장 내 눈앞에서 꺼져라. 나를 그런 식으로 철저하게 기만하고 감히 나한테 사기를 쳐놓고도 무사할 줄 아느냐. 너 하나 따위 끝장내는 일쯤 아무것도 아니라는 것을 보여주겠다. 자리에서 벌떡 일어나 소리 지르고 나의 뺨을 때리고 분이 안 풀려 거친 숨을 내뱉고 씹어뱉듯 나쁜 년이라고 욕해도 다 감수할 각오가 되어 있었다.

얼마나 지났을까. 짧다면 짧았겠으나 한서정에게는 살면서 가장 긴 시간 중 하나였다.

마침내, 강준석이 입을 열었다.

"사느라…… 힘들었겠구나."

생각지도 못한 말이었다. 그 한마디, 낮고 차분하고 정제된 음성으로 꺼낸 그 말 한마디. 한서정의 생을 돌아보고 보듬어주며 홀로 견딘 모든 시간들을 위로하는 그 한마디에 한서정은 저도 모르게 왈칵, 눈물이 흘렀다.

"나만큼이나 사는 게 힘들었겠어."

혼잣말인 듯, 고개 들어 온실 천장을 보면서 강준석이 또다시 말했다.

한서정은 아무 말도 할 수 없었다.

강준석은 또 한참 말이 없었다. 그저 깊은 한숨을 내쉬며 온실을 둘러보고 텃밭에 시선을 멈춰두었다. 그리고 흙바닥을 한참이나 들여다보았다.

"여기 텃밭에다 뭘 심고 가꾸기 시작하면서 처음으로 흙의 의미에 대해 생각해봤어. 무엇을 심는가에 따라 맺히는 열매가 다르지. 이제 시작이니까 아직은 어디 가서 흙에 대해 말할 수준은 아니지만, 말하자면 각성했달까. 나는 나의 흙에 무엇을 심을 것인가, 지금 하는 내 모든 결정과 선택이 그 씨앗이 될 터인데, 과연 나는 어떤 열매를 키우게 될 것인가, 그런 걸 생각하게 되었지."

강준석이 편안한 표정으로 작게 미소 지었다. 한서정을 바라보면서.

"당신 덕분이지. 당신으로 인해 나는 처음으로 텃밭에 눈을 주고 흙을 만져보았어. 무릎을 구부려 방울토마토를 따고 땅에 물을 주고 비료를 주고 가꾸기 시작했지. 처음이었어, 그런 기분은. 사랑하는 사람에게 주려고 정성을 들여 무언가를 키우고, 그걸 맛있게 먹는 모습을 볼 때 느끼는 행복감. 사랑하는 사람과 함께 누리는 삶의 즐거움. 그러다 보니 모든 게 달리 보였지. 당신 덕분에 나는 삶을 다시 보게 되었어."

강준석의 반응은 한서정의 예상을 빗나가고 있었다.

"나무들은 왜 뿌리의 찬란함을 숨길까……. 파블로 네루다가 한 말이야. 흙 속에 숨겨져 있어 보이지 않지만 나무를 받치고 있는 가장 중요한 부분, 뿌리. 혼자 가면 빨리 가지만 같이 가면 멀리 간다고 하지 않나. 나는 이제 같이 가려 해, 되도록 많은 사람들과 함께. 뿌리가 건강하게 잘 뻗어나가야 나무도 열매도 번

성하니까. 그러기 위해 내가 할 수 있는 것이 무엇인지 쉼 없이 찾을 거야. 그것이 내가 할 일이란 걸 깨달았어. 그런데 거기에 당신이 없으면 안 되겠지?"

그가 목장갑을 벗고 한서정의 손을 잡았다. 체온이 높은 손이었다. 한서정은 아무 말도 하지 못했다.

"내가 하인학교의 공작 때문에 당신을 사랑하게 되었다고 생각해? 아니야. 난 바보가 아냐. 당신을 판단했고 당신을 이해했어. 당신의 능력까지. 당신의 공감능력이 좋아. 맨 처음, 진심으로 공감하고 즐거워하며 텃밭에서 래시와 놀 때, 그때 당신에게 반했지. 그리고 정확히 과정은 몰랐지만 당신이 내 숨겨진 과거를 눈치챘다는 걸 알고 있었어. 누구에게도 말 못 할 과거가 트라우마로 남아 있는 나를 위로하고 감싸주었어, 당신은. 당신이 나 몰래 가끔 고흥에 다녀온다는 걸 알아. 가서 내 모친을 돌보고 돌아온다는 걸 알지. 그게 내가 당신을 사랑하는 이유야. 하인학교의 공작에 세뇌된 것이 아니라."

강준석의 말처럼 한서정은 이따금씩 고흥에 다녀오곤 했다. 우거지해장국의 맛을 못 잊어 왔다는 너스레에 강준석의 모친은 그녀를 볼 때마다 눈물을 훔쳤다.

한서정은 최대한 강준석에 대해, 모친의 아들에 대해 자세히 말해주었다. 무슨 음식을 좋아하는지, 래시와 놀 때는 어떤 표정인지, 가끔 일에 지쳐 의자에 기대 잠들 때면 코를 어떻게 고는지에 대해 얘기하고 새우깡과 꿀꽈배기를 너무 좋아해서 밤마다 한 봉지씩 먹어대니 그러다가는 곧 배가 볼록 나올 거라며 흉을 보았다. 그러면 모친은 깔깔 웃어대면서 우리 아들도 어릴 때 좋아하던 과자들이라며 한서정에게 남친 관리 잘해주라고 즐거워했다.

"당장은 사랑이 아니어도 좋아. 지금은 그저 나의 동지가 되어준다고 생각해."

한서정은 이진욱에 대한 모든 것도 털어놓았다. 그는 짐작했던 것보다 큰 사람이었다. 자신이 알고 있는 것보다 더 깊은 삶을 살아온 사람이었다. 생의 질곡과 고통을 정면으로 돌파해가며 이 자리까지 오는 동안 이 사람은, 찢어졌다가 아물고 터졌다가 다시 딱지가 앉기를 반복한 자신의 상처로 단단해진 거였다. 그래서 이미 흔들림 없는 커다란 나무가 된 사람이었다.

한서정은 눈물을 흘렸다. 뭐라 대답해야 할지 몰랐다. 이렇게 나를 이해해주고 공감해주며 감싸 안아주는 이 남자를 어찌해야 할까. 훌쩍거리며 우는데 래시가 왔다. 천천히 온실 안으로 걸어 들어와 울고 있는 한서정을 보았다. 래시는 꼬리를 흔들며 마치 위로하듯 한서정의 품으로 파고들어서는 혀로 그녀의 뺨을 핥았다. 어떻게 미소 짓지 않을 수 있겠는가. 한서정은 눈물 흘리면서 미소 짓는 얼굴로 래시를 쓰다듬었다.

그러다 문득 깨달았다. 자신에게 지금 가장 절박한 것이 무엇인지, 스스로를 버려서라도 책임져야 하는 것이 무엇인지, 그러려면 무엇이 필요한지, 찌르듯 날카로운 통증과 함께 머릿속에 떠올랐다. 강준석에게 모든 걸 고백해야 한다는 부담에서 벗어나 긴장이 풀리니 당장 현실이 눈앞에 벽처럼 압박하고 있다는 걸 깨달은 것이었다.

바로 돈이었다. 한서정은 돈이 필요했다. 그것도 아주 많이 필요했다. 일시적으로가 아니라 언제까지일지 모르는 긴 미래에까지. 마음정신병원 운영비와 호주에 매달 보내야 하는 생활비, 서현이를 키우는 데 계속 들어갈 교육비까지. 모두 자신이 책임져야 했다. 책임지려면 돈이 있어야 했다.

하인학교가 문을 닫은 뒤, 이사회는 흩어졌다. 더 이상 자신을 위협하는 존재가 없어졌으므로 그들에겐 당연한 일이었다. 그리고 지금은 백도현의 도움을 받고 있다. 그러나 백도현이 언제까지 돈을 주겠는가. 더 이상 전금희가 위협이 되지 않는데 말이다.

당장은 이진욱이 남긴 돈으로 버틸 수 있겠지만 한계가 있다. 불안하지 않게 안정적으로 그 모든 책임을 지려면 돈이 필요했다. 누군가를 책임지고 지켜야 한다는 사실이 한서정을 단단하게 만들었다. 인간의 절박함은 열지 못할 문이 없고 하지 못할 일이 없다. 절박한 자만이 스스로 감정을 견딜 수 있지. 그래, 그게 맞다. 한서정은 이내 마음을 먹었다.

그렇게 한서정은 강준석과 동지와 연인 사이 어디쯤에서 다시, 시작했다.

한동안 시간은 그렇게 순조롭게 흘러갔다.

양양 리조트는 한창 공사가 진행 중이었다. 그걸 한서정이 책임지고 진행하고 있었다. 전금희가 야심 차게 준비하던 사업. 한서정은 반드시 자기가 맡아서 완벽하게 끝내고 싶었다. 강준석과 결혼한 뒤, 한서정이 요청한 일이었다.

강준석이 허락한 건 당연한 일이었다. 이미 한서정과 전금희의 관계를 알았고 전금희가 어떻게 되었는지 알고 있었으니까. 책임지고 싶어 하는 한서정의 마음을 충분히 이해했다.

누군가 사무실 문을 두드리는 소리에 한서정이 고개를 들었다.

"본부장님, 은행에서 공문이 왔는데요."

비서가 들어와 서류를 건넸다.

"고마워요."

한서정이 미소로 답한 뒤 서류를 받아 들었다. 봉투를 열고 서류를 꺼내 읽었다. 서류를 들고 있는 한서정의 손가락에서 순백의 다이아 반지가 반짝였다.

서류를 다 읽은 뒤, 한서정은 표정이 굳었다. 서류를 한동안 노려보았다. 대출금 회수 통보의 건이었다. 당장 며칠 뒤면 하도급업체들의 공사 대금을 지급하는 날이었다. 그런데 은행장이 갑자기 대출금 회수를 통보한 것이었다. 전금희가 사라진 뒤, 은행장의 태도가 바뀌기 시작했다. 그러더니 이제 아예 안면을 바꾸시겠다?

뭔가가 있는 게 분명하다. 한서정은 직감적으로 알아차렸다. 전금희와 둘도 없는 절친이라고만 알고 있었던 은행장이다. 서로 주고받는 게 있었을 관계. 그게 뭘까. 전금희에게 잡힌 은행장의 약점이. 은행장은 이제 전금희가 사라져서 자신의 약점도 영영 숨겨진 거라 믿어 의심치 않는 것이다.

한서정은 의자 등받이에 몸을 기댔다. 그리고 골똘하게 생각에 잠겼다. 손이 저도 모르게 목에 걸고 있는 것을 만지작거렸다. 순백의 다이아 반지를 낀 손으로 만지고 있는 것은 목에 걸린 달걀 모양의 장식이었다.

이진욱과 서로 한 개씩 나눠 가졌던 키링의 달걀 모양 장식. 한서정의 것은 이진욱의 사고 현장에서 택시에서 내리다 밟혀 깨져버렸다. 지금 한서정의 목에 걸린 것은 이진욱이 가지고 있던 것이었다. 이진욱이 숨을 거두기 직전에 그것을 한서정의 손에 쥐여주었다. 처음엔 일종의 정표쯤으로 여겼다. 이 보잘것없는 걸 죽는 순간까지 중요하게 지니고 있었구나. 그리 생각하며 한서정은 이진욱의 주검 앞에서 더욱 울었었다.

그것은 이진욱의 유품이었으므로 목에 걸어 소중하게 간직하고 있었다. 가끔 잠이 오지 않는 밤이면, 그리운 사람들이 더욱 그리워지는 시간이면, 한서정은 그 달걀 모양의 장식을 만지작거렸다. 손에 올려두고 한참을 들여다보기도 했다.

그러다 보았다. 달걀 장식의 중간 부분에 가는 실금이 나 있었다. 자세히 보지 않으면 알 수 없는 그 금은 분명 일부러 만든 것이었다. 한서정은 그걸 눈앞에 가까이 가져와 살폈다. 그리고 만져보고 쓸어보고, 이내 비틀어보았다.

딸깍.

맞물려 있던 것이 열리는 소리였다.

달걀 모양의 장식이 둘로 갈라지면서 마치 뚜껑이 분리되듯 열렸다. 이게 뭐지? 한서정은 놀랐다. 달걀 반쪽 부분에 USB가 붙어 있었다. 한서정은 떨리는 손짓으로 핸드폰에 연결했다. 그리고 그 안에 들어 있는 내용을 확인했다.

하아, 긴 한숨을 내쉬었다. 이것이 어떻게……. 그 안에는 집한 채가 통째로 들어 있었다. 하인학교가 개교한 이래 모아온 모든 정보를 보관했던 바로 그 집. 한서정이 모든 것을 끝내리라, 마음먹고 휘발유를 부어 온통 불태웠던 그 집. 전금희가 욕망에 눈먼 괴물이 되어 정이화를 죽이고 이진욱도 죽이게 만들었던 바로 그 집. 그 집에 빼곡하게 들어차 있던 모든 정보들이 들어 있었던 것이다.

이진욱은 죽어가면서 한서정에게 사랑의 증표를 건넨 것이 아니었다. 무소불위의 칼, 원하는 것은 무엇이든 다 가능한 막강한 힘을, 한서정의 손아귀에 쥐여준 것이었다.

어떻게 된 일인지 오래 생각해야 했다. 분명 정이화는 이진욱조차 그 집에 들어가지 못하게 막지 않았던가. 그런데 어떻게 이걸 이진욱이 손에 넣었을까.

정이화와 이진욱이 모두 죽은 지금, 한서정도 모르는 USB 탄생의 전말은 이랬다.

하인학교의 모든 정보들은 아름다운 가죽 장정의 책으로 묶여 보관되어 있었다. 그것은 정이화가 아니라 그 전임 교장이 원해서 만든 것이었다. 서류들로 빼곡한 집을 둘러보다가 새로 정리하면서 영구히 보존할 목적으로 그렇게 만든 것이었다. 그러니까 그전에는 모든 정보가 그저 서류의 형태로만 존재했었다는 뜻이다. 아름다운 가죽 장정으로 된 책의 형태가 아니라.

기왕이면 아름다운 게 좋지 않을까.

전임 교장은 그렇게 마음먹었고, 무엇이 필요한지 생각해보았다. 그걸 아름답게 만들어줄 하인이 필요했다.

전임 교장은 하인을 구하기 위해 거리로 나섰다. 한국전쟁 당시였다. 길거리에는 전쟁고아가 득시글댔다. 전임 교장은 도시 외곽에서 한 아이가 동상으로 발이 빠져 덜렁거리며 기어 다니는 것을 보았다.

부모에게 버려진 아이였다. 부모는 아이의 다리를 새끼줄로 나무에 묶어놓고 도망쳤다. 아이는 새끼줄을 죽자고 이빨로 끊고 흙바닥을 맨발로 뛰었다. 겨울에 버려져 동상으로 발이 썩었다. 칼로 잘린 듯 살이 까맣게 죽고 살가죽이 오그라붙었다. 발의 복사뼈와 골구는 온전했지만 살이 썩어 힘줄이 덜렁거렸다. 아이는 발도 없이 길을 헤매며 걸식했다.

그 아이를 전임 교장이 데려와 먹이고 입혔다. 그리고 오직 한 가지, 가죽 장정의 책을 엮는 법, 그 하나만 가르쳤다. 아이는 읽을 줄 몰랐고, 쓸 줄 몰랐으며, 발이 없어 불구가 된 다리로는 제대로 걷지조차 못했다.

자라서 어른이 되어서도 하인학교에 처박혀 교장이 가져다주는 것을 가죽 장정의 아름다운 책으로 만드는 일만 했다.

이진욱이 처음 보았을 때, 아이는 이미 노인이 되어 있었다. 잿빛 머리칼의 노인은 낮이면 책을 만들고 밤이면 이진욱과 함께 소주를 마셨다. 한 잔에 한 병. 하루에 딱 세 잔. 이진욱은 그렇게 소주 마시는 법을 그 노인에게서 배웠다.

정이화가 죽은 뒤, 노인이 이진욱에게 카메라를 한 대 주었다. 그 안에 모든 것이 들어 있었다.

노인은 글씨를 몰랐으므로 사진을 찍어 서류를 분류하고 순서를 엉키지 않게 다듬었다. 노인은 그것이 무엇인지 몰랐다. 다만 그것 때문에 정이화가 죽었다는 것을 눈치로 알았다. 정이화가 죽었으므로 노인은 더 이상 할 일이 없었고, 카메라도 필요 없어졌다. 그래서 이진욱에게 그걸 주었다.

정이화의 오판이라고 하면, 하인학교 교장이었으면서도 하인이 무엇을 할 수 있는지 세세히 살피지 않았다는 것이다. 그저 전임 교장 때부터 그 자리에 붙박여 있던 자였으므로 어떤 의심도 하지 않았다. 그녀는 몰랐다. 하인은, 생각보다 훨씬 더 중요하고 많은 일을 할 수 있는 사람이란 것을.

그 막강한 힘을 온전히 손아귀에 넣은 한서정은 이제 어떤 선택을 할 것인가. 은행장이 숨겨놓은 여자 양진숙, 그 딸 양샛별. USB를 열고 그 정보를 알아내어 전금희처럼 은행장에게 찾아갈까? 전금희가 양씨 모녀에게 해오던 모든 금전적 지원, 그걸 전담하겠다고 약속할까? 그렇게 삶을 몰락시킬 폭탄이 아니라 사생활까지도 보호해주는 든든한 원군이 되어 은행장과 둘도 없는 절친이 될까? 그러면 앞으로 어떤 일을 하든 돈 걱정 없이 야심 차게 사업을 추진할 수 있게 될 것이다.

한서정은 그 집을 태우고 전금희를 마음정신병원으로 옮기면서 완전히 하인학교와 멀어졌다고 믿었다. 이제 오로지 스스로의 힘만으로 세상을 살고 책임져야 할 사람들을 책임지겠다고 마음먹었다. 하인학교의 방식을 완벽하게 거부했다고 의심치 않았다.

그런데 지금은 흔들렸다. 단호하게 USB를 밟아 깨트려버려야 할까? 한서정은 왜 그걸 버리지 않고 여태 소중하게 목에 걸고 있었던 걸까. 단지 이진욱의 유품이라서? 이진욱은 왜 그걸 한서정에게 주었을까. 한서정이 그걸 적절하게 사용하기를 바랐던 것일까.

한서정의 뇌리에 문득 묵호 바닷가 끝자락이 눈앞에 펼쳐졌다. 등대를 머리에 이고 있는 언덕 위, 행복상회의 평상에 앉아 있던 기억이 떠올랐다. 가난한 오징어잡이 아빠와 낡은 여인숙 골방에서 늘상 아빠를 기다리던 어린 딸. 오징어가 만선이면 손에 오징어 한 꾸러미를 들고 콧노래를 흥얼거리며 딸에게 돌아오던 아빠.

아빠는 노동의 피로를 이기려 소주를 마시면서 어린 딸과 이야기했다.

"딸, 아빠가 말했지? 폭풍이 몰아칠 때면 피하지 말고 맞부딪쳐야 이겨낼 수 있다고."

"응, 아빠. 난 꼭 그렇게 할 거야."

어린 딸은 평상에 앉아 보름달 빵과 짱구 과자를 먹으며 기분 좋은 음성으로 아빠에게 다짐하곤 했다. 아빠와 어린 딸은 행복했다. 그럴 때면 바닷가에서는 기러기가 울었고 바다는 출렁거렸다.

그 어린 딸이 자라 홀로 우뚝 섰다. 한서정은 어쩌면 여기까지 올 수 있었던 건 모두 아빠에게 했던 그 다짐 덕분이었을지도 모른다고 생각했다. 생의 온갖 난관과 낭떠러지와도 같던 시련들이 닥칠 때마다 한서정은 폭풍에 맞부딪치는 심정으로 뚫고 나갔다. 피하지 않고, 움츠러들지 않고, 온 힘을 다해 몸뚱이로 부딪쳐가면서, 아빠와의 약속을 지켜냈다.

"아빠…… 나 약속 지켰어요. 보고 있어요? 아빠 딸 씩씩하고 밝게 살고 있어요."

한서정은 어딘지 모를 허공을 보며 혼잣말했다. 그러고는 손 위에 올려진 달걀 모양의 USB를 내려다보았다. 아빠와의 약속을 지키면서 동시에 스스로를 지켜왔다. 정말 중요한 것이 무엇인지 잊지 않으려고 언제나 묵호 바닷가를 떠올렸다.

바닷가에선, 안개 낀 새벽이면 어둠이 달아나는 빈 공간에 파도가 밀물로 달려들었다. 겨울엔 난바다에 눈이 내려 몽환이 펼쳐졌다. 언덕 위에 올라 바다를 바라보면 먼 바다에서 날리는 파도 거품이 발을 적실 듯 가까이 다가왔다.

한서정은 갑자기 그 바다가 몹시 보고 싶었다. 문득 묵호에 가고 싶었다. 그 여인숙은 그대로 있을까. 한서정이 찾아가면 여인숙 주인아줌마는 나를 알아볼까. 이제는 다 늙어서 얼굴이 온통 주름투성이겠지. 그 주름진 손을 맞잡고 지나간 시간을 이야기하고 싶었다.

그러면 답을 알게 되지 않을까. 전금희는 힘이 없어 하지 못했던 많은 옳은 일들을 하겠다고 했었다. 화려하고 아찔한 삶을 살면서 언제나 불면에 시달리고 항상 어떤 위협이 닥칠지 뒤꿈치가 당기는 삶이지만 누군가는 해야만 하는 일들을 하겠다고 말했었다.

나는 이제 어떤 선택을 해야 할까. 나는 전금희가 이미 지났던 그 길로 들어서지 않을 수 있을까.

이진욱을 생각했다. 흐려지는 의식으로 한서정의 뺨에 손을 대고 나서 툭, 떨어뜨리던 그 손. 싸늘하게 식어가는 그 손을 잡고 한서정은 영혼이 깨졌다는 걸 깨달았다. 깨져버린 영혼 대신 한서정이 손에 쥔 것이 바로 이 USB가 아니었던가.

가자. 가보자. 한서정은 자리에서 일어섰다. 그리고 묵호 바닷가로 가자고 마음먹었다.

바다로 가서, 언덕 위에 올라, 바다를 보아야겠다. 한낱 인간 사에 무심하고 홀로 우뚝해서 쉼 없이 파도가 몰아닥치는 바다를 보고 있노라면 저절로 답을 알게 될지도 모른다. 답은 이미 그녀의 안에 있겠으나, 그 답을 끌어내주는 것은 바다일 것이다. 산더미 같은 파도를 불러오는 폭풍도, 잔잔하게 해변을 할짝이며 부서지는 하얀 포말도, 사람의 마음을 모조리 쏟아내도록 하는 힘도, 모두 거기, 바다에 있으니까.

〈끝〉